中国散文60强

文章西汉两司马

夏坚勇 / 著

北京联合出版公司
Beijing United Publishing Co.,Ltd.

图书在版编目（CIP）数据

文章西汉两司马 / 夏坚勇著. -- 北京 ：北京联合出版公司, 2024. 8. --（中国散文60强）. -- ISBN 978-7-5596-7820-1

Ⅰ. I267

中国国家版本馆CIP数据核字第2024QH8745号

文章西汉两司马

作　　者： 夏坚勇
出 品 人： 赵红仕
出版监制： 张晓冬
责任编辑： 李　伟
特约编辑： 和庚方　张　颖
封面设计： 立丰天

北京联合出版公司出版
（北京市西城区德外大街83号楼9层　100088）
三河市同力彩印有限公司印刷　新华书店经销
字数150千字　650毫米×920毫米　1/16　14印张
2024年8月第1版　2024年8月第1次印刷
ISBN 978-7-5596-7820-1
定价：65.00元

版权所有，侵权必究
未经书面许可，不得以任何方式转载、复制、翻印本书部分或全部内容。
本书若有质量问题，请与本公司图书销售中心联系调换。
电话：17710717619

"中国散文60强"丛书

编委会

丛书总策划

张　明　著名出版人

编委主任

邱华栋　全国政协常委
　　　　中国作家协会副主席、书记处书记

编　委

叶　梅　中国散文学会会长
陆春祥　中国散文学会副会长
冯秋子　中国作家协会原社联部副主任
吴佳骏　《红岩》编辑部主任
张　英　资深媒体人
文　欢　作家、资深编辑

中华散文的文脉与发展

——"中国散文60强"总序

邱华栋

中国是诗的国度,亦是散文的国度。

穿越千年时空,从明清至唐宋,再由魏晋南北朝至两汉先秦一路回溯,汉语言文学中的散文实乃根深叶茂,硕果累累。无论是"唐宋八大家"之雄文美文,还是骈俪多姿的辞赋,以及名垂史册的《史记》《左传》,均为中国文学史上的璀璨明珠。"散文"与"诗"一道,成为中国文学的"嫡系"。尽管,后来从西方引进嫁接技术所催生的"小说",大有"喧宾夺主"之势,终究还得"认祖归宗",血脉和基因是无法改变的。

在中国散文流变历程中,曾出现过两次鼎盛期。一次是被文学史家所公认的"先秦散文"时期。其时,伴随着春秋时期的思想解放,诸子蜂起,百家争鸣,一大批散文家以饱满的气血、驳杂的学识和破茧的精神,创造出了散文的繁荣和辉煌局面,对后世产生了极大的影响。

到了"五四"时期,中国散文迎来了第二次鼎盛期。白话文如劲风激浪,吹刮和涤荡着神州大地。沉睡的雄狮醒来了,偃卧的小草开始歌唱。许多学贯中西的进步文人,肩扛义化变革的大纛,冲锋陷阵,掀起了一波又一波的新文学浪潮。《新青年》上刊载的散文,犹如一束束亮光,不但给人以希望,还给人以力量。"五四"以来的散文作品,无论是观念和主题,还是形式和风格,都跟以往的散文迥然不同。最具代表性的,当属鲁迅先生的散文(包括杂文),其刚健、凌厉的文质,疗救了中国散文长久以来颓靡不振、钙质疏流的顽疾。此外,周作人、郁达夫、朱自清、萧红、沈从文等一大批作家的散文创作亦各具特色,呈一时之盛,影响深远。

时代的前行催生了文学的发展,然而文学与时代有时并不同步甚至充满了"张力场"。"五四"的个性解放虽然催生了一批个性鲜明的散文精品,但这样的生态并未持续多久,中国散文的波峰出现了向低谷滑行的趋势。有论者指出,"散文在50年代既是对解放区散文文体意识的放大,又是对五四散文文体精神的进一步偏离。这种放大和偏离表现在个体性情的抒发让位于时代共性或者时代精神的谱写,政治标准优先于艺术标准,批判性为歌颂性所取代等诸方面。"(董健、丁帆、王彬彬《中国当代文学史新稿》)1960年代初,散文创作一度出现了活跃,"专业"从事散文创作的作家群凸显出来,刘白羽、杨朔、秦牧相继登场,迅速成为散文界的三位名家。但他们的作品后人评价褒贬不一,认为其中颂歌式的写法较为单向,这种模式化的写作,不但对散文的建设毫无益处,反而扼杀了散文的个性和神采。

"文革"十年,中国散文更是一片凋零和荒芜,乏善可陈。1970年代末,一些历经浩劫的作家开始复苏,解除思想枷锁,重新拿起笔来写作,中国散文才又凤凰涅槃,焕发生机。加之各种文学刊物纷纷复刊和创刊,以及大量西方文化读物的译介出版,更为这些饥渴、桎梏太久的散文作者提供了登台亮相的舞台和瞭望世界的窗口。

1980年代初期,伴随改革开放的热潮,思想解放大旗招展,文化随之繁荣,诸多承续"五四"精神的作家以笔为旗,抒发胸中压抑既久之块垒,出现了一批抒情性质浓郁的散文,使得现代散文这块"百花园"芳菲争艳,蔚为大观。特别是1980年代中期,随着作家主体意识的不断强化,中国文学开始呈现出一个崭新局面,作家从"集体意识"中抽身而出,重新返回"个体",注重对生活的体察和内在情感的表达。这一时期,散文的艺术性得以强化,文本的精神内涵和表现空间得以拓展。

进入 1990 年代，社会发展日新月异，城镇化进程锐不可当，文化领域亦呈多元格局。各种文学思潮相互碰撞，人文精神的讨论更是打开了作家们的创作思路。"大散文"概念的提出，引发了散文界对散文的内涵和外延的重新讨论和界定。风靡一时的"文化散文"热，成为文坛上一道靓丽的风景。"新散文""原散文""后散文""在场散文"等散文流派"你方唱罢我登场"，争奇斗艳，各领风骚。

及至二十世纪末，一批深具先锋意识和文体自觉的新锐作家，像一头公牛闯入瓷器店，使散文天地发生了激烈的碰撞和变化，形成一股新的散文潮流，提升了散文的审美品质和精神向度。

纵观 1978 年至 2023 年四十多年来，中华大地在"改开"的黄金时代中，社会生活奔涌激荡，各种思潮风起云涌，散文创作更是云蒸霞蔚、气象万千，涌现了众多成就斐然、风格各异的散文作家和具有思想深度、艺术上乘的散文作品。岁月的流水冲走了枯枝败叶和闲花野草，中流砥柱却巍然屹立。时间留住了新时代的散文经典，经典在时间的长河中绽放光芒。以沙里淘金的经典散文向"改开"的时代致敬，是我们不可推卸的责任和义务。

别看散文的门槛貌似很低，要真正写好，却实属不易。优质散文是有难度的写作，它不但需要作者的智识、胸襟、眼界、修养和气度格局；更需要写作者的态度、立场、慈悲、良知和批判勇气。遗憾的是，散文创作繁荣和光鲜的另一面，却是大量平庸甚至低劣之作的泛滥，不但败坏了读者的胃口，而且造成了物质和精神的极大浪费。散文作家层出不穷，散文作品汗牛充栋，可真正能让人记住的散文佳构却凤毛麟角。

散文要发展，文学要前行。发展和前行就要从平庸的樊篱中突围。在突围的过程中，散文作家不可太"聪明"，不可太世故，要永存对文学的敬畏之心。一言以蔽之，散文的尊严来自散文作家的尊严。也可以说，要想散文繁荣，首先需要有一批人格健全，品德高尚，铁肩担道义的散文作家。什么样的人写什么样的文章。特别是写散文，最容易看出一个作家的内在品质和境界涵养。一个人格不健全的人，哪怕他作文的技法再高妙，也很难写出撼人心魄、抚慰灵魂的散文来。作家精神品质的高低，直接决定其作品的精神向度。

为了散文写作的突围和发展，为了建设独具特质的当代散文，也是为了更好地从经典散文中汲取营养，我认为有必要正视和重申一些常识性的思考。高头讲章的理论是灰色的，常识之树却蕤葳常青。

一、作家的个体精神决定散文的优劣。常言道，散文易学而难攻。难在什么地方，不是难在技巧，而是难在作家个体精神的淬炼上。倘若作家的个体精神不够丰富，不够深刻，不够清澈，纵使他手里握着一支生花妙笔，也写不出令人称赞的散文。那么，如何才能做到个体精神的丰富性呢，这就要求作家时时刻刻不背离生活，要知人情冷暖，体察人间百态，关心民瘼，有忧患意识，不要做生存的旁观者。一个冷漠甚至冷酷的人，是不适合从事散文创作的。

二、真诚是确保散文品质的基石。散文创作跟作家的生存经验息息相关，可以说，真正优质的散文，无不牵连着作家的血肉和心性。作家的喜怒哀乐，悲欢离合，都或隐或显地暗含在他的作品中。假如在一篇散文作品中，读者既看不到作者的体温，又看不到作者的态度，那这篇作品或许就是失败的。说明这个作者在他的作品中"说谎"或"造假"，缺乏真诚之心。作家一旦失去真诚，为文必定矫揉造作，作品也必定会失去生命力。因此，真诚是散文的"生命线"，也是"底线"。

三、个性是促进散文生长的养料。人无个性便无趣，文无个性便平质。当下，每年都会诞生数以万计的散文篇章，但能够让人记住，且读后还想读的作品并不多，何故？概在于这些数量庞大的散文，无论题材，还是语感都千篇一律，像是从"模具"中生产出来的，缺乏辨识度。散文要发展，必须要求作家具有"个性意识"。"个性意识"不是标新立异，更不是哗众取宠，而是一种"创新意识"和"审美意识"。但凡在散文创作方面被公认的那些大家，都是"文体家"，他们以自觉的写作实践，开创了散文写作的新路径。不合流俗方能独步致远，推动散文的建设和繁荣。

当然，以上几点并非创作散文的圭臬，谁也没有资格去为散文"立法"。

散文是自由的创造，散文精神即自由精神。我之所以提出来，仅仅是希望引起散文同行们的重视和参考，共同为中国当代散文的发展尽力增光。

我们策划、编选"中国散文60强"（1978—2023）的初衷，旨在对新时期以来的中国散文创作作出梳理、评价和选择，试图精选出风格各异的代表性散文作家，以每位一部单行本的形式，呈现出中国新时期优质散文的大体样貌。此项目的发起人为资深出版人张明先生。多年来，他一直追求做高品位的纯文学书籍，也曾连续多年与中国散文学会、中国小说学会合作，出版年度《中国散文排行榜》和年度《中国小说排行榜》。2023年他策划出版了《中国小说100强》，反响不俗。身处喧嚣、纷杂的环境，能以如此情怀和心力来为文学做如此浩大的工程，不能不令人钦佩！

感谢张明先生邀请我和叶梅、冯秋子、陆春祥、吴佳骏、张英、文欢组成编委会，共同遴选出60位作家。我们在召开筹备会的时候，即将作品的思想性、艺术性、代表性以及影响力作为编选的基本原则。在确定入选作家名单时，我们认真商讨，反复研究，生怕因为各自的眼力、审美和趣味之别，造成遗珠之憾。好在我们的工作得到了作家们的积极回应和鼎力支持，惠风和畅，大地丰饶。

60位入选的作家，既有令人尊敬的文学大家，如孙犁、张中行、汪曾祺、史铁生、邵燕祥、流沙河、刘烨园、宗璞、贾平凹、韩少功、张炜、梁晓声、阿来、冯骥才等。这批散文大家的作品，文风质朴、清朗、刚健，充满了"智性"和"诗性"。无论他们是写怀人之作，还是针砭时弊，歌咏风物，都有着鲜明的文化立场和审美取向。他们或出入历史，借古观今；或提炼人生，洞明世事，输送给读者的都是难能可贵的"精神营养"。

也有被散文界公认的名家，如李敬泽、王充闾、马丽华、周涛、冯秋子、叶梅、筱敏、张锐锋、周晓枫、于坚、鲍尔吉·原野等。这些作家的散文作品，特色鲜明，风格独特，诚挚内敛，从内容到形式，都作出了各自的探索和尝试，为当代散文注入了活力。从他们的作品中，我们不但能够领略汉语之美，更可以借此反观生活与存在，寻找人之为人的价值和尊严。

还有散文界的中坚力量和青年才俊，如彭程、谢宗玉、江子、雷平阳、任林举、塞壬、沈念、傅菲、吴佳骏、周华诚等。从他们的作品中，我们见到的，不只是中国散文的文脉传承，更是自由精神的张扬。他们文心雅正，笔力锋锐，不跟风，不盲从，始终保持着独立的思索和判断，在各自所开辟的散文园地中精耕细作，以崭新的姿态参与和推动当代散文的变革。

其实，细心的读者不难发现，入选本丛书的老、中、青三代作家都有个共性，即他们均在以自己的作品审视心灵，心系苍生，弘扬真善美，鞭挞假恶丑，充满了正义感和人道主义精神。这自然与时下众多书写风花雪月、一己悲欢，充塞小情趣、小可爱的散文区别开来。正是因为有他们的存在，中国当代散文才呈现出一幅绚丽多姿的长卷。

需要说明的是，有些重要的散文家，如张承志、余秋雨、王小波、苇岸、刘亮程、李娟等人，由于版权或其他不可抗原因，未能将他们的作品收录进来，我们深以为憾。

我们还要感谢北京立丰天文化传播有限公司的资金支持，感谢北京联合出版公司的精心编校，他们慷慨和无私的义举，对于繁荣中国当代散文创作、对于赓续中华优秀散文文脉、对于中国新时期的文化积累，均具重大价值和意义，可谓善莫大焉。这套丛书的出版意义将同《中国小说100强》一样，旨在给读者以经典的指引，这既是一项重要的原创文学工程，同时也是助力推动全民阅读和研究传播文化的公益工程。

郁郁乎文哉，中国散文有幸！

是为序。

2024年5月12日星期日

（作者为全国政协常委，中国作协副主席、书记处书记）

目 录
Contents

001 | 遥祭赵家城

025 | 魏晋风度及避祸与贵人及虱子之关系

039 | 文章西汉两司马

044 | 泗州钩沉

066 | 九品县尉

070 | 白居易做过的几道模拟题

073 | 小城故事

097 | 高尔基不喜欢的房子

100 | 战争赋

129 | 书笺小祭

133 | 大暑天为什么呼喊"小寒"

| 136 | 三种草

| 146 | 童声合唱

| 150 | 采桑子

| 154 | 村景三题

| 161 | 序《旧雨》

| 164 | 顾曲周郎

| 168 | 母亲三章

| 195 | 江堤下的那座小屋

遥祭赵家城

一

明洪武十八年，福建漳州府受理了一桩诉讼案，原告和被告都姓黄，案由是同姓近族通婚。这是一件很普通的官司，照例只要大老爷惊堂木一拍，判它个劳燕分飞就是了，至多也不过把被告打几板子以示惩戒。但审理此案的御史朱鉴是个细心人，他查了一下被告黄文官的族谱，这一查却查出点名堂来了，原来这个黄文官并不姓黄，他身上带着赵宋皇族的血统，其曾祖父是南宋闽冲郡王赵若和。理宗景定年间，因皇上赵昀无子，赵若和曾被作为"第三梯队"接进宫中，差一点以亲王身份继承大统。南宋灭亡后，赵若和一族即隐去赵氏宗族身份，改称黄姓，在漳州附近筑城堡以匿居。世事如棋，江山易代，算起来，这一脉天潢贵胄在斜阳草树中已整整隐居了110个年头。

漳州附近这座神秘的城堡，后人称为赵家城。

一个王朝走到了尽头，其收场的一幕总少不了一些可怜兮兮的悲剧情节。最常见的景观是血溅宫城、尸横御道。也有识时务的，赶紧献上一份降表，于是，接下来的场面是面缚舆榇、仓皇辞庙。虽然好歹保住了一条性命，但新王朝的主子终究是容不得这班凤子龙孙的，常常是，你这边在降王官邸里还没吟完"问君能有几多愁"，那边已经把牵机药送来了。用不了几个回合，前朝王族便被收拾得差不多了，只留下郊外的几方青冢，荒草萋萋，西风残照，那措辞暧昧的墓志铭亦在风雨中漫漶难辨，一个王朝的余脉到此终于了无痕迹。而像赵家城那样，灭国王族在某个小天地里悄然聚居、优游生息，且能传之百载的，委实相当罕见。罕见伴随着巨大的疏离感，那究竟是一个怎样的生存空间？植根其间的金枝玉叶又经历了一种怎样的心路历程呢？从一般意义上说，那里固然有亡国的巨痛和天上人间的失落感；但作为一个鲜活灵动的生命群体，那里也应有婚恋的花烛，有温暖的炊烟，有新生儿嘹亮的啼哭，有春种秋收和引车卖浆的艰辛生计。当然，作为封建宗法制度的一个缩影，在其繁衍过程中，大抵还少不了家庭内部乌眼鸡似的争斗。所有这些，都给那座孤独的小城堡笼罩着一层诡谲的灵光。

于是，我把目光投向了闽南漳州，投向了那座隐映在夕阳和山影下的赵家城，透过那倾颓的石楼和错落的庭院，去窥探一个王朝陨落的轨迹和悠远的残梦。

二

回顾宋代的历史总有一种压抑感，那是个委顿羸弱的时代。一般来说，一个王朝在其定鼎初期总是生龙活虎的，但宋王朝却是个例外，它几乎从一开始就病恹恹的打不起精神。小时候看演义小说，最让人掩卷垂泪的是《杨家将》和《说岳全传》；而最让人扬眉吐气的则是

《水浒》和《七侠五义》。这几部小说的背景都是宋代,前者以民族纷争为背景,歌颂的是悲剧英雄;后者以社会世相为经纬,褒扬的是侠义英雄。遍地"英雄"下夕烟,虽然很热闹,却不是什么盛世气象。现在想起来,一个专门用悲剧英雄和侠义英雄来表现的时代,实在是因为本身没有喜剧,也没有正义的缘故。

在中国历史上,宋室是国祚较长的,前后凡319年,除去刘汉王朝,就数得上它了。但宋代其实从未有过大一统,而且老是受人家的欺负,忍气吞声地看人家的眼色。在强邻的虎视下,先是称弟,而后是称侄,最后干脆伏地称臣,卷起铺盖跟着元兵到大都去了。"乱点连声杀六更,荧荧庭燎待天明,侍臣已写归降表,臣妾签名谢道清。"这个最后在降表上签名的"臣妾"就是当时主持朝政的谢太后,她是六岁幼主赵㬎的祖母,全称应该是太皇太后。诗人汪元量是谢太后的旧臣,他显然亲历了宋王朝收场的最后一幕,诗写得很沉痛,也有点刻薄,特别是最后一句,不仅用了"臣妾",还对太后直斥其名,这就很不恭敬了。后人对谢太后主降一直颇多非难,甚至说她北上后有失节之事。其实,当时的情况明摆在那里,面对元兵的汹汹进逼,一群孤儿寡妇有什么办法呢?德祐之降时,谢太后已是年近70的老太婆,所谓和元主的"刘曜羊后之嫌"显然是无稽之谈。一个女人,不幸身逢末世,而且又过分珍惜自己的生存权利,自然就该多受一重糟践的。300多年前的那个清晨,赵匡胤带着一干人马从陈桥南下京师,把周室的孤儿寡妇赶出了金銮殿;今天则是赵家的孤儿寡妇被人家解押着仓皇北去。古道逶迤,衰草披离,在杂沓的马蹄和滞重的车轮声中,宋王朝尘埃落定。

漳州附近的那座赵家城,大抵就是这以后不久悄然崛起的。临安城头降幡出墙时,赵若和正在他的福建封地,他既不愿随谢太后一起北上——自古降王多无善果,这他是知道的;也不愿以王族身份揭竿而起、号令四方,那是提着脑袋的勾当,他没有那份胆量——那么就找一块僻静的地方筑城隐居、以待时日吧。

一座方圆二里许的城垣,圈出了赵宋王朝的最后一块领地。就军事功能而言,区区石城是微不足道的,在剽悍的蒙古骑兵面前,所谓坚城汤池只不过是矫饰的陈词豪语,整个欧亚大陆都在他们的铁蹄下颤抖,包括那遥远的伏尔加要塞和巴比伦古堡。因此,赵家城体现的主要是一种心理功能。一群羽仪世胄,若一下子沦入寻常巷陌之中,这种心理落差是无法承受的,他们需要一道屏障,把天下汹汹的世道和平民生态的庸常阻隔在墙外,也把惊惧和无奈阻隔在墙外。他们将在城内营造一方塌台贵族的精神领地,在这里,郡王仍旧是郡王,大宋的王法和家法也仍旧是至高无上的。这从赵家城的布局亦可以看出来。城内有大宅五座,各有其尊卑次序;大宅之东有一座巨型石楼,名"完璧楼";另有佛塔、石枋、庭院、小河;河上有桥,曰"汴弧桥"。这究竟是一座微缩的闽冲郡王府,还是写意的北宋都城汴梁?都有点像。"完璧楼"寓"归赵"之意,这毋庸置疑;"汴弧桥"似乎也与汴梁有关。于是,寓居其中的这一脉赵家子孙便找到了繁华旧梦的某种感觉。

繁华旧梦毕竟只是梦,梦总是要醒来的,一旦出了城门,梦中的一切便不复存在了,他们不仅不再是徽猷华衮的金枝玉叶,而且连自己的老祖宗也不敢认。他们只是一群黄姓子民,瑟缩在腥膻的异族衣冠之下。外面的世界很无奈,蒙古人似乎并没有遇到太大的麻烦,在福州起兵抗元的亲王赵昺只知道抢在蒙古人前面往南跑,一直跑到中国大陆的最南端,又跑到海船上颠簸了一段日子,实在吃不消了,只得让大忠臣陆秀夫抱着跳海。这样的结局早在赵若和预料之中,他庆幸自己没有跟着去凑热闹。又过了两年,宋王朝的最后一位忠臣文天祥在大都殉国,他留下了几首正气磅礴的好诗,让后人千秋万代地传颂。但脑袋都没有了，气节还有什么用呢？赵若和觉得这也太奢侈了些。

那么就关上城门吧，躲进小楼成一统，至少还能寻求几分清静。日子长了，城里的一切成了寻常生态，悲剧意识也渐渐淡化。想想谢太后一行紫盖入洛、青衣行酒的屈辱；想想赵昺那帮人被元兵追杀葬身大海的结局，心理上便获得了某种平衡。连皇上和太后也是这般下场，自己还有什么委屈的呢？食有鱼，出有车，内有婢，外有仆；而且千秋名节也不曾玷污，这就很不错了。宋室倾覆，这是天命所归，作为赵家子孙，自己也算对得起列祖列宗了。

赵若和在精神上仍然是高贵的一族，这种优越感亦自有其道理，因为在这期间，新王朝的统治者已经擦去了刀刃上的血迹，向宋室遗民摇起了橄榄枝。而且居然有人耐不住寂寞，堂而皇之地出山做官去了，例如那个同为皇室成员的赵孟頫。

在中国文化史上，赵孟頫这个名字相当有分量，他是诗、书、画三绝的奇才，可以当之无愧地称得上大师一级的人物。南宋灭亡时，他25岁，和赵若和一样，也在乡间隐居静观。但他做得比较大气，行不改名，坐不改姓。他是赵宋的宗室，又是名满江南的大才子，自然很招摇的。从隐居而不隐姓埋名来看，他是不是从一开始就有待价而沽的意思呢？我不敢妄加推断，但至少说明他对新王朝并不那么恐惧，甚至还存有某种希望。他比较自信，蒙古人来了，照样安车驷马，吟诗作画，很无所谓的。这样到了32岁，人家来动员他入朝时，他似乎没有经历太多的思想斗争，潇洒地拂拂衣袖便跟着去了。

去了，而且很快就进入了角色。他前后共侍候过五代君王，官运都相当不错，这种"荣际五朝"的恩宠有元一代绝无仅有。但他是聪明人，知道自己充其量只是个佐贰之臣，因此处处存着小心，得志的时候并不张狂，见好就收，仕而优则学，以一个文化人的疏淡鸿博来消解别人的猜忌。这样，和主子就取得了某种默契，彼此都很客气。作为臣子，他会不时提几条不痛不痒的意见，偶尔也显示一下自己的才干，但分寸感掌握得极好。这些都是官场中的游戏规则。作为主子，人家也知道你只是这个舞台上的客串角色，翻不了天的，便乐得拿来装点门面。见面了，大老远地呼其字而不称其名，以示亲密，人前人后夸奖几句，有时还送几锭银子、赐几件衣服。于是这边赶紧谢主隆恩、三呼万岁。

万岁呼过了，掸去膝盖上的灰尘，阵阵隐痛却袭上心头。他是旷世奇才，诗文和书画都堪称大家。特别是书法，更是名冠有元一代。但想起来实在不是滋味，他那颜筋柳骨、铁划银钩的好字，除去书写歌功颂德的表章外，更多的却是奉旨抄写那些没完没了的经书。他是远追"二王"、崇尚魏晋风度的，但寄人篱下、有口难言的悲剧生涯，无论如何也表现不出真正的魏晋风度，他缺乏那种傲世的狂啸和人生的大放达。蒙元统治者来自北方的荒漠和草原，他们无疑是世界上最优秀的骑士和杀手，但文化修养实在不敢恭维。因此，赵孟頫在落笔时不得不考虑一下"接受美学"。他总是力求用笔的简洁，行笔和收笔明快流畅、干脆利落。特别是他的楷书，端庄而流走，沉稳而轻松。他实际上做了简化和通俗晋人笔法的工作，使高雅的书法大众化。平心而论，他的字是很漂亮的，但后人往往因为"薄其人，遂恶其书"，说他的字有甜媚之弊。这种以人格否定书法的观点固然不可取，但一个有着执着追求的艺术天才和生存智慧过分丰富的新朝显贵，这种复杂的生命状态亦不能不渗进他的笔底风光。

身后名，就不去想了，身前的种种冷眼已难以卒读。"故乡兄弟应相忆，同看溪南柳外山。"身在北国的金丝笼中，"故乡兄弟"的亲情每每令他魂牵梦萦。但一俟回到江南，他的从兄赵孟坚闭门拒绝他的探访，旧日的好友亦鄙薄他的行为（例如那个在江南名声很大的遗民郑思肖），这些都很让他伤心。南归期间，他看了不少地方，"新亭举目山河异，故国神伤梦寝俱"，他并没有忘记自己是赵家的子孙。当然，在杭州的岳飞墓前，他更加感慨万千：

……
英雄已死嗟何及，
天下中分遂不支。
莫向西湖歌此曲，
水光山色不胜悲。

后世有论者认为，岳王墓诗不下数十百篇，其脍炙人口者，莫过于赵子昂的这一首。这样的评价不是没有道理的，因为诸多诗人大抵不会有赵孟頫这样强烈的生命冲撞；而同是故国之思、黍离之痛，别人也大抵不会有赵孟頫这样铭心刻骨的悲剧感悟。

赵孟頫在岳飞墓前踱躞徘徊时，福建漳州赵家城中的赵若和是不会知道的。但赵孟頫降志辱身、受宠于新朝，他应该早有所闻。面对着这位族侄的大红大紫，他都想了些什么，后人无法揣测。鄙薄当然会有的，但会不会有一点羡慕，有一点"悔不该"呢？难说。恢复宋室是没有指望的了，最初的惊惧和失落也渐渐消磨在寻常生态之中。暮云春树，逝者如斯，生命的适应性是势利而残酷的，高华雅逸的贵族气派已蜕变为平易而坚忍的世俗风度。往事已然苍老，只有在祭祖的纸船明烛中才会想起自己身上的高贵血统。城堡的大门悄悄打开了，农户的足音和樵者的歌声缓缓渗透进来，冲淡了地老天荒式的寂寞和哀愁。

赵若和到底活到什么时候，史无记载，但那出殡的灵幡上书写着一个黄姓草民的名字，这大概可以肯定。

三

在赵家城宅区的一间密室里，悬挂着有宋以来历代帝王的画像，作为灭国王族，这是情理中的事。但列祖列宗，一一看去，却单单少了度宗赵禥。此中隐情，史学家们一直视为疑案而颇多猜测。其实，只要稍稍探测一下赵若和心理底层的"储君情结"，所谓疑案便不难破译。赵若和一生中最为辉煌的时期在理宗景定年间，当时他被作为"第三梯队"养育宫中，预备着接班当皇上。正是基于这种"储君情结"，后来他缅怀故国时便多了一层滋味。理宗死后，在皇室内部复杂的权力纷争中，另一支宗室福王赵以芮占了上风，由他的儿子赵禥坐上了龙廷，而赵若和只得又回到福建的郡王府去坐冷板凳。对此，赵若和自然耿耿于怀，他有理由认为这个度宗皇帝是不合法的，当然也有理由不在密室里悬挂他的画像。这位郡王实在有点拎不清，到了理宗年间，南宋小朝廷已岌岌可危，亡国的气象遍于朝野，争这个皇位还有什么意思呢？果然，过了十几年，蒙古人来了，谢太后派能言善辩的文天祥去和元兵谈判，愿降为属国。元军主帅伯颜倨傲得很，他对这位南宋的大忠臣说："汝国得天下于小儿，亦失于小儿。其道如此，尚何多言？"话说得很刻薄，不仅刻薄了末代的孤儿寡妇，而且连整个赵宋王朝的列祖列宗都刻薄了。

更刻薄的还在后头。古代笔记中曾载有这样一段情节，南宋投降后不久，元主派一个叫杨琏真伽的江南释教总统前来江南宣慰。这位"总统"实际上是个盗墓贼，在他的"宣慰"之下，南宋的所有皇陵被一一掘开，殉葬的金银珍宝亦被搜劫一空。但他仍不满足，当他掘开理宗赵昀的梓宫时，竟取出这位皇爷的骷髅，老实不客气地在其中撒了一泡尿，然后又把骷髅带回家中，用金银八宝镶嵌起来，当作自己的尿壶。

用人头骨制成的尿壶与其他尿壶在审美或应用功能上有什么更优越之处呢？大概没有。在这个细节的背后，大抵隐潜着一种征服狂的变态心理和巫师式的诅咒与作践，但不容忽略的是，在这里，蒙元统治者还不经意地显示了一种蔑视——对被征服的宋王朝，特别是对遗传基因中带着软骨病的赵家皇帝的极端蔑视。并不是所有的征服者在对手面前都会有这种蔑视的，有的失败者会给对手以悲壮的震慑和崇高的洗礼；有的会让对手产生一种苍凉的诀别和人生幻灭感；有的则能让对手在自己的遗骸面前惊惧、战栗，甚至肃然起敬。因为他们是真正的战士，他们那惨烈的搏杀和凄绝的长啸充满了生命的张力和质感，足以惊天地而动鬼神。而这一切都与赵家皇帝无缘，他们的生命符号过于微弱，不值得让征服者回眸一顾，更不足以引起征服者心灵的悸动。因而，他们的骷髅只配给人家作尿壶。

也许因为他们过于"文化"了吧。

今天，当我把目光注视我们民族的那一段历史时，感情是颇为复杂的。那是一个文风腾蔚的时代，也是一个弱不禁风的时代；那是一个才华倜傥的时代，也是一个抱残守缺的时代；那是一个辉煌灿烂的时代，也是一个风雨飘摇的时代。在中国历史上，没有哪一个王朝对文化人像宋王朝那样优容宽厚的——包括人们一直津津乐道的李唐盛世——这种优容宽厚不仅铸就了中国文化史上一座巍峨壮丽的丰碑，也铸就了一种过于文质彬彬、阴柔萎弱的时代性格，这个庞大的王朝也就一直在文采风流中苟且偷安，步履蹒跚地走向它的末路。直到最后，还得由状元宰相文天祥用几句好诗来为它画上一个句号。

据说，宋太祖赵匡胤开国第三年，即"密镌一碑，立于太庙寝殿之夹室，谓之誓碑"，凡新天子即位，都得到碑前跪拜默诵。臣子们远远地站在阶下，自然不知道誓碑的内容，猜想不外是经邦济国的总路线吧。直到靖康之变（金兵攻陷开封），宫门大开，人们才有幸目睹了那座神秘的誓碑，原来所谓的"总路线"竟是："不得杀士大夫及上疏言事人。子孙有渝此誓者，天必殛之。"以誓碑这样绝对神圣而庄严的形式大书"优容文士"，且作为一个王朝的立国方针，这在中国历史上绝无仅有。从史实看，宋代300多年的帝王大体上也是遵守的。今天，当我们在谈论宋代高度繁荣的文学艺术时，亦不得不向当初密室里的那座誓碑投以欣赏的一瞥。

有意思的是，既然誓碑上书写的是如此大得人心的好政策，为什么却要藏之密室、秘不示人呢？可见这中间还有一层更深的心机：政策尽管好，也只能让赵家的子孙自己掌握，不宜张扬。若张扬出去了，文化人都有恃无恐，一个个头翘尾翘的，轻狂得不知斤两，岂不是太"自由化"了？这样甚好，政策捏在我手里，我对你客气，是深仁厚泽，皇恩浩荡，你得对我五体投地、感激涕零才是。这样的用心，足够中国的文化人玩味好几个世纪的。

但尽管如此，宋代的文人还是相当"自由化"的。诗、酒、美人，构成了他们生活的主体色调，一切与文化有关的职业都备受青睐。这在今天看来简直不可想象，在当时却演绎得相当自然。门阀世家的特权消失了，"白衣卿相"遍及宫廷。入仕自然要通过考试，科举这一文官考试制度产生于唐代，但到了宋代才具有了真正的开放性，唐王朝那种浪漫的充满戏剧性的场外交易渐渐绝迹。于是，大批寒门士子堂而皇之地进入了官场。当进士及第的高级知识分子结队朝见皇帝、通过街衢时，首都开封就像着了魔一般万人空巷。当时便有人感慨说："纵使一位大将于万里之外，立功灭国、凯旋归来，所受的欢迎也不及此。"事实上，一个靠宫廷政变而上台的帝王，对武将理所当然地怀有一种本能的猜忌，特别是对功高威重的武将，那猜忌的目光会更加阴冷。因此，重文轻武便成为有宋一代 300 余年的基本国策。

考中了固然风光，考不中也照样可以活得很潇洒。词人柳永是个风流浪子，整天出没于青楼妓馆，属于那种无行文人。但他的词写得好，知名度亦相当高。他也曾到汴京应试，有人在仁宗面前举荐他，仁宗自然早闻其名，知道他作风不怎么的，似不宜做官，还是做个专业作家的好，便批了四个字说："且去填词。"从此以后，柳永便自称"奉旨填词"，作风亦越发风流放荡。后人在评论这段逸事时，往往着眼于君王的偏颇专横及词人的命途多舛之类，但在我看来，这恰恰从一个侧面反映了当时的文化氛围相当宽松。柳永这个宣言式的"奉旨填词"完全是反唇相讥，带着相当大的牢骚。在一般的语言环境下，反唇相讥是可以的，发牢骚也是文人的一种天性，但如果对方的身份是皇帝那就很成问题了。幸运的是，柳永非但没有因"大不敬"而坐牢杀头，而且还能在花前月下把他的艳词继续"填"下去。在专制社会里，这一点很不容易。试问，同样是牢骚满腹，汉宫史官司马迁敢这样反唇相讥吗？彭泽县令陶渊明敢这样轻狂放肆吗？柳子厚刘梦得敢这样嬉皮士地接过君王的话茬吗？他们都不敢。但生活在宋王朝的这个叫柳三变的词人就敢。不仅敢，而且这"奉旨填词"者竟名扬天下，据说凡有水井的地方就有他的词。汴梁的深宫里自然也有水井的，皇帝自然也会听到词人这调侃式的"创作宣言"，并毫不费力地体味出对自己的不恭敬。但他只是宽容地一笑，且相当欣赏地拿出柳永的一首新词让宫女们去排练。

这是宋代帝王的浪漫，也是宋代文人的浪漫。

面对着那一派镂金错彩的文化景观，真叫人不知说什么才好。在那个时代，无论边关武夫还是中枢宰辅，也不论是昏君乱臣还是国贼巨奸，其笔下往往都呈现出相当不俗的艺术品位。宋徽宗赵佶自不必说,就连那个口碑很坏的高宗赵构也大致可以归入书法家的行列,而蔡京和秦桧则当之无愧地算得上书坛高手。有一则流传颇广的说法是,柳永写过一首著名的《望海潮》,对杭州的繁华和承平香艳极尽铺陈,后来金主完颜亮因此"起投鞭渡江之志"。一首风华旖旎的好词引来了一场战争,这种说法虽不大可信,但其中的讽刺和象征意味却是相当深刻的。在新声巧笑、浅斟低唱的背后,刀剑的磕击声已隐约可闻。丧失了阳刚之气和尚武精神的宋帝国的版图,只是歌女的一块任人撕扯的衣袖,最多也只能为主人拭一拭感伤的泪水而已。

后来的结局大家都是知道的,赵佶父子被金兵俘虏北去(南宋的御用文人称为徽钦北"狩",又玩了一回堂皇的文字游戏),在五国城的土炕上,赵佶写了100多首诗词。诗词不是赵佶的特长,他的特长是工笔画和瘦金体的书法。但金人不会给他那么好的创作条件,他只能赋诗填词。一个半跪着苟延残喘的羸弱之躯,其人格精神和审美光芒都相当黯淡,也失去了把悲剧体验上升为历史感悟和艺术至境的博大底蕴,于是,剩下的只有那一点充满了技巧感的哀叹和低泣。

赵佶在五国城活了8年。说来可怜,他死后,他的儿子赵构以称臣、岁贡,再加上抗金英雄岳飞的头颅为代价,换取了和敌人的一纸和议,金人方才同意归还死鬼赵佶的棺材。棺材运到临安时,赵构踔踊号哭,很表演了一番。这副棺材后来当然也被盗墓的杨琏真伽撬开了,据说里面除去死者的尸骸,其他"空无一物"。金朝统治者不会给一个懦弱的囚徒什么殉葬物,这是不难想见的,盗墓者的发现并不令人意外。相比之下,古人笔记中的记载就有意思多了,说是赵佶死在远塞,骨骸早已散失,金人连另外找一副死人骨头来代替也懒得,只在里面胡乱地放了一架破灯擎。因此,当杨琏真伽打开梓宫时,不禁惊呼:"南朝皇帝根底浅薄,尸骨全无,已化为一架灯擎,把金银珍宝都吞蚀了。"这个盗墓贼恼怒之下,一跺脚把灯擎踩得粉碎。

笔记中的这种说法过于离奇，自然是大可怀疑的，但我看后却感慨良多，觉得这样的结局对于死者倒是挺合适。金人当初单单选择了一架破灯擎而不拿别的什么作替代物，大概也受着某种潜意识的指使吧，作为一个马背上的军事帝国，可供选择的寻常器物很多，例如悬在每个人腰间和墙壁上的刀鞘，例如骑手们须臾不可或缺的鞍镫，在伸手可及的范围内，这些东西的概率都要比灯擎大得多。或许他们也认为死鬼"根底浅薄"，配不上这些吧。是的，刀鞘裹挟的是强梁锐气，青锋出鞘，漫出一抹寒光、一股雄风、一缕金属的铮鸣。用它裁剪出来的语境也不同寻常，例如，弹铗而歌，闻鸡起舞，剑拔弩张，以及路见不平，拔刀相助；怨来吹箫，狂来说剑等等，这些都是属于壮士的。而鞍镫则是骑士的爱侣，它伴着奔撒的马蹄追风掣电，随着骑手每一个英武的身姿欢呼跳跃；它从不畏惧杀戮、强悍、冒险和拼搏，它的属性中充满了征服欲和一往无前的动感。这些，可怜的赵佶显然都配不上。就生命质量而言，他只配一只破灯擎，上面是淋漓的烛泪——污浊而丑陋。

和赵佶一同被掳北去的钦宗赵桓却在金国活了30年。在最后的几年里，他有幸和被俘的辽国皇帝耶律延禧囚禁于同一座寺庙里。这两位亡国之君最后又恰恰死于同一场面，但生命的造型却迥然不同。一天，金帝国的将领们比赛马球，（骑射和征战是女真人的天性，在和平年代里，马球这样的竞技活动便成为这种天性的宣泄。）金主完颜亮命这两位倒霉鬼也去凑热闹。赵桓文弱，不大会骑马，竟从马上跌下来，被飞奔的马蹄践踏而死。那位81岁的耶律延禧却体格十分健壮，他企图乘乱逃出重围，结果死于乱箭之下。

两个亡国之君，很难说谁比谁死得更有价值。但有一点却可以肯定，文化素养远远高于辽帝的赵桓，在生命强度上却远远逊于对方。他从马背上摔下来，轻飘得有如一片落叶，马蹄急雨般地捣碎了他的身躯，他连呼喊——不，连呻吟也没有，一个孱弱的生命就这样消失了，在游戏者飞扬的旌旗和雷动的欢呼中零落为泥，无声无息。而游戏者甚至还不知道发生在自己马蹄下的那一幕小小的悲剧，死者太窝囊，也太吝啬，他决不施舍一丝抵抗、一丝挣扎，或者一丝怨愤，以激励你的神经，让你稍稍感到一点杀戮的快感。这样的结局，于受难者和肇事者双方都是乏味至极的。

81岁的耶律延禧也是从奔驰的烈马上倒下的，但那是在一场围绕着他进行的追杀途中，在一场意志的较量之后，一个年迈的囚徒，却能以自己的奋力一搏调动起那么多威猛的将士，让他们为之惊诧、慌乱、愤怒（但绝对没有鄙夷），进而鸣鼓号呼、扬旗奔逐。他以抗拒死的姿态死去，那马背上的身影亦堪称一尊力的雕塑。同样是飞扬的旗帜和雷动的欢呼，这时候统统成了死者的浩浩仪仗。乱箭如蝗，热血如注，那遗骸也是相当卓越的。他或许要长啸一声，那声音也应该归入诗的范畴吧，在这样的诗句面前，他强悍的对手也禁不住要为之喝彩。而赵佶父子的那点才华便显得过分纤巧柔弱了。耶律延禧在当政时不是一个好皇帝，但作为一具生命个体，他却是健全而生气勃勃的，这是契丹民族之所以能在中国的北方称雄数百年的底蕴所在：征服的意志、搏杀的欲望、永不驯服的野性、冒天下之大不韪的胆略，即使是死，也要山一般地倒下。在这里，我想起了辽帝国覆亡后，皇族后裔耶律大石的壮举。耶律大石不仅是中国12世纪卓越的军事天才，而且是一具非凡意志的化身。辽亡后，他集结残部奔突西行，越过中亚细亚广袤的荒漠，沿途击败了众多部落的拼死反抗，一直抵达伊朗北部的起儿漫城，在漫天风沙和潇潇血雨中建立了新的辽帝国。这个西迁的辽帝国延续了将近一个世纪。可以想见，这需要怎样一种倚天仗剑的气魄和万丈锋刃般的峻厉。柏杨先生在《中国人史纲》中认为，耶律大石的辽帝国西迁后，其踪迹便杳然难寻，他那原本就很低的文化水准，经过天翻地覆般的转战逃亡，连他们自己的契丹文字恐怕记得的人都不多了，因此，他们对人类文化没有什么贡献。这样的结论实在有失偏颇，至少，在耶律大石仗剑西征的背影下，偏安江南的赵家小子们虽然活得相当惬意，亦相当风流儒雅，"吴山依旧酒旗风，两度江南梦"，但他们充其量只是一群"有文化"的阉物和侏儒而已。

是的，这是一群蝇营狗苟、毫无生命光彩的阉物和侏儒，而这样的王朝居然能偏安150多年，简直是我们民族的羞耻。你还能指望他们伟岸雄起吗？还能指望他们在灭亡的瞬间爆发出悲壮的一搏吗？还能指望他们的后裔中走出耶律大石——哪怕是耶律大石那样的一道目光、一声呐喊、一串扣人心弦的马蹄吗？这些统统都是不切实际的奢望。因此，我怀疑赵若和之所以在赵家城内隐姓埋名，并不是为了躲避蒙古人——蒙古人对宋室后裔一般还比较客气，不会太难为他的——而是为了躲避那些心怀故国的宋室子民。作为赵家的近支宗室，又是曾被内定为"第三梯队"的龙种，一旦暴露了身份，其号召力是不言而喻的，极有可能成为遗民们的精神领袖。说不定哪一天早上，百姓们会扯出一块"宋"字大旗，将他拥戴而去，加上一副冠冕，让他带头造反。而这种勾当，赵若和是断然不干的。

那么，就让他隐姓埋名，对着密室里列祖列宗的画像做新王朝的顺民吧。

四

赵家城里是平静的，平静剥蚀了一切外在的活力，只留下悠远而畏怯的感怀，这里没有面对明天的憧憬，只有一遍遍地咀嚼昨天的体味。轻轻拭去列祖列宗画像上的尘埃，300余年的青史在一页页地掀开，辉煌与衰落，令人唏嘘感喟。这时候，指点江山是没有多大意义的了，但不会没有对人物的臧否评判，特别是对那几位很大程度上影响过历史进程的大人物，这时候的评判会较少功利色彩。

常常会被某个问题纠缠不清，乃至困惑不解。例如，有宋一代，出过大文学家、大艺术家、大思想家、大教育家，他们在各自领域里的成就都足以影响以后的整整一代文化史；也出过中国历史上首屈一指的大汉奸，但偏偏没有出过大军事家。

杰出的军事人才是有的，但他们大多功名未显，壮志未酬，还没来得及把自己的名字写上那座风光无限的万仞奇峰，便过早地陨落了。例如岳飞。

本来，这是一个呼唤军事巨人，也应该产生军事巨人的时代。一名军事巨人的诞生，除去他自身的天赋才能而外，至少需要三个方面的条件：大动乱、大剧痛的时代；石破天惊的功业；以及能够在战场上与之对话的大体上处于同一层次的对手。与宋王朝先后"过招"的三个主要对手——辽、金、元，都是来自北方荒原上的天之骄子，这样强悍的对手使战争的品格相当不俗，在东起淮泗，西到大散关的千里战线上，双方数以百万计的大军互相对峙，这样壮阔的舞台亦堪称战争史上的奇观（顺便说一下，北宋帝国的人口是一亿，南渡以后，即使打一个对折也相当可观，兵源是不成问题的）。史学家们在总结前人的一场战争时，往往着眼于地图上几根纤细的线条，把胜负的因果关系演绎成一道无懈可击的方程式，这种学究气的研究与战场上的实际相距甚远。其实，一场大战的胜负往往系于纤毫，其间充满了各种偶然、逆转、失误、相持，以至于绝望。真正的军事家应是在绝望中诞生的强者，是善于扼住命运咽喉的伟丈夫。摧枯拉朽不是真正的战争，稳操胜券也不是真正的军事家。像周瑜那样，"羽扇纶巾，谈笑间，樯橹灰飞烟灭"；像谢安那样，一边和友人对弈，一边轻描淡写地通报"小儿辈大破贼"，这样的大手笔自然高妙得令人惊叹，但又总觉得过于轻巧流畅，如果不是后人的有意神化，就是他们的对手太软蛋。因为这里缺却了焦躁、痛苦、惊惧和疯狂；也缺却了瞬息万变的动感和审时度势的即兴创造，仿佛战争只是一尊任君摆布的雕塑，任何一笔微小的刻画都早已完成，只等着一个优哉游哉的揭幕仪式。战争是生命与生命最直接的搏击，亦是人类智慧最辉煌的闪光，特别是在冷兵器时代，这种搏击和闪光更为惊心动魄，马蹄击溅，金属碰撞，喷射的热血蔚成漫天虹彩，这是何等惨烈，又是何等壮丽的景观！战争呼唤谋略，呼唤兵不血刃地战胜对手，但短兵相接作为战争最原始的形式，却集中体现了它的终结魅力——力和美毫不雕饰的呈示。请仔细体味这两个字的生命质感：肉搏。因此，现代战争那种在千里之外戴着白手套操纵计算机的作战方式便显得过于精致文弱了。战争鼓励杀戮，鼓励"在百万军中取上将之首如探囊取物"的超级杀手，在相当长的人类战争史上，斩获的首级常常被作为论功行赏的依据。但对方一旦放弃了抵抗，杀戮便成为野蛮和丑陋。正是在这种种悖论中，战争精神闪耀着不世之光。从根本上讲，战争精神就是民族精神，当边关将士们在腥风血雨中追求和捍卫战争精神时，他们也在重塑和弘扬自己的民族精神。也正是在这种种悖论中，一代又一代的战争之神纵横捭阖、脱颖而出，一步步登上那座风光无限的万仞奇峰。

　　岳飞本来是有希望登上这座奇峰的，他出身行伍，从前军小校、敢死队员开始打过不少仗（当然也有败仗），在刀锋箭矢间逐步成长为方面军的统帅。对于一位抱负宏远的铁血男儿来说，这样的经历至关重要。他的军事才能是没有问题的，站在他对面的完颜兀术也是完全可以与之匹敌的马上枭雄。请看看郾城之战中岳家军大破拐子马是何等精彩！完颜兀术的拐子马实际上是现代坦克的雏形，而岳家军的短刀手则是抱着集束手榴弹冲击坦克群的无畏勇士。再看看漫天风雪中的小商河之战是何等惨烈！岳家军500壮士全部捐躯，杀敌3000余人，先锋杨再兴阵亡后，身上拔下的箭矢竟有两斗之多。毋庸置疑，这是一场真正的勇者之间的决斗。这样，当岳飞在朱仙镇附近大破金兵时，他离那座风光无限的奇峰实际上只有半步之遥了。但岳飞有一个致命的弱点，就是政治上过于天真。更确切地说，就是不善于揣摩君王的心理，特别是揣摩那种隐藏在堂而皇之背后的阴暗心理。他口口声声要"直捣黄龙，迎还二圣"，殊不知这正是赵构最忌讳的，"二圣"回来了，他还能坐在龙廷上吗？这样，岳飞忠心耿耿的抗敌宣言，反倒是和皇上过不去了。（金帝国正是抓住了这一点，暗示赵构如果不杀岳飞，他们就把赵桓放回来。）在收复失地和保住皇位之间，赵构理所当然地选择了后者。一个军事天才陨落了，因为宋王朝不需要真正的军事家，他们需要的只是几百年以后一个叫马克思的外国人所痛斥的那种"龟奴"，而宋王朝本身便是一座不折不扣的"龟奴的政府"。

岳飞死了，和议成了，赵佶的棺材送回来了，很好！赵构涕泪滂沱地表演了一番，然后在绍兴选了一块风水宝地安葬下来。陵寝营造得比较简单，当然不是舍不得花钱，因为这只是"权殡"，也叫"攒宫"，北宋的皇陵在河南巩县，等日后收复了失地还要送回祖坟上去的。赵构这一个回合玩得很圆满，既张扬了自己的孝道，又表示了收复失地的决心，可以向天下人交代了。更重要的是保住了自己的皇位，很好，很好！

金人除去送还赵佶的棺柩外，还承诺继续囚禁赵桓和其他所有亲王，这对双方都是皆大欢喜的事。

就在赵佶的棺柩翠华摇摇地送往绍兴安葬时，岳飞的尸骸被一个部下从风波亭的冤狱里背出来，偷偷掩埋在临安附近的一处山旮旯里。愁云惨淡，祭烛飘零，在这里，一代军事英才静静地看着宋王朝蹒跚地走向末路。令人悲哀的是，在小朝廷剩下的100多年中，将再也不会出现这样叱咤风云的统兵将帅了。

一个容不得奇男子伟丈夫的时代，必然是一个小人泛滥、鼠窃狗偷盛行的时代。岳飞被杀后，有一个岳州知州为了拍秦桧的马屁，居然上奏朝廷称：臣所知之州耻与逆臣同姓，乞改岳州为纯州，使州为纯忠之州，臣为纯忠之臣。这个马屁拍得很及时，朝廷当然准奏，于是岳州改名为纯州，相应地岳州名胜岳阳楼也改名为纯阳楼。这个打小报告的知州本是个无耻之徒，就不需去说他，连他的名字我也懒得去查对。但作为江南三大名楼之一的岳阳楼却因此蒙受了奇耻大辱，实在令人愤慨。前些时看到一本关于岳阳楼的出版物，洋洋十万余言，详细论及岳阳楼的历代沧桑，却没有提到以上这一段秽闻。我想，这大概不是作者的疏漏，而是一种深挚执着的情感使然。是的，岳阳楼，这座丰姿绰约的巴陵胜迹，这座凝聚着多少迁客骚人的足迹和多少文化大师辛酸缱绻的巍巍丰碑，这座以范仲淹的"忧乐"胸怀而名世，折射着浓烈的理性精神和人格光辉的文化瑰宝，怎么能容忍这样粗暴的玷污呢？那么就让笔下"疏漏"，永远永远地把这段耻辱埋在历史的底层吧。

宋王朝没有能走出一名真正的军事家，却走出了秦桧这样第一流的汉奸。

秦桧的罪恶不在于主和，主和者未必卖国，主战者也未必就名垂青史。事实上，对于绍兴年间的宋金和议，史学界是一直有争议的，肯定和议者也不乏其人，其中甚至有一些相当响亮的名字，例如朱熹、钱大昕、赵翼、胡适等。从浅层意义上说，战与和只是一个对敌策略问题，完全可以放到桌面上来辩论。倘若能这样做，那么秦桧也就不成其为中国历史上的秦桧了。敢不敢光明正大地把自己的观点写在旗帜上，是政治家和政客的分野所在。辩论是一种政治艺术（军事家在战场上用刀剑辩论），在这里，艺术水平的高低并不重要，重要的是敢不敢使用这种艺术，一切政客都是与艺术无缘的，他们只有伎俩，而且只算得上是袖珍伎俩。秦桧对中国文化的唯一贡献，在于他创造了一个奇特的新词：莫须有。这个词从文法上是解释不通的，若仔细体味，则不难感受到其中的那股含混、暧昧、诡谲、机巧，以及流里流气、挤眉弄眼的小人气息。最近又看到某学者的一篇文章，从宋代方言的角度考证出"莫须有"的意思是"一定有"。这样的结论自然很新鲜，但从秦桧这个斩钉截铁而又没有实际内容的"一定有"中，我们同样可以感受到那种市井无赖式的蛮横和凶残，完全是一种心地险恶而又不负责任的小人腔调，而所有这些，恰恰构成了一代巨奸的人格特征。他们擅长的是幕后的小动作，是躲在阴暗角落里的揣摩和窥测，在这方面，他们是当之无愧的行家。宋人笔记中记载了一段有关秦桧的故事，看后真令人不寒而栗：

秦桧的私人办事密室"一德阁"落成之日，广州守臣送来一卷地毯，大小尺寸竟分毫不差。这个地方官可算是马屁拍到家了，但后来的结果却不大妙。秦桧的思维逻辑是：他既然能如此精确地刺探到自己密室的尺寸，也就有本事刺探到自己的其他秘密，可见是个危险分子。没过多久，此人就被秦桧整掉了。

一个小政客的功夫毕竟还欠火候，在一个大政客面前触了霉头，当是咎由自取。但这些人的心机之阴暗幽深，相信不仅会让善良的人们惊栗，也不仅会受到政治学家和社会学家的关注，而且还会成为心理学家们感兴趣的材料。

秦桧弄权20余年，死后赠"申王"，谥"忠献"，但这些大红大紫的荣誉称号后人记得的不多，因为赵构死后，很快就被追夺了。倒是一位秦氏后裔在岳坟前题的一副对联相当流传，他是这样写的：

人从宋后羞言桧，

我到坟前愧姓秦。

之所以"愧姓秦"，大抵是一种道德自我谴责吧？这样的历史反思还是真诚的，但也不能排除株连的因素，由于秦桧作恶太多，名声太臭，致使后世诸多姓秦的读书人仕进无门。这样，终于有一位秦氏后裔站出来辩冤，这是在一次朝廷组织的殿试中，皇上问一个姓秦的进士道："你是南秦还是北秦？"言下之意，北秦距秦桧的祖籍江宁较远，而南秦则必定是秦桧的后代，不可重用。那位姓秦的进士自然猜到了皇上的心思，当下答道："别管南秦与北秦，一朝天子一朝臣。历代忠奸相应出，如今淮河也姓秦。"皇上听了，解颐一笑，遂开恩点了他一个状元郎。

这位进士的对答看似强词夺理，其实是对"秦桧现象"在更深层次上的反思。什么叫"相应出"？宋朝出了秦桧，自然有出秦桧的文化背景和社会基础，特别是赵构这样的"一朝天子"罪无可宥。如果这样看，那么这位秦某人就不仅是在为自己的姓氏辩解，而且是很有一点历史眼光了。

五

上面的故事发生在明代洪武年间，因此，当这位进士在金殿上为秦氏辩解时，在福建漳州府，御史朱鉴大抵正在为审理那件同姓近族通婚案而查阅被告的家谱。这种巧合很有意思，宋王朝已经灭亡100多年了，奸臣秦桧的阴影仍然死死笼罩着他的后辈子孙，而隐居在赵家城的赵氏传人却连自己的老祖宗都已淡忘了，因而闹出了近族通婚、对簿公堂的丑闻，到头来，还得要这个朱御史来为他们验明正身。一个多世纪的风雨漫漶了原先的血统意识，世道沧桑早已把他们推入了社会底层的生存竞争，市声攘攘、人海茫茫，谁能想象，那石板街上布衣草鞋的引车卖浆者，那屋檐下和顾客锱铢必较的小店掌柜，那织机旁茧花满手的白发老妪，竟是当初大宋王朝的金枝玉叶呢？生命的适应力真令人喟叹。

这一脉天皇贵胄就这样默默无闻地消融在寻常生态之中，他们中间似乎没有走出什么像样的人物。这是很正常的。同是王室后裔，他们中间不可能走出赵孟頫，因为赵若和没有那种清朗安闲的心境和气质。赵孟頫祖上世代赐第吴兴，作为外封的亲王，一般来说在政治上是无所谓沉浮的，他们既没有向上爬的野心，也不必担心官场的倾轧排挤，有如一泓安恬宁静的秋水，那色调有点凄清，也有点百无聊赖，是闲云野鹤的世界。在这里，他们只能寄情于文学艺术，这是一种闲适中的追求，更确切地说是一种"玩"。真正的大家并非产生于培养，而是"玩"出来的，例如曹雪芹，例如马拉多纳。培养只能收获技法和规则之类，这些东西的总和称为匠气；而"玩"出来的则是个性和神韵。赵孟頫就是在这种环境中"玩"出来的大家。按理说，赵若和的身世本该和这差不多的，但他不幸多了一面作为"第三梯队"的历史。对于某些人来说，政治是一种相当危险的诱惑，一旦身入其中，便有如贞女之陷入娼门，明丽纯真既不可寻，只落得一股骚情和总想做阔太太的单相思。我这里所说的"某些人"，是指不具备政治素质和才能的人，至于政治家则是另一回事，他们会如鱼得水，从中获取癫狂的快感和美境。即使失败了，也能处之泰然，相当投入地玩点别的什么。例如英国前首相、保守党领袖希思下台后，又操起了交响乐团的指挥棒，潇洒至极！"某些人"则不行，对政治，他们既拿不起，又放不下，留下的只有缠绵不绝的憧憬、躁动、失落和凄惶，再也找不到一块精神的栖息地。当然，赵孟𫖯后来也介入了政治，但那时他在艺术上已成大器，而且从他能够"荣际五朝"来看，他也确有政治才能。在这两方面，赵若和都缺乏底气。那么，他就只能待在漳州附近的那座小城堡里，庸庸碌碌地终了一生。

同是王室后裔，赵家城里也走不出朱耷，因为赵若和不具备那种超拔脱尘的孤傲。什么叫孤傲？孤傲不是自大，不是寂寞，更不是故作清高的矫情。孤傲是一种划破人类苍穹的思想闪电；一种有着金属般质感的坚挺品格；一种天马行空般的精神自由和义无反顾的理性力量；一种具有高贵排他性的、无法模仿的大家风度；一种一览众山小的自信和从容；一种对浮华虚荣的冷漠和对世俗人生的审视。孤傲是孤傲者的私有财产，它具有非常强烈的韧性和单向性，即使是超越，也只能由孤傲者自己才能完成。朱耷拥有孤傲，这种孤傲来源于巨大的悲剧感悟。朱耷是朱元璋第十七子宁王朱权的后裔，但早在永乐初年，朱权就因见忌于朱棣（永乐帝）而失势。他是聪明人，知道皇上注视自己的目光相当阴冷，便营造了一所孤独的精神小天地——精庐，鼓琴读书其间。正德年间，又发生了宁王朱宸濠谋反的大事，此后的宁王府实际上成了秘密警察监管的目标，越发门庭冷落。但精庐仍在，那种孤独而执着的艺术氛围仍然飘逸其间。到了朱耷的时代，恰逢明王朝覆亡，天崩地坼的时代悲剧，把这位"八大山人"的精神世界冲撞成绝望的碎片，又重新组合成一尊孤傲的雕像，他在署名时常常写成"哭之""笑之"的字样，确实，如此深刻的家世变故和人生际遇真让他哭也不是，笑也不是，那么，就白眼向人，化作笔下的残山剩水和那些孤独的鸟、怪异的鱼吧。赵家城里的主人也是经历了大悲剧的，但在他那里，悲剧没有升华为孤傲，如果完成了这种升华，他就不会用那么森严的高墙把自己护卫起来，也不会用那么繁复的深宅大院和楼台亭阁把自己装点起来。需要护卫和装点，正说明了他灵魂的怯懦，缺乏直面现实的勇气。事实上，一个在官场里厮混了一阵的政客，亦不可能具有真正的悲剧感悟。即使是国破家亡，最多也只是悲天悯人，自暴自弃。至于指望他们把悲剧感悟蔚成一种艺术气象，那更是缘木求鱼了。

现在我们仍然回到福建漳州府。这位叫朱鉴的御史合上被告黄文官的家谱时，大概双手是有点发抖的，一脉前朝皇族的后裔，竟然在这里悠游了100多年。他不敢怠慢，连忙派八百里快马把案卷呈送朝廷定夺。时在明洪武十八年，朱元璋正忙着杀人，上年杀曹国公李文忠，当年又杀魏国公徐达，酿成数万颗人头落地的空印案和郭桓案也发生在这一年。泱泱京都弥漫着一股血腥气。但朱元璋却并不看重这几颗黄姓草民的脑袋，他觉得南宋灭亡已100多年，中间又隔了一个元代，这几个赵氏子孙已成不了什么气候，自己何妨做个顺水人情，也好向天下人昭示自己的仁德呢？不久，朝廷的批示下来了，赐赵家城里的黄氏复赵姓，并在其中封了几个荣誉性的官衔。圣旨宣罢，赵家城里一片喜气，朱鉴且赠诗祝贺，很风光了一番。

于是，埋没了100余年的赵（黄）氏对着京都三呼万岁，收拾行装准备赴任。虽然那只是个装点门面的闲差，但有官当就不错，管他呢。

魏晋风度及避祸与贵人及虱子之关系

一

早年读鲁迅杂文,有两篇印象最深,原因大抵是标题怪怪的有意思,又特别长。一篇是《由中国女人的脚,推定中国人之非中庸,又由此推定孔夫子有胃病》,标题几乎就是一篇简约版的内容提要,足下如果没有点嘴上功夫,很难一口气读完。文中说孔夫子晚年周游列国,他吃了多含灰沙的土磨麦粉,乘着马车在七高八低的泥路上颠颠簸簸,结果颠出胃病来了。大师手笔,令人叹服,那辆在北方的黄尘中踽踽独行的双辕马车,此后就一直颠簸在我早年的文学记忆中,历历难忘。

还有一篇是《魏晋风度及文章与药及酒之关系》。

二

这是鲁迅的一篇演讲,副题是"九月间在广州夏期学术演讲会讲",

但文后的编者注释中却说"九月间"有误，据《鲁迅日记》应为 7 月 23、26 日。这中间的问题是，该演讲的书面文本发表于同年 11 月的《北新》半月刊，也就是演讲后大约四个月。把四个月前的事说成两个月前的"九月间"，鲁迅的记忆为什么会发生如此不合情理的误差呢？这就要联系当时的政治气候来考察了。中国历代的文字中有好些令人费解的缝隙，其中往往投射着政治强权的阴影，例如避讳、删篡，或作者的顾左右而言他。那么鲁迅发表这篇演讲时的政治气候有什么特征呢？

答案是：杀人。

杀人是人类最古老的游戏，而政治则是给杀人冠以堂皇的理由。三个月前的上海"4·12"反革命政变和几天前的武汉"7·15"反革命政变，把 1927 年夏天的中国裹挟在腥风血雨之中。广州的国民党当局也在大屠杀中争先恐后，街头上每天都有新上墙的杀人告示，那些打着红勾勾的名字中，也有鲁迅的学生。为了表示抗议，鲁迅坚决辞去中山大学的一切教职。可以想见，先生当时的处境已相当危险，根据林语堂的说法，当局请鲁迅在夏期学术活动上演讲，也有窥测他态度的用意。鲁迅是真的猛士，他当然敢于正视淋漓的鲜血，"忍看朋辈成新鬼，怒向刀丛觅小诗。"他不怕。但他又懂得韧性的战斗、反对像许褚那样赤膊上阵。在当时的政治气候下，他既要发出自己的声音，又不宜金刚怒目地呐喊，因此，以学术演讲的名义，含沙射影地揭露和批判当局的暴政，是最恰当的方式。而在演讲的文本发表时，作者又把时间"误记"为"九月间"，离开那几个血腥政变的时间节点稍远一些，其中有没有避祸的用意呢？我觉得是有的，这不是胆怯，而恰恰是一种斗争艺术，因为，屠夫已经杀红了眼，岂能再授其刀柄？

夏期学术演讲，可讲的题目当然很多，为什么要讲魏晋风度呢？

答案还是那两个字：杀人。

魏晋是一个血腥的乱世，魏晋风度即文人知识分子在屠刀下的众生相。对文人知识分子大开杀戒，似乎应该始自秦始皇。但老实说，嬴政杀的那些个书生，谁能说出其中某个人的生平、事迹、建树、声誉？肯定说不出。他们只有一个共同的名称——儒，或者说他们只是一桩重大历史事件——焚书坑儒——中的道具。到了东汉末年，情况就不同了，魏晋乱世，所谓兵燹所及，玉石皆焚，死的固然大多是无名无姓的草民（士兵其实也是草民），但奉旨杀人，定点清除，死的却大多是不仅有名有姓而且有头有脸的文人知识分子。为什么要杀文人知识分子呢？距当时一千四百多年的王夫之说得很清楚："孔融死而士气灰，嵇康死而清议绝。"他认为曹操杀孔融和司马昭杀嵇康是为自己的儿子篡位杀鸡吓猴，"鸡"和"猴"都是知识分子，"士气"和"清议"则是知识分子的声音。杀他们是因为强权者不放心，怕他们与自己离心离德，尤其怕他们抱团鼓噪。中国历来有文人相轻的说法，其实不对，东汉末年的知识分子就不"相轻"，他们在反对宦祸的斗争中何等同仇敌忾，在近现代政治史上影响巨大的"同志"一词，就是那时候出现的，"所与交友，必也同志"（《后汉书·刘陶传》）。"同志"，这是多么亲切而庄严的称呼，一声"同志"，不仅春风满怀，而且热血沸腾，即使赴汤蹈火也在所不辞。魏晋时期的"同志"，不论是建安七子、正始名士，还是竹林七贤，都是一嘟噜一嘟噜地抱团登场的，这当然又是权势者最忌讳的。而且文人还有个致命的毛病：多嘴、卖弄聪明。你再聪明，还会比人主聪明吗？如果你认为自己的脑袋比人主更聪明，那对不起，人主就会砍掉你的脑袋，以求得平等。建安七子中的领袖人物孔融就是死于多嘴，正始之音中的两根弦——何晏和夏侯玄——则是死于太聪明。杀人毕竟还是管用的，一时屠刀喋血，书生授首；杀气弥天，文士噤声。于是到了竹林七贤的时候，为了避祸，大家喝酒的喝酒，吃药的吃药，或者语不涉时事而专研玄学，谓之清谈。

喝酒者佯醉，吃药者佯狂，清谈者佯作高深，实际上就是逃避当下的政治追问。佯者，装也，一个时代的知识分子集体伪装，而且装得如此风流蕴藉风度翩翩，这是专制制度下一幕周期性的奇观。

三

且说佯醉。

阮籍，文二代，他父亲阮瑀是建安七子之一，他自己是竹林七贤之一。从建安到竹林，历史在改朝换代的震荡中血流漂杵，文人名士成批登台又成批被杀。"步兵白眼向人斜"，对，阮籍就是那个白眼看人的阮步兵。他当然自视甚高，不然也不会在楚汉争霸的古战场发出"时无英雄，使竖子成名"的叹息。英雄者谁？竖子者谁？刘项乎？抑或魏晋人乎？后人众说纷纭，但阮籍不管，叹息过了，他又面对旷野尽情一啸，胸中块垒喷薄而出，古今多少事，尽付长啸中，酣畅淋漓地体验了一回生命的大放达和大自由。他在古战场上的这一声浩叹和长啸，从此亦被载入史册。

浩叹和长啸固然酣畅淋漓，但那是在空寂无人的山巅或旷野。现实的烟火红尘中，他是一个朝廷命官，品级还不低（正四品）。官场的游戏规则是如此丑陋而黑暗，特别是在一个强权凌霸铁血政治的敏感时期，那就更加凶险了。四面八方都有阴冷的目光盯着你，跋前踬后，动辄得咎；而且一旦得咎，就要人头落地。他想躲开官场的纠缠，但又不敢公开拒绝，事到临头，只能喝酒，佯醉，装糊涂。司马昭曾想和他攀亲家，对阮家来说，这是高攀了，但阮籍不愿意。不愿意又不能拒绝，他就以醉拒婚。每次有人来作伐，他都喝得烂醉。阮步兵烂醉如泥，偶尔朝媒人翻一个白眼。此一醉竟酩酊昏睡六十天，让媒人始终无法开口，硬是把亲事拖黄了。这件事他玩得蛮漂亮。

但这种以佯醉行苟且的立身方式其实是一种无奈，阮籍本人也并不自以为是。在那篇著名的《大人先生传》中，他借大人先生之口，把那些在强权下怯懦偷生的文人学士狠狠地刻薄了一番：

汝独不见夫虱之处于裈中，逃乎深缝，匿乎坏絮，自以为吉宅也。行不敢离缝际，动不敢出裈裆，自以为得绳墨也。饥则啮人，自以为无穷食也……君子之处区内，亦何异乎虱之处裈中乎？

这段话我就不翻译了，因为内容有点不雅，大体意思就是把那些苟且偷生的文人比作寄生在人们裤裆里的虱子。唯一需要解释的是这个"裈"：有裆的裤子。裤子因为有裆而封闭，则虱子生焉。

景元四年（263年），曹魏的傀儡皇帝曹奂进封司马昭为晋公，加九锡。这个九锡的名头很大，但兆头不好，以前王莽和曹操都接受过，似乎成了篡逆的代名词。"司马昭之心，路人皆知"。这句话是上一任皇帝曹髦说的，曹髦在皇位上战战栗栗地坐了八年，别无建树，只给后世留下了这句歇后语。而他本人却因为这句不当言论丢了性命。现在，上上下下都看得出司马昭的心思，但戏还是要演的，血色下的篡位闹剧偏要铺陈一派温情脉脉的柔光。司马昭照例装模作样地谦让，然后由公卿大臣集体"劝进"，阮籍很不幸地受命撰写《劝进笺》。他又想用喝酒来拖延，但这件事太敏感，他不能翻白眼了。等到使者来催稿时，他只好一边喝酒一边拟稿塞责。他这次玩得不漂亮，连佯醉也不敢过分。《劝进笺》语意依违，自己既很纠结，对方也不会满意。大约一两个月后，他就死了。史书上没有说他被杀，他应该是病死的。但这种胆战心惊避祸自保的日子太伤人了，他应该是被吓死的。

不知他最后注视这个世界时，青眼乎？白眼乎？

四

再说佯狂。

司马昭想和阮籍攀亲家，自然是因为阮氏子弟颜值高，学问好，遗传基因出类拔萃。阮籍确是公认的美男子，《晋书》中曾为此不啬笔墨。一般来说，正史是不屑于关注这些花边新闻的，由此亦可见阮籍之男神风采不同"一般"。而同样在《晋书》中，对嵇康的形象推介又更甚于阮籍，所谓"龙章凤姿"之类的赞语虽然让人不得要领，却肯定是极高的评价。关于嵇康的容貌最富于文学意义的描写还是来自他的一位朋友：

> 叔夜（嵇康）之为人也，岩岩若孤松之独立。其醉也，傀俄若玉山之将崩。

仅凭这两句话想象一个人的容貌，仍然是不得要领，但至少可以认定该男子之高大魁伟，且气质超好。

这位朋友叫山涛。

山涛也是竹林七贤之一。七贤之中，阮籍、嵇康、山涛私交最好。作为乱世名流，三人各具性情，立身处世亦各有风范。阮籍喝酒、佯醉，和官场若即若离。他平日里懒懒散散，白眼看人；但偶尔也会现身官衙露一手，把政务处理得干净利落。他其实是和当局虚与周旋的意思。山涛是忠厚长者，又是官场中人，而且官还做得不小：尚书吏部郎，一看这名字就知道和中组部有关，对，这是中组部主管官吏选任、考察及调动的官员，周围巴结的人不会少。他倒不是那种一阔脸就变的人，相反，他对朋友很关顾。温和、大气、懂进退，而且才华很好，并不平庸，这就是山涛。

嵇康走的是极端路线，他是曹操的孙女婿，在司马氏眼里，大抵属于前朝余孽。既然如此，他索性就彻底地弃绝官场仕途，彻底地不合作。当时的文人有很多是吃药的，那是一种时髦。吃了药不能休息，要"散发"，一般是走路。他们穿着宽大的衣服，跂着木屐，走得风生水起。而且兴奋，举止言谈皆放浪形骸，全不顾纲常名教，这就是佯狂了。嵇康也吃药，但他不走路，他打铁。他原先住在山阳，后来迁到洛阳来了。洛阳是京师，出将入相，冠盖云集。他就在这些大官的眼皮底下开了家铁匠铺。他身材高大，体格健壮，吃了"五石散"后精神焕发，就用打铁排解多余的精力。叮当叮当，打铁声坚定而沉着，一个不世出的大学者在洛阳东郊打铁，中国的冶金史应该记上一笔的吧。

他为什么要打铁呢？是不是为了考量自己生命的强度？这是一个铁与火的世界，铁锤砸在铁砧上，实打实，硬碰硬，谁也不怕谁。抡锤人当然不能宽袍大袖，只能短打，甚至赤膊。炉火映照着他健壮的身躯，此刻若用玉树临风或者清新俊逸之类的形容词肯定太轻佻了。锤起锤落，火星四迸，汉子鼓突的腹肌、胸肌、肱二头肌次第发力，联袂炫示，蓬勃着阳刚的气息。这是真正的秀肌肉，也是他生命中真正的高光时刻。我说不清这种演出指向他性格中的何种诉求，但我至少知道，如果他干别的——例如做豆腐——那就肯定不是嵇康了。

叮当叮当，打铁声坚定而沉着，不屈不挠地传进京师的宫阙。有人想：这家伙哪儿不能打铁，为什么非要从山阳跑到洛阳来打？而且给人打铁还不收钱，这是图什么呢？或者说这是在向谁示威呢？

嵇康一边打铁，一边读书写诗做学问，有时还要给朋友写信，他那封留芳青史的长信——《与山巨源绝交书》——就是放下铁锤写的。

山巨源就是山涛，嵇康为什么要和他绝交呢？

山涛要升官了，由尚书吏部郎升任散骑常侍。顾名思义，"常侍"就是皇帝的贴身秘书，从职级上讲，这是进入了高级官员的行列。需要指出的是，司马氏现在暂时还不是皇帝，现在暂时坐在皇位上的人还姓曹，但官员的任免大权都在"大将军"（司马昭）手里。因此，这时候任命的散骑常侍，实际上就是司马氏派过去监视傀儡皇帝的特务。看来司马昭对山涛相当信任，不仅派他去"常侍"皇帝，还让他推荐一位吏部的继任者。山涛推荐了嵇康，他可能觉得自己这么优秀的一个朋友，老是在郊外打铁算什么呢？长此以往，连养家糊口都有问题。而且他还有一种不祥的预感：这铁再打下去，恐有……杀身之祸。

一个正五品的、负责朝廷人事调配的、周围有很多人巴结的尚书吏部郎虚位以待，只要嵇康愿意。

弹冠相庆吧。

但嵇康不愿意，于是便有了这封《与山巨源绝交书》。

虽说是绝交，语调却并不激烈。嵇康貌似自嘲地列举了自己不适合当官的诸多原因，计有"不堪者七""不可者二"，非常7+2，一共九条。"不堪者"就是不能忍受的；"不可者"就是坚决不做的。这九条理由表面上是说自己的个性特征和生活旨趣，实际上是抨击官场的丑陋和黑暗。且看"不堪者"其中的一条：

危坐一时，痹不得摇，性复多虱，把搔不已。而当裹以章服，揖拜上官，三不堪也。

他说，做了官，就要端端正正地坐着办公，腿脚麻木也不能自由活动。而且自己身上虱子很多，一直要去搔痒，这时候如果穿着官服去迎拜上司，如何是好？

古代由于书写工具的限制，写文章崇尚简洁，写信更是如此。但嵇康的这封绝交书很长，从开头的"康白"到最后的"嵇康白"，调侃挖苦，洋洋洒洒，计一千八百多字。那时候纸的产量很少，还没有完全取代竹简，所谓"洛阳纸贵"恐怕不光是说文章漂亮，纸的价钱也确实贵。想象一下，这封绝交书要用多少竹简！再对比一下，博大精深的《道德经》和《孙子兵法》只不过五到六千字，一千八百多字的信，可谓长篇大论矣。

但仔细体味这封绝交书，我还是有点疑惑，我总觉得作者有点举轻若重，似乎有意要张扬什么。如果仅仅是绝交，其实三言两语即可，甚至不予理会即可，根本用不着这样非常7+2地耗费竹简，长篇大论地耗费竹简往往有弦外之音。见多了那些分手的恋人，凡咬牙切齿或絮絮叨叨地诅咒不休的，往往是心有不甘藕断丝连。真的绝情，只要一声"再见"或一个手势就了结得干干净净。

那么嵇康有什么弦外之音呢？

这封绝交书一写，嵇康必死无疑，因为他实际上是宣告与司马氏的彻底不合作。嵇康是认定了要当烈士的，但他要保护山涛。因此，他才借此机会当着全世界的面羞辱山涛，这是做给司马氏看的。嵇康这一点很了不起，他自己义无反顾，但他决不让朋友垫背。任何一个时代，义无反顾的烈士总是少数，大多数都是山涛这样的识时务者。嵇康尊重山涛的选择，他在信中对山涛的评价是："足下傍通，多可而少怪"。意思是你遇事善于应变，对别人总是称赞多而批评少。这话说得多好啊，精准、通透，放之古今而皆准。确实，这样的人在任何时代都会活得滋润些，我们没有理由指责他们，若排除告密和倾陷，世故这个词其实并不是贬义词。山涛后来尽心尽意地把嵇康的子女抚养成人，并因此留下了"嵇绍不孤"的成语（嵇绍是嵇康的儿子），也留下了关于政治，关于气节，关于友谊的更多面的阐释。

景元三年夏天，在刑场上三千多名太学士的抗议中，一颗绝世才华加绝世容颜的脑袋滚落尘埃。太学生们本想提请杀人者珍惜嵇康的身份和名望：当代最具影响力的思想家、文学家和音乐家。但他们不会想到，在这几个闪光的大词中，杀人者根本不在乎思想、文学或者音乐，他们只在乎"家"——家天下的"家"，而那恰恰是需要用杀人来维持的。

五

阮籍和嵇康语境中的虱子只是一种修辞或假托，当不得真的。但现实世界中洛阳的虱子肯定不少。那么一个世道，脏乱差再加贫穷，到处都是虱子麇集的乐土。"国家不幸孤家幸"。登基的虱王在"裈中"洋洋自得地发布宣言，老卵得很。那么就说国家吧，司马氏黄袍加身后并没有安稳多少日子，就发生了八王之乱。我们不管是看《三国演义》还是《三国志》，那里面的司马懿和司马昭是何等老谋深算甚至雄才大略。但先人太雄才大略也不是好事，三代以后，到了晋惠帝的时候，却连正常的事理也弄不清了。八王之乱后，晋室在洛阳待不下去，只得收拾细软往江南跑，此即所谓衣冠南渡。"衣冠"者，皇室贵族簪缨世胄也。值得一提的是，寄生在"衣冠"里的虱子也随之翠华摇摇地徙居江左。"江南佳丽地，金陵帝王州"，当然那时候还不叫金陵，叫建康。但"佳丽地"和"帝王州"都说得不错。江南真的是好，不仅达官贵人又找回了繁华旧梦，连寄生的虱子也顺势上位以至登堂入室了。

说虱子登堂入室可不是信口开河,因为有"词"为证:晋室南迁后,在衣冠士族中悄悄地出现了一个时髦的新词:扪虱而谈。

扪虱而谈的典故出自东晋名士顾和,大致情节是:扬州从事顾和去进见宰相王导,因府门未开,就坐在门前专心致志地捉虱子。武城侯周顗也来进见长官,见顾和独自觅虱,夷然不动,和他搭话时亦"摸虱如故",遂大为叹赏,对王导说:"卿州吏中有一令仆才。"

我实在很难理解周顗对顾和的夸奖,尚书令和仆射都是相当于宰相的大官,只凭一个人捉虱子捉得认真,就认定他有"令仆才"了?如果这样,未庄的阿Q和王胡也应该是够格的吧。

类似的情节还出现在名士王猛身上。王猛这个人据说少有大志,桓温入关时,他穿着粗布衣服前来拜访,大庭广众之下,他"扪虱而言,旁若无人",纵论天下大势,听得一屋子的人一愣一愣的。他虽然拒绝了桓温的征聘,但这个摸虱子的读书人却因此扬名,后来成为苻坚的辅臣,亦官至宰相。

这实在是一种很有意思的现象,当初的名士们托言扪虱不过是佯狂避祸,那是血腥的高压政治下的"不得已"(鲁迅语),因此,那种玩世不恭放浪形骸也可以说是一种血染的风采。南渡以后,改朝换代的风雨已然远去,文人学士们开始走出为政治站队而担惊受怕的心狱,沉潜在他们心底的家国之痛亦逐渐消融在偏安江左的放诞风流之中。佯醉佯狂自然是用不着了,但佯作高深的清谈却变本加厉。这样一来,就连那不登大雅之堂的虱子亦与有荣焉。长此以往,扪虱而谈竟然成了一种"雅人高致",甚至是一枚时髦的徽章,那种谈吐从容无所畏忌的"扪虱风度"受到广泛追捧,一时间,好像文士们若不能一边高谈阔论一边随手从身上捉出几只虱子来就不配称为知识者流,更不配经邦济国似的。而"扪虱""烘虱"之类的意象后来也堂而皇之地出现在诗人的歌咏中，成为实验性诗歌的某种尝试。

当然，那已经是到了说话著文不怎么顾忌的北宋。

宋代中期的某个时期，位于开封东厢新城区的春明坊几乎成了京师的文化中心，重量级的文人士大夫一时趋之若鹜。原因很简单：这里居住着著名学者和藏书家宋敏求。宋家不仅藏书宏富，质量精审，而且为人慷慨，乐于分享，凡有借阅者皆毫无保留。私人藏书楼变成了公益图书馆，流风所及，文人学士皆争相求为比邻，弄得春明坊的房价比内城的繁华地段还高。这是关于宋代文化风习的一个生动镜像，也是历史上最早关于"学区房"的记载，值得注意。

春明坊的住户中，有大名鼎鼎的王安石和司马光，后人只知道这两位因政见之争而势同水火，以至老死不相往来，但那是神宗熙宁以后的事，现在才是仁宗嘉祐年间，他们同在三司为官，惺惺相惜，经常互为唱和。唱和诗中亦有以"烘虱"为题的，颇引人注目。北宋中期是中国封建社会少有的繁华盛世，官员生活之优裕是不用多说的。因此，这些人的"烘虱"诗篇只是以戏谑为诗的某种尝试，并不是真的身上有虱子。作为文人，隐身于唐朝巨大的背影下实在是一种不幸，唐诗太巍峨壮丽了，他们既无法与唐人比肩，又不甘匍匐于唐人脚下，便试图在游戏的状态中探索诗歌写作的各种可能性，也就是说，宋人的"烘虱"纯粹是一种文学现象，既非矫情，亦与现实无涉。

但如果说宋代官员的身上绝对不会有虱子，那也不尽然。

王安石后来位极人臣，但此公生性邋遢，从不把洗澡和换衣放在心上，以至后来苏洵在《辨奸论》中攻击他"衣臣房之衣……囚首丧面"。作为宰相，这就关乎朝廷体面了。同事们只得定期架着他去一趟浴室，称为"拆洗王介甫"。然尽管定期"拆洗"，虱子还是在他身上安营扎寨了。一次御前奏事，正值一只虱子在他鬓角上巡视。神宗见了，忍不住发笑。退朝后，他问副宰相王珪，皇上为什么笑，王珪告诉原因后，他连忙叫侍从来捉掉。王珪说："不可轻去，当献一言颂虱之功。"于是一本正经地吟诵道："屡游相鬓，曾经御览。"王安石听罢也忍不住大笑一回。

王珪是词臣出身，文思敏捷且辞采赡丽。他有个孙女婿也是名人，叫秦桧。

宋代的虱子其实早已跌下神坛，扪虱也不再是身份高雅的徽章。像王荆公的这种遭遇，并不能怪虱子大胆"僭越"，只能怪他自己失去了身份定位。一个当朝宰相，怎么能一点不顾体面，以至让虱子蹬鼻子上脸呢？真是的。

虱子在贵人的鬓角上巡视，因为被皇帝看到了，所以能够传之后世。如果虱子在相对私密的场合侵扰贵人，曝光的概率就微乎其微了，除非当事人自己"著之竹帛"。

清同治八年（1869年）四月初七日，曾国藩视察永定河水利，回程途中下榻于安肃县，当天日记中有这样的记载：

> 二更三点睡，为臭虫所啮，不能成寐，因改白香山诗作二句云："独有臭虫忘势利，贵人头上不曾饶。"

曾国藩当时的身份是武英殿大学士、直隶总督。因直隶拱卫京畿，故直督号称疆臣之首。按理说，他这个身份的官员是不应该遭遇虱子的。但实际情况是，他下榻在安肃县。直隶总督驻节保定，安肃是距保定一站里程（五十里）的小县城，那里最好的招待所也不能保证没有虱子。也就是说，在这里，曾国藩的身份与环境之间发生了错位。安肃县的旅馆亏待了总督大人，但总督大人大概是不会怪罪地方官的，他只能一边扪虱东床一边戏改唐人的诗句以排解长夜。

唐人的诗，原句为"公道世间唯白发，贵人头上不曾饶"。世间所有的人，无论贵贱，在生老病死的自然规律面前都是平等的。而改诗的意思是，世间所有的人，无论贵贱，在臭虫面前都是平等的。所谓"独有臭虫忘势利"，为什么"独有"？因为现实世界中的人太势利了。这一句看似调侃，其实有痛切的人生感喟在焉。一个老官僚幽微的心迹，在这种私人化的日记中得以真情流转，况味怆然。

当天夜里，总督大人一边和虱子周旋，一边有没有想到那曾让魏晋时代的文士们心驰神往的扪虱风度呢？日记里没有说。也罢。

文章最后，有一点还是要说一下，曾国藩所改的那两句唐诗并非出自白居易，而是出自杜牧，他记错了。记错了也不要紧。曾文正公是凭借再造玄黄的巨大功业而腾达官场的，不像有的官员是靠章句小楷考出来的。他当初虽也有科举功名，但名次相当靠后，以至一辈子羞于出口。清代殿试按名次分为三等，一甲赐进士及第，二甲赐进士出身，三甲赐同进士出身。他是三甲第四十二名，赐同进士出身。"同"就是相当于，用现在的话说，他"相当于"本科毕业，而且，还是三本。

文章西汉两司马

长安西北的茂陵原先只是一片荒原,自建元二年(前139年)开工修建皇陵以后,这里就日新月异地繁荣起来。陵墓的主人是当今皇上刘彻,也就是后来被人们称为千古一帝的汉武帝,他登基时才17岁,但从18岁就开始为自己修建陵墓,一直修了52年才派上用场。后来的历史证明,他的这项纪录几千年一直无人打破,可见"千古一帝"并非浪得虚名。和平年代,皇陵是天底下最浩大的工程,据说开支为国家财政的三分之一。把全国三分之一的钱都砸在这里,还能不砸出点声响来?皇上是个喜欢轰轰烈烈地闹腾大事的人,大概害怕自己死后太清冷,又下令官员、富豪,还有文艺界的明星大腕们迁居于此。由是新城人气飙升,灯红酒绿,很快就成了长安附近著名的富人区。

元狩五年,也就是汉武帝登基的第23年,茂陵发生了一件不大不小的事,一位名满天下的大作家死于糖尿病,临死前还留下了一篇《封禅书》,为皇上后来兴师动众地封禅泰山、访求长生不老之术提供了理论根据,这当然让皇上很高兴。而就在这期间,当时还默默无闻,但后来同样名满天下的另一位大作家正好风尘仆仆地采风归来，正准备开始他的写作生涯。历史似乎有意在茂陵安排了这两位文章高手的交接。这两个人一个叫司马相如，一个叫司马迁。

司马相如名气很大，这固然由于他与卓文君惊世骇俗的爱情，更重要的却是由于他恣肆汪洋的才华。他的文章写得好，特别善写辞赋。赋是当时最风行的文体，一篇赋的影响力，往往可以让作者声名鹊起甚至上达天听，此前贾谊的"宣室夜对"和此后左思的"洛阳纸贵"都是由于赋写得好。而当今皇上又特别好这一口，在杀人和玩女人的间隙里，他喜欢摇头晃脑地吟诵辞赋作为激情过后的消遣和自娱，以寻求快感的延时效应。赋者，敷也，就是铺陈，满篇尽是华丽生僻的词藻，洋洋洒洒地铺陈开去，对偶、排比、连句层层渲染，让你目不暇接。这种文体多用于描写都城、宫宇、园苑和帝王穷奢极欲的生活，说到底是给权势者歌功颂德捧臭脚的东西。但权势者喜欢有人向他献媚，为他歌功颂德。献媚是献媚者的通行证，写那样的作品，作家往往名利双收。司马相如就凭几篇大赋当上了皇帝的文学侍从，并且住进了茂陵的富人区。毋庸置疑，该同志是个文学天才。但天才的第一声啼哭也决不会就是一首好诗，比他年轻三十多岁的司马迁后来给他作传时，说他"口吃而善著书"。也就是说，他口才不行，但能写。这样的大作家倒也不少，例如现代文学史上的曹禺和沈从文。说起来很有意思，司马相如原来的名字叫司马犬子，这说明他并非出身于书香门第，不然不会取"犬子"这样土得掉渣的名字。他最早的文学自觉是给自己改名为"相如"，这名字不错，不光文气，还有几分软软的奶油味——他本来就是个吃软饭的嘛，甚好！

但软饭也不是好吃的，你不仅要仰承鼻息，善于揣摩皇上的喜好，还要在艺术上有两刷子。赋那种东西尽管很主旋律很马屁，也尽管华而不实虚张声势，但要做到妙笔生花，在题材、立意和文笔上让人眼睛一亮也不容易,那是需要有几分才情的,至少也要有几分聪明气。司马相如当然不缺少才情和聪明气,要不然皇帝手下有那么多文学侍从,衮衮诸公,竞相献媚,为什么只有他独领风骚呢?还不是因为人家活儿干得好?你看他的《上林赋》《大人赋》和《子虚赋》,那真是翠华摇摇仪态万方啊!平心而论,司马相如还说不上厚颜无耻,司马迁在《史记》中说他"与卓氏婚,饶于财,其进仕宦,未尝肯与公卿国家之事,称病闲居,不慕官爵"。因为他老丈人给了他一大笔财富,小日子过得很滋润。再加上糖尿病缠身,对升官发财就看得比较淡,有时甚至还敢说几句别人不敢说的话,例如劝皇上打猎要适可而止之类。在御用文人中,他还是有底线的。

司马迁也住在茂陵,他父亲是朝廷的太史令,这是个小官,俸禄很少,在茂陵那种地方,他们家只能算是穷人。对于一个天资聪颖且志存高远的少年来说,这种生存境遇只会是一种激励。父亲是史官,他从小就受到很好的史学熏陶。20岁后他又花了整整七年时间游历四方,一步一个脚印地阅读广袤的帝国版图,全方位地感知这片土地上的历史积淀和风俗人情。人们常说,机会总是青睐有准备的人,现在,司马迁已经为写作一部旷代史书做好了准备。而且就在他游历归来不久,他又接替了父亲的职务。这个太史令闲曹冷灶,清汤寡水,唯一的好处就是可以自由地进入皇家图书馆,想看什么书就看什么书,想查什么档案就查什么档案。对于一个有志于史学的写作者和思想者来说,有了这个"唯一"就足够了。

一切都为一部史学巨著的诞生做好了铺垫。

但如果不是后来发生的一件事,这部被称为《史记》的巨著也许不会完全是现在我们看到的样子,它当然会很丰厚,有文采,体例也别出心裁,古今中外,包罗万象,究天人之际,通古今之变,总体品格远远高出历代的那些史书,这些都没有问题。但很可能不会有后来那种长风烈火般的激情和精神高度。

就差那么一点,或者一点点。

上苍似乎很在意这"一点点",一定要用作者个人惨痛的悲剧来成全一部巨著的完美。

天汉三年(前98年),司马迁因李陵冤案被祸,在死刑与宫刑之间,他选择了后者。这是一种比死刑更加惨痛也更为耻辱的刑罚。司马迁不是怕死,而是由于心系《史记》,这部书是属于他的,但又远远大于他个人的生命、痛苦和屈辱。正是这种对史学的苦恋情怀,让他活了下来。但"刑余之人",活着比死去需要更大的勇气。在《报任安书》中,他用了一个不大多见很可能是自己生造的词:狂惑——内心的痛苦和矛盾足以让人疯狂。然而痛苦恰恰又是一种更深刻的生命,在痛苦的重压下,他完成了一次悲壮的涅槃,这个世界上少了一个男性,却多了一个男人。知耻而后勇,他连死都不怕,还怕什么呢?下笔时,他用不着再看皇帝的脸色。他不是在历史的大地上亦步亦趋地爬行,而是出神入化,雄视千古,天马行空,快意恩仇。在他的笔下,除去对历史真相的深度揭示,对历史细节的精微把握,对历史人物的冷峻逼视,以及那种百科全书式的繁复丰茂,还有一种精神性的光芒,给人以灵魂的震撼与战栗。那是对专制王权的鞭挞,对正义和良知的呼唤,对自由意志和尊严的渴求。不懂得屈辱就无法理解自由,谁说他"大势已去"?一颗苦难的灵魂,当他因屈辱而雄起时是多么强健阳刚!一部被誉为"史家之绝唱,无韵之离骚"的巨著诞生了。

司马迁是皇家的太史令,这是一个体制内的职务。严格地说,他和司马相如一样,也是文学侍臣。但他一点也没有那种职业性的奴颜和婢膝,他对皇权有一种宁静的藐视,他的心灵是自由的,皇皇52万字的《史记》就源于那颗自由的心灵。仅仅这一点,就让他超越了那个时代所有的文人而崭露峥嵘。如果说司马相如只是一只撅起屁股卖弄唯美的孔雀，那么司马迁就是一只傲视苍穹自由飞翔的雄鹰。司马相如也许可以称得上优秀，但司马迁却是当之无愧的伟大。无论在什么时代，什么领域，优秀者可以有很多，伟大者却总是凤毛麟角。

公元20世纪初，中国政坛上有一个叫吴佩孚的军阀，因为是秀才出身，又写得几首歪诗，便处处以儒将自诩。他的"孚威上将军"行辕有一副自撰联，曰："文章西汉两司马，经济南阳一卧龙。"这当然是借古人上位，自吹自擂，没有什么说头。但有一点我们却又不得不说，即，同样是以文章名世，"两司马"的分量是不可相提并论的。

泗州钩沉

一

上了淮河大桥,风便直往脸上扑,虽是阳春三月,却仍有几分凛冽的意味。桥很长,北望是无垠的旷野,点缀着青砖灰瓦的平房,隐隐传来几声鸡鸣狗吠,渲染出一派牧歌情调。东去的河面愈显开阔,不远处就是洪泽湖了。此刻我却不忍去看,这里的水啊,太浩茫,浩茫得亘古无边,天涯无际,让人心里发冷。

那么,就走进桥北的那片旷野吧。

旷野的南沿是莽莽苍苍的淮河大堤,村民大都沿堤而居,往北便很寥廓,似乎有意要留下一片供人凭吊的空间。我走在村里的机耕道上,脚步轻轻的,仿佛怕惊醒了什么,因为我知道,在我的脚下,沉睡着一座千年古城。

这座古城叫泗州,在从后周到清初700余年的中国政治文化史上,这个名字出现的频率相当高,特别是在南宋和金帝国隔淮对峙的百余年间,这个名字常常和兵连祸结的征伐以及由此而引起的政治大事件维系在一起。但泗州的沉沦并不是由于铁血和马蹄的蹂躏,而是由于一场天灾。清康熙十九年（1680年）夏天的某个夜里，泗州被溢出淮河大堤的洪波所吞没，从此深深地埋沉在地下，算起来，已经又是300多年了。

　　脚步轻轻的，带着祭奠的虔诚和庄严，走过茅草丛生的阡陌，走过缀满野花的河坡，走过春苗的新绿和牧童的笛音，在我的脚下，沉睡着一座300年前的古城。就人类历史而言，300年算不上很长的历程，但也绝对不能算短。300年中，多少一代天骄灰飞烟灭，多少倾国红颜成了腐骨一堆，多少悲欢荣辱被洗刷得了无痕迹，那么我脚下的这座古城呢？它被静静地定格在地层深处，年复一年地看江山易代、淮水东流，仍旧是旧日容颜吗？

　　在这以前，我已经从地方志上见过古泗州的地图，对这座古城的大体格局了然于胸，因此，在这初春的艳阳下，我在旷野上的每一步都超越了时空的框范，在古城的石板街上激起悠远的回声。据地方志记载，泗州城的周长为九里三十步，依此推算，则直径当为三里左右。下淮河大桥往北一箭之地，当是旧日的东门吧。从东门入城，沿着通衢大街西去，不久便是州衙公署了。都说八字衙门朝南开，可这里的衙门却是向东的，正对着淮河的流向。这座宏敞堂皇的建筑是古城的神经中枢，门前的旗杆石大抵还在的，每年的封印仪式、迎春典礼以及判案、排衙和送往迎来之类在这里演绎得很热闹。但这些都是虚应文章，没有多大意思。真正有意思的故事发生在州衙前面的商业街和平民区。寻常百姓的喜怒哀乐是最生动的社会生活情节，所谓"淮上风情"更多地潜藏在这里锱铢必较的市声俚语中，潜藏在幽静陋僻的小巷深处。当然，这中间也少不了爱情——小家碧玉的婚恋是充分世俗化的，虽不那么浪漫，却更加缠绵深挚。

　　从州府衙门往南，通过市招掩映的商业街，脚下该是古泗州的南门了，据说这里当年是一片自由市场，很繁华的。此刻我看到的却只有几座恬静的农家小院，一个女人坐在门前纳鞋底，春晖慵倦，树影婆娑，那动作和神采，安闲得令人心折。门前的小河边，一个穿花格衫的女孩子在用门闩捶衣，声音贴着水面传得很远。阳光懒懒的，映着墙头上的宣传标语，再看看那落款，心头不由得一阵激灵：城根村。难道说，这农妇和女孩正坐在当年的城堞上吗？她们当然不会想到，在自己身下的这块土地上，曾发生过多少惊心动魄的故事，那报警的锣声，曾撕裂了多少战栗的心灵……

二

领略古泗州的繁华，最初是在苏东坡的一首《行香子》词中。时值东坡居士生命的秋天，政治上很不得意，那桩在中国文化史上有名的"乌台诗案"把他从京师赶到了黄州。几年以后，皇上开恩，又转徙汝州，因为那里离京师较近。但诗人看中了山清水秀的宜兴，想在那里置几间房子打发晚年。"十年归梦寄西风，此去真为田舍翁"，他已经心灰意懒了。于是一边带着家小向汝州进发，一边向皇帝上表陈情。他走得很慢，希望自己的请求得到皇帝的批准，也就不必再到汝州去了。当时的景况实在凄惶，全家人连饭都吃不饱，他给朋友的诗至少有三首提到饥饿，有一首甚至自比饥鼠，整夜啃咬东西。这样，一路磨磨蹭蹭地到了淮河边上的泗州，一家人实在走不动了。苏东坡决定在泗州小住，并向皇帝发出了第二封哀告信。泗州太守是个简朴诚实的山东学者，对这位名满天下的大文豪心仪已久，晚上陪苏东坡渡过淮水到南山去玩。淮水上有一座长桥，泗州扼淮上咽喉，是战略要地，天黑以后是不准过桥的，违者将处以很重的刑罚。为了陪苏东坡，太守不惜违规过桥。两人玩得很尽兴，苏东城自然要作诗填词的，于是有了一首《行香子》，其最后两句为："望长桥上灯火乱，使君还。"

想不到这几句小词却让太守受了一场大惊吓。第二天，太守读到这首词，连忙找到苏东坡，说："你闻名全国，这首词一定会传到朝中。普通老百姓晚上过桥要罚两年的苦役，太守犯法，一定会更重。我求你不要把这首词拿给别人看。"

这位太守是老实人，他的惧怕是有道理的。苏东坡笑道："老天爷，我一开口便是罪过，岂在苦役二年以下？"

不知苏东坡采取了怎样的防扩散措施，反正这首词还是流传下来了。从词中看，当时的泗州是很繁华的。诗人很幸运，他在泗州的时候正值早春二月，离汛期还远，这时的淮河是温柔而恬静的，泗州一片升平景象，太守也才有心思陪他游山玩水。而且，就在这期间，苏东坡接到了朝廷的旨意，批准他定居江南，不必再到汝州去了。在饥饿、颠沛和困顿中，泗州成了他生命的绿洲，虽只是旅途小憩，顾盼匆匆，但泗州长桥上迷离的灯火，将长存在诗人晚年的记忆中。

这是在宋代，当时的淮河还比较文静，洪水扑城的惊险只是在开宝七年（974年）和隆兴二年（1164年）各发生过一次，相对于300余年的宋王朝来说，这样的频率不算高。当泗州太守陪同苏东坡指点江山时，淮河大抵只是一道静物化的风景，苏东坡因此也才能写出那样意态闲适的词章。但是到了明代的正统年间，这道风景突然幻化出恣肆暴戾的冷色，自此以后，《泗州志》便浸淫在一片水患连绵的阴影之中。

终于，到了清康熙十九年（1680年）。

毁灭是在瞬间完成的。在汹涌的洪峰面前，一座方圆数里的古城有如砂器一般脆弱。可以想见，这天倾地陷的瞬间将会引发出多少可歌可泣的情节：死别和生离，崇高和卑劣，人情和兽性，在这一瞬间都凸现无遗。但这些不是我关注的内容。走在古泗州的遗址上，我的心头涌动着一股巨大的惊悸。事实上，泗州并不是一下子就消失了的，在其后的岁月里，人们与洪水曾进行了长达数十年的反复争夺，这中间有力和美的呈示，有生命智慧和意志力的张扬，还有一个独特的精神世界：在不可抗拒的灾难面前，一种交织着不屈不挠和无可奈何的心理积淀，随着一层又一层的泥沙把泗州埋入地层深处，一代又一代的淮上儿女也埋下了他们面对苍天的诘问和沉重悠长的叹息。

且看《泗州志》上的这一段记载：

> 康熙十九年庚申六月，淮大溢，外水灌注如建瓴，城内水深数丈，樯帆往来可手援堞口。嘻，甚矣哉，官若浮鸥，民皆抱木而逃，自是城中为具区矣……

寥寥数语中，竟用了这么一连串沉重的感叹词，修志者的悲哀和无奈可以想见。关于这个"具区"，《辞海》上的解释是："古泽薮名"，一说为扬州薮，一说为太湖。反正泗州毁灭了，毁灭在一片汪洋大波之中。但与此同时，泗州人也山一样地站立起来了，在与灾难和命运义无反顾的抗争中，一种生生不息、坚忍执着的地域性格完成了悲壮的奠基。

这是一段关于生存的传奇，更是一段关于生命意志和文化性格的阐释。聚集在残破的淮河大堤上，远眺着浩浩汪洋中的家园，泗州人本来可以选择外出流亡的道路，日暮乡关何处是，唯有浊流滔滔，烟雨茫茫。但他们没有离去，传统的乡土意识拴系着他们。这里有他们的祖宗陵寝，有他们世世代代的奋斗和追求，也有他们剪不断理还乱的是非恩怨。农业文明形成的民族性格中，更多的是脚踏实地的坚守和耕耘，而不是漂泊天涯的狂放和浪漫。他们不惯于驾着"诺亚方舟"驶向遥远的新岸；也不惯于率引着畜群唱着牧歌去寻找生命的芳草地。

他们留恋脚下的一方乡土，哪怕是一派汪洋、一片荒漠、一座废墟。就在泗州东南不远，有一座圣人山，山下有一条禹王河。圣人即禹王，禹王即圣人，都是有关大禹治水的传说。这样的传说不是没有根据的，《孟子·滕文公》中所说的大禹"排淮泗而注之江"，大抵就在这里。面对着洪水的进袭，中华民族的传统对策是"阻"，是"导"，而不是扬起风帆一走了之。大禹当年是走得很远的，以至于"手足胼胝"，且三过家门而不入，最后死在离家老远的会稽。从泗州溯淮河上行，有一处叫怀远的地方，还留下了大禹与涂山女美丽而忧伤的爱情故事，说的是大禹外出治水，涂山女经常在涂山之阳等候夫君归来（我怀疑"怀远"的地名即由此而来），等候的结果当然总是失望。于是，心怀焦虑的女人唱道："候人兮猗！"

《吕氏春秋》的作者认为，这首"咏叹调"即《南音》的起源，也是中国上古诗歌的滥觞之作。在这里，涂山女一句直抒胸臆的吟唱，不仅唱出了一个最原始而永恒的文学主题，也唱出了中国妇女性格底层的一个重要情结：等待。丈夫外出了，她们能做到的只有等待，在织机上，在耒耜旁，在月下的捣衣声中，在村头、路口和潮涨潮落的海滨，中国的女人就这样世世代代地等待着。多少民间故事中，她们甚至化成了永远的情感雕像——望夫石。

现在，聚在淮河大堤上的泗州人当然也不愿远走他乡，那么就别走吧，留下来，像大禹那样"手足胼胝"地苦斗，像涂山女那样年复一年地等待吧。

为了脚下的一方乡土，他们必须苦斗和等待；但为了苦斗和等待，他们又不得不伸出枯骨棱棱的求生之手，去撕扯乡土上鲜血淋漓的创伤。

首先出发的是州府的官船，为了在淮堤上搭建临时办公用房，这几艘原先让州官老爷们赖以逃生的官船，又驶向了浩浩汪洋中的州城。

州城，隐现在秋水和长天的孤寂之中，只剩下了一圈灰褐色的轮廓，那是露出水面的城堞，其间点缀着几处塔尖、屋脊和校场上的旗杆，有如航标一般。官船由城墙的缺口鼓帆而入，倒是比原先的轿子在石板街上拐弯抹角顺畅了许多。转眼间已到了州衙的大堂前。那么就动手吧。把这些露出水面的建筑先行拆毁，运到大堤上去。在工匠们沉重的呐喊和丁丁冬冬的斧斤声中，一座座带着鸱吻的建筑在大水中被肢解，只留下了水下的墙基和柱础，昭示着劫难和历史。这时候，州府衙门的种种威严和整肃都失去了意义，只有赤裸裸的生存驱动在起作用。浪花中翻动着殿堂解体的竹头木屑，昨日的权威和秩序也在浑黄的浊流中一任飘零。

接下来轮到寻常巷陌的拆迁了。对于这些小民百姓来说，他们的感情负载自然要比州官们沉重得多，虽然拆毁的只是数楹老屋、一方庭院，但其间的一木一石往往凝聚着祖辈几代人的艰辛和希冀，甚至还有一个小民百姓毕生的成就感。因此，要求他们义无反顾是不切实际的。可以想见，当他们驾着小舟驶向自家的老屋时，那一段心路历程该是多么悲壮。但小舟还是驶过来了，船舷轻吻着老屋的檐角，主人抹去眼角的泪水，小心翼翼地拆卸，用心细细地整理，他们几乎是在整理一部家族的经济史和感情史。此刻，邻里之间不再为方寸地基的归属而明争暗斗，也不会再为门楣高低风水冲克而耿耿于怀，漫天的洪水冲洗了小巷胡同里的琐碎和狭隘，只留下了患难与共的浓浓乡情。是的，灾难的巨掌把他们捏到了一块，他们现在所面临的生存空间同样逼仄而严酷。在悲壮的拆迁中，他们也许会哼上几句粗犷的淮上歌谣，在怆凉无奈中透出他们心底的憧憬：洪水总有一天要退去，他们总有一天要回来的，为了明天的回来，那么今天就拆吧。

洪水当然是要退去的。洪水退去了，人们又回来了。那大抵是在冬天或春天，泗州又升起了温暖的炊烟，又有了男人粗重的吆喝和女人匆忙的脚步。锈蚀的城门打开了，生命的色彩流动在断垣残壁的街巷里。说什么饿殍遍野、疮痍满目，反正人们回来了，回到了乡土的怀抱，过去的一幕只是一场梦魇，噩梦醒来是早晨，生活的阳光会重新照临他们的。

但梦魇却死死地纠缠着泗州人，自康熙十九年以后，淮河像一个有恃无恐的浪荡子，偶然得手后便越发放荡无羁，洪水灌城的悲剧被一再重复，人们的退却和归来也成了一再演绎的情节。在强大的自然力面前，人类原始的意志力是有极限的。泗州，在最后一次悲壮的填城运动失败后，终于沦为一片汪洋。

今天的城根村正值一片繁茂的春景，村头的鱼塘畔草绿花红，天光云影折射着长天和春水的律动。据村民们介绍，80年代初开挖鱼塘时，曾在深处的瓦砾下挖到一层黏土，厚度可达一米，这是当年泗州人从数里之外的高岗上运来的。康熙五十六年冬天到第二年春天，泗州曾掀起一场撼天动地的填城运动，半年之内，城外的数座高岗被削为平地，泗州城的标高则上升了三尺多。一座方圆九里许的州城，平地垫高三尺，这中间的土方量是大致可以算出来的。在当时的运输条件下，这是一项多么巨大的工程！但对于动辄"水深数丈"的洪峰来说，三尺黑土又能抵挡什么？可以说，这是泗州人在万般无奈下的最后一次抗争，是一幕明知不可为而为之的悲剧演出。楚天高，淮水长，遥望着他们蠕动在莽莽荒原上枯槁的身影，我们谁也没有资格批评先人"愚公式"的蛮干，而只能在他们执着的生命意志面前肃然起敬。

泗州人的最后一次抢救，是驾着舟船拆除城墙，把那巨大的城砖运到淮堤上去建造一座流亡州府。从此，这座淮上名城真正成了一座不设防的城市。水天苍苍，荒草萋萋，只有淮水年复一年地拍打着死寂的空城。差不多半个世纪的人与自然的对峙，终于敲响了悲怆的最后一个音符。这是康熙末年的事。

三

  我在写这篇文章时，材料大多取自一本雕版印刷的《泗州志》，这是康熙二十七年由一个叫莫之翰的州守主持编撰的。康熙二十七年离泗州第一次沦于大水才八个年头，当时的州衙设在淮河大堤上的临时办公棚内，这位州官是在组织治水赈灾时，用他那泥汗淋漓的手来完成这项文化工程的。因此，今天当我翻阅这本残破发黄的《泗州志》时，亦不得不对这位地方官的文化人格投以赞赏的一瞥。

  平心而论，在泗州这种地方当官并不是什么美差，虽然也是个正六品的厅局级，但治下仅一方灾土、数万饥民而已，实在是很清苦的。可以想见，被打发到这里来的，大多是些在官场上玩不转的老实人。但对泗州的民众来说，一个玩不转官场的老实人并没有什么不好。这个莫之翰就任于康熙二十年，当时正值泗州的灾难之秋，哀鸿遍野，疮痍满目，父母官的日子自然也不好过。若是个有门路的钻营趋附之徒，不用多久就会打通关节开溜的。但莫之翰没有走，至少到他修成《泗州志》的康熙二十七年他还没有走。栖身在风雨飘摇的临时办公棚里，他不仅带领民众进行了一场撼天动地最后以失败告终的泗州保卫战，还修成了一部相当不错的《泗州志》，仅就这两点，这位太守就很不简单。

  在莫之翰看来，清苦也有清苦的好处，人家根本就看不上你屁股下的这把交椅，避之唯恐不及，也就不会挖空心思来排挤倾轧，因此，你可以尽心尽力地做自己应该做的事。当务之急自然是两件事：一是赈灾，一是治水。莫之翰上任后，在淮河大堤上设了六处粥厂，亲自操勺为老弱饥民放粥；又开河筑堤，置牛车以戽内水。但最要紧的还是向中央政府报告灾情，请求救济。这样的呈文，莫之翰的前任们已经写得不少，现在他又接下去写。一个小小的州官是没有资格直接向中央反映灾情的，他只能把报告送给巡抚，由巡抚签署意见后向上转送，这叫"题奏"。有时为了显示问题的紧要，巡抚还要会同漕运总督一起"题奏"，这样，报告才能送往京城，等候皇帝发落。其实皇帝这时往往不在京城，因为大水一般都发生在夏秋，而每年的这个时候皇帝是要到承德的山庄避暑的，还要进行声势浩大的"木兰秋狝"。对于这些从京城辗转送来的文件，大概也懒得细看，只是皱皱眉头，大略睃巡一下地方督抚的"题奏"，便提笔画了一个圈，草草打发如是："旨蠲灾三分。"

我数了一下，从顺治初年到康熙二十七年，这样一字不差的批示就在《泗州志》中出现了十数次之多。大概皇上已经习惯了这几个字，写来相当顺手。至于这个"蠲灾三分"对于颗粒无收、嗷嗷待哺的灾民究竟有多少赈济作用，那不是他操心的问题。

当然也有例外的情况。偶尔，皇上因为和嫔妃们看戏看得高兴了，或者因为白天围猎中的斩获而志得意满、龙心舒畅，笔下的分寸便放松些："旨蠲免本年丁粮，以甦民困。"

谢天谢地，总算有了这么一次"蠲免本年丁粮"，而且还顺便提到了"以甦民困"，显得很有人情味。子民遭灾，朕深为体谅，今年不向你们伸手，明年再说。

但皇恩浩荡仅此一次而已。以后，皇帝仍然是要和嫔妃们一起看戏、在塞外的围场上打猎的，龙心舒畅的时候想必也不会少，御批中的这种人情味却再也不曾有过，有时甚至连写得相当顺手的"蠲灾三分"也有所保留了，例如这一次的批示就打了折扣："旨蠲灾一二分有差。"

那么，是不是这次的灾情一般，不足以牵动圣忧呢？我们看看：

乙丑六月淮大溢，东南堤溃，水灌泗城，深丈余，男妇猝无所备，溺死者数百人。至十月始渐消，自是官廨民居十圮四五矣，乡鄙田畴一望晶淼，禾稼俱尽。州守寄居南城楼，详报巡抚上官，会同漕抚吴具题奏。

我不知道皇帝笔下的这个"蠲灾一二分有差"的根据是什么，难道说堤溃城破，溺死数百人，禾稼俱尽还不算大灾？而且这报告是由巡按和漕台共同"题奏"的，你不相信州官在南城楼上起草的灾情报告，总该相信这两位大员的"题奏"吧。可能皇上对泗州年复一年的灾情报告有些烦了，年年治水，年年赈灾，已成了例行故事。有的言官甚至建议，让灾区的妇女每人腰间系一根黄带子，因为从五行上讲，黄属土，而土能克水。康熙是个有科学头脑的帝王，当然不会听信这种左道旁门的胡说；而且即使听了，颁诏施行，像泗州淹成那种样子，恐怕每个妇女腰间的一根黄带子也很难保证。康熙又是个气魄宏伟的帝王，他绝对相信子民百姓的生存能力，不管遭了多大的灾，人总是要想方设法活下去的，吃山珍海味是活，吃树皮草根观音土也是活。再不济，千古艰难唯一死，大不了多死几个人罢了，中国这么大，死人的事是经常发生的，多死几个谅也无碍国本。因此，"蠲灾三分"与"蠲灾一二分有差"并没有多少实际价值，重要的是一种姿态，意思到了就行。

领受这样的"姿态"和"意思"，不知我们这位莫之翰莫大人作何感想，也许正是一次又一次在这样的御批下叩头谢恩之后，他感到了惊心动魄的悲哀。泗州看来是没有希望的了，自己很可能是最后一任州守。任何职务一旦与"末代"联系在一起，况味便难免辛酸沉重。

他除了勉力赈灾，尽量少饿死人而外，作为一个文人出身的官僚，他不能没有一种紧迫的文化使命感：应该修撰一部《泗州志》，既然不能留下泗州的楼台城阙、市井街衢，那么，就留下几页盛衰兴亡的书记，留下一座泗州城永远的雕像吧。

这是一项悲怆的文化工程。说什么盛世修志，承平雅事？面对着行将覆灭的州城，泗州人现在是要作一篇祭文，唱一曲挽歌，在凄风冷雨中与自己的家园仓皇诀别。

在淮河大堤上的临时办公棚内，在那盏摇曳飘忽的小油灯下，莫之翰带着一天公务的疲惫，精心梳理着那些水淋淋的寸牍片纸。这里有逝去的辉煌和风化的青史，有铁马金戈和笙歌红袖，但更多的却是关于水的记载。泗州本来就是与水维系在一起的，它的繁华得之于淮水和泗水温情脉脉的滋润，它的劫难和沦亡也是由于这两条母亲河的反目浸淫。那么，就蹚过恣肆奔湍的洪波，穿过苔藓湿漉的街巷，一步步走向泗州的深处吧。在这里，历史显示了它无与伦比的幽深和浩瀚，即使是一座不大的州城，那平静朴直之下，也潜藏着动人心魄的诗情。灾区的夜晚，静得让人恐怖，连狗的吠叫也绝迹了，星月惨淡，万籁俱寂，天地间有如铺展着一块巨大的尸布，裹挟着无边的死亡，而州守莫之翰则在悄悄地走向泗州的深处，走向那远古的诗情。

当然，要完成如此浩繁的工程，必须有一个工作班子。灾后的泗州，生存是压倒一切的主题，当饥饿的灾民在吞食树皮草根观音土时，州守却要组织一批文化人，坐下来慢条斯理地修史编志，这似乎有点不合时宜。但莫之翰还是这样做了，为此，他或许要从极其有限的地方财政中，掂斤拨两地划出一笔不算很小的份额来作为办公开支。为了保证这一群文化精英最基本的热量，有时甚至要从赈灾粥棚前的饥饿走廊里分走最后半桶粥。面对着扶老携幼、满脸菜色的饥民，这无疑需要相当大的心理承受力，也无疑会遭到各种非议：人都饿死了，还谈什么文化？自古仓廪实而后知礼义，这不是太奢侈了吗？顺理成章的推论还有：太守这是慷公家之慨，为自己树碑立传。

莫太守的行动算不算"奢侈"，这似乎是一个很难说清的问题，但他有没有为自己"树碑立传"，只要看看《泗州志》就知道了。我在翻阅这部地方志时，并没有发现多少太守自我标榜的内容，这曾使我对他的人格肃然起敬。莫之翰是一个文人官僚，平时想必也有些情怀小唱或应酬文字的，作为主编，放进几篇自己的诗文也是堂而皇之的。但他没有，在洋洋大观的《泗州志》中，记在太守名下的文章只有一篇，即康熙二十四年他写的《请减食盐详文》，这是向中央政府请求减免盐税的报告。因为泗州历经大灾，百姓死的死、逃的逃，原先在册的三万多人丁，仅剩下一万有余，但朝廷每年仍要按原先的三万人征收食盐附加税，这自然是吃不消的。这份报告写得很动情，完全称得上一篇很不错的散文，即使和李密的《陈情表》放在一起，也毫不逊色的。不同的只是李密是站在个人的立场上请求朝廷允许他在家奉母尽孝，而莫之翰是站在一方民众的立场上请求朝廷蠲减盐税。就情怀而言，后者似乎更值得称道。

朝廷有没有批准莫之翰的请求呢？大概没有。《泗州志》中只留下了一篇奏疏，倒是情辞并茂，很值得一读。

四

沉沦于洪水的不仅有泗州的城郭街衢、小民百姓，还有一处皇家墓地——明祖陵。

明祖陵是明太祖朱元璋的祖父、曾祖父和高祖父的衣冠冢。朱元璋祖籍泗州，这三位朱氏先人原先都是葬在这一带的，但到了朱元璋发迹时，却连坟墩也寻不着了，于是便有了这座象征性的陵墓。明代的皇陵，人们一般都知道的有北京十三陵和南京明孝陵，其实另外还有几处，不过这几处的主人生前都不曾有过黄袍加身的福祉，只是因为后代当了皇帝而被追封的，是一种荣誉。享受这种"荣誉"的陵墓有三处：一是安徽凤阳的皇陵，主人是朱元璋的父亲朱五四；一是湖北钟祥的显陵，主人是嘉靖皇帝的父亲朱祐杬。相比之下，泗州的明祖陵人们知道得不多，由于从清朝初年开始，它就一直埋沉在大泽洪波之下，也就渐渐被人们遗忘了。明代的皇陵已经够多的了，淮水滔滔，逝者已矣，有谁还记得水下有一座皇陵呢？

但人们终究还是记起来了。1963年淮河大旱，人们发现了露出水面的巨型石刻，由此才想起沉沦在水下的朱家祖坟。1976年国家拨款打坝围滩，将明祖陵从淮河中圈出，经过匡扶、复位和初步修整，人们发现，这些埋沉在水下数百年的石刻竟风采依然。从这个意义上说，真应该感谢康熙十九年的那场洪水，它以不容抗拒的强横保存了这些艺术珍品，使之躲过了历代的兵灾和战乱，躲过了利禄之徒的觊觎，也躲过了自然界的风风雨雨和污染物质的侵淫。数百年来，祖陵石刻就这样在长河的底层深藏不露，默默无闻；而一旦显现，便以其精致绝伦的美征服了世人。我想，这中间是不是蕴含着某种美学辩证法呢？任何一种美，过分招摇了总难保长久，西施、王嫱、貂蝉、绿珠的悲剧都在于美的泄露和张扬。阿房宫毁圮了，凌烟阁湮没了，秦汉的长城也早已坍塌在历史的风尘之中。而兵马俑却保存下来了，汉代编钟保存下来了，连脆弱的竹简帛书也在马王堆的一座坟墓里保存下来了。今天，在古泗州的淮河滩涂上，我们则看到了明祖陵风采依旧的石刻。

走在明祖陵的神道上，我感到了一种灵魂深处的震撼，21对石刻，组成了一条气魄恢宏的艺术长廊。谁说这里只是僵硬的石刻呢？这里分明澎湃着生命的激情。祖陵石刻先于南京孝陵而晚于凤阳皇陵，产生于洪武、永乐年间，这时，皇家山陵体制尚未确立。也就是说，"刻什么"和"怎样刻"尚无一定之规。这种题材和风格的相对宽松，稍稍放纵了艺术家的自我意识，这时候，他们不只是按图雕琢的操作工，而是一群富于艺术个性的创作者，他们的气质、才华和时代的精神氛围取得了某种和谐的统一，相当顺畅地流进了石像那雄伟的身姿和栩栩如生的线条之中。当祖陵石刻开工的时候，徐达的大军正横扫漠北。到永乐十一年竣工时，堪称旷世文化工程的《永乐大典》已经修成，而郑和率领的艨艟巨舰正行驶在波涛万顷的南中国海和印度洋上。这是一个沉雄阔大的时代，祖陵石刻亦透出一股粗豪奔脱的大气。但粗豪不是粗糙，你看那衣甲服饰、凤毛麟角，无不流溢着生命的质感，就连马唇上的汗渍也依稀可见。在这匹骏马前，我曾迷惑不解，它那低眉垂首的静态和淋漓的汗水不是很矛盾吗？汗水属于扬蹄疾驰，属于负重粗喘，属于大漠和疆场，怎么会出现在皇陵前这副站班如仪、慵闲得有点忧郁的身躯上呢？那么，就是它刚刚来自那遥远的边关，还未来得及卸去征鞍、平息粗喘？一匹驰骋疆场的骏马被牵到这里来守灵，一举一动都被森严的礼法规范着，再也不能引颈长嘶傲啸关山，更不能腾跃冰河饮长风餐豪雨，其寂寞是可以想见的，难怪它此刻低眉垂首、一副郁郁不得志的幽怨之色。想到这里，我不由得为自己先前浅薄的迷惑而惭愧，更为工匠们对生命的理解以及把这种理解艺术化的鬼斧神工而惊叹。

但相比于石兽的精微传神，那几尊被称为翁仲的人像似乎就显得呆板僵硬。人像有文臣和武将，文臣拱手，武将握剑（剑自然是倒垂着的），照规矩，他们都站立在神道的最前列，也就是最靠近皇祖的眼皮底下。我不知道工匠们在进行艺术创作时，为什么对这些达官贵人如此冷漠，也许因为这些达官贵人离自己太远，对他们的生存状况和心理形态都不甚了了，唯一知道的只有他们的身份——臣子，臣子在君王面前除去毕恭毕敬还有什么呢？那么就让他们毕恭毕敬地站着吧。这种解释似乎勉强说得通，但又总觉得似是而非。工匠们能理解一匹马，一只狮子，以至一只世间根本不存在的麒麟，并赋予他们那样丰富的人格内涵，为什么就不能理解人呢？这中间肯定潜藏着深层次的艺术匠心。明祖陵兴建期间，正值朱元璋和朱棣大兴冤狱、大开杀戒之时，屠刀所向，开国元勋授首了，知识分子噤声了，政治上的反对派销声匿迹了。腥风血雨中，做臣子的都有一种人人自危的恐惧感。是的，恐惧感，这是一种时代病，一种笼罩于满朝朱紫的深层心理。"伴君如伴虎"，他们离君王这样近，几乎可以听到对方衣褶的轻微响动，捕捉到对方眼波和脸色中任何一丝猜忌的阴影，他们不可能不恐惧。而在恐惧的压迫下，他们也不可能有更生动的神态，哪怕是努力做作的矫情。在这里，工匠们正是抓住了人物最具典型意义的心态，以巨大的艺术真实雕塑了他们的形象：呆板、僵硬。

　　神道的尽头是地宫，也就是老祖宗安息的地方。其实这里并没有半根腐骨，只是一堆衮冕冠服，这么森严的仪仗和崇宏的建筑竟是为了陪伴几套衣帽，实在令人感叹。朱元璋是穷人出身，这从他祖上几代人的名字就可以看出来：他的高祖父叫朱百六，曾祖父叫朱四九，父亲叫朱五四，这一串名字现代人听来颇有点滑稽，其实在当时，正是朱家世代赤贫的阶级烙印。宋元以来，平民百姓常常是不用名字的，只以行辈和父母年龄合算一个数目作为称呼。朱元璋高祖的那个"百六"，大概是一百零六的简称，而祖父的"初一"则可能取自出生的日期，反正有一个吆喝的符号就行了，用不着许多讲究。直到朱元璋谥封父亲为仁祖皇帝的时候，才顺便也追封了一个体面的大号，叫朱世珍，这是朱五四老汉的殊荣。

　　记得有一天和几个朋友一起吃饭时，发现饭店的女老板长得奇丑，于是便引出一个话题,如果该老板娘一夜之间变成了绝色佳人,她将会怎样生活。一位朋友说,她肯定承受不了这种反差,心理会随之崩溃。这位朋友的推论得到了大家的认同。由此言之,一个穷光蛋当了皇帝,首要的难题恐怕不是治国驭民,而是如何承受那种巨大的心理反差。这种反差甚至会整个地改铸他的人格走向,叱咤风云的伟丈夫变得怯懦宵小;阔大坦荡的胸怀塞进了猜忌、暴戾和险隘;谦和健朗的面孔浮上了贪欲自大的阴影。这是一种心理变态,从先前一无所有到什么都有了,一时反倒手足无措起来,巨大的既得利益令他眼花缭乱、心旌摇荡,却又唯恐受用不及、过期作废,就像民间故事《石门开》的结尾那样,石门突然关闭,满屋子的黄金都变成了石头。那么就抓紧挥霍吧,自己挥霍不算,还要请出祖宗先人来分享,让他们也捞个皇帝当当。给祖宗追加谥号并不是朱元璋的首创,但像朱元璋这样一下子让四代祖宗都黄袍加身的却委实少见。追封便追封,一纸红头文件诏示天下得了,要那么多精美绝伦的石人石兽干什么?要那么多堆砌谀词的封号干什么?要那么多雕栏玉砌的崇宏巨殿干什么?不就是几根腐骨吗?不,这里连腐骨也没有,只有几套衣冠。在甩场面摆派头的背后,恰恰显露出那种"小人得志"的浅薄和自卑。

在这里,我不由得又想起了朱家的另外两处祖陵,即安徽凤阳的皇陵和湖北钟祥的显陵。这两处陵墓在明史上曾演绎过一些有趣的事。前者在崇祯九年被李自成的起义军翻尸倒骨,一把大火烧了个精光,凤阳总督因此被崇祯砍了脑袋。随即,官军也派人到陕西米脂扒了李自成的祖坟,并把其先人的颅骨用快马呈送朝廷处置。明朝末年天崩地坼的政治大搏斗,竟在朱、李两家的祖坟上拼得如此你死我活,这实在是很有深意的。人们不难发现,显露于其中的是那种农民式的复仇情结和天命观。后者则引出了一场朝野震动的"大礼仪"事件,这件事虽然闹得轰轰烈烈,其实说白了就是一句话,即究竟"谁是自己的父亲"。原来正德皇帝没有儿子，死后由他的堂弟朱厚熜继位。当朱厚熜从湖北安陆的封地颠儿颠儿地前往京城登基时，自然是很高兴的。但他不久便遇到了一个难题，按照儒家的礼教，他以小宗入继大宗，应以大宗为主，必须称已故的伯父弘治皇帝朱祐樘为父亲，而自己的父亲兴献王朱祐杬则降格成了叔父。这位嘉靖皇帝后来虽然昏庸透顶，但这点起码的人伦之情还不曾丧失，他很不情愿，于是便引起了一大批朝臣伏阙请愿，上疏抗议，甚至以集体辞职相要挟。一时金銮殿前呼天抢地，悲声号啕。在他们看来，这是一场关于"主义"的争议。千秋伦常，在此一举。但臣子终究是拗不过皇上的，皇上决定停止这场关于"主义"的争议，直接诉诸武器的批判。最后的结局是，数百名死脑筋的官员先是被廷杖打烂了屁股（其中有19人被当场打死），然后下狱、罢官、贬逐。而几个脑筋不那么死的官员则因此飞黄腾达、厕身中枢。朱祐杬不仅仍然是朱厚熜的父亲，而且还被当了皇帝的儿子追谥为恭穆献皇帝，享受了以帝王规格重新修葺的陵墓，这就是湖北钟祥的显陵。

泗州明祖陵的故事比较平淡，因为它过早地沉埋在淮河底下，被人们遗忘了。从这个意义上说，真应该感谢康熙十九年的那场大水。

五

泗州沉沦了，留下了两则关于"水漫泗州城"的传说，倒也颇有意思。

第一个传说完全是世俗化的，情节也相当朴素：张果老骑驴路过泗州，讨水饮驴，谁知小毛驴见水猛喝，水母娘娘担心毛驴把自己的水喝光，急忙上前抢桶，不小心把水桶打翻，结果造成洪水泛滥，淹了泗州城。

张果老是八仙之一，八仙是天上的神仙，却又相当平民化，从里到外充满了人间烟火气。他们是一批个性解放主义者，想怎样潇洒就怎样潇洒，从不让抽象的教条来束缚自己。例如吕洞宾就是个相当风流的登徒子，他自己也并不掩饰这一点，因此惹出了许多桃色事件。张果老则是个极富于喜剧色彩的小老头，他倒骑毛驴，拐杖上挑着酒葫芦，走到哪里就把恶作剧带到哪里，那些恶作剧大多是很精彩的黑色幽默。但是在这则"水漫泗州城"的故事里，张果老的形象却很模糊，基本上是道具式的，完全可以换成另外的张三李四。倒是那位水母娘娘活灵活现、呼之欲出，她的心态也很值得研究。

水母娘娘是个小官，水是她的权力所在。可不要小看了这座"清水衙门"，精通权术和权力学的人，即使是芝麻绿豆大的权力也照样能玩得有声有色。什么叫权力？权力就是无所不在的控制；就是节骨眼上的拿捏；就是八字衙门朝南开，有理无钱莫进来；就是板着面孔打官腔，一边敲骨吸髓一边接受你的顶礼膜拜。可以想见，平时求这位水母娘娘要指标批条子走后门的肯定不少，她的小日子也肯定过得很滋润。所有这些，都是因为她掌握了水。失去了水，她就失去了一切特权的基石。因此，当饥渴的小毛驴喝水似乎要超指标时，她才会那样手忙脚乱，如同夺了她作威作福的魔杖一般。泗州的悲剧带有深刻的社会必然性，张果老和他的小毛驴是无辜的，悲剧的根源在于水母娘娘的"官本位"和"以水谋私"。在这里，水母娘娘成了一切权势者的化身。正是由于权势者的贪欲和自私，才酿成了泗州天倾地陷的大灾难。民间传说是平易朴素的，却并不浅薄，世俗化的情节中透析出坚挺的哲理品格。我不知道这传说的原始作者是谁，也不知道它是从什么时候开始流传的，但可以肯定，它在长久的流传过程中，充分吸纳了民众的社会体验和感情积淀，因而比许多史书上的阐述更具权威性和终结意义。

第二个传说知道的人更多些，因为有一出叫《虹桥赠珠》的戏文即取材于此。故事袭用了才子佳人的传统套路，把一场洪荒巨祸置于少男少女的青春游戏之中，作为情场纠葛的一段尾声。这样的构思相当奇崛：泗州知州的公子白生赴京赶考途经洪泽湖，与湖中神女凌波仙子邂逅相遇，凌波仙子爱恋白生的聪明俊美，想结为秦晋之好。但书呆子白生偏偏功名要紧，执意不从，神女爱极而恨，一怒之下水漫泗州。

这个传说显然已被文人加工过了，因而也融进了文人士大夫的某种价值取向。对于白生和凌波仙子这两个人物，人们尽可以见仁见智，有各种各样的评价，但我所看到的则是其中关于生命意义的解析。一般来说，人们对公子白生可能会给予更多的肯定，他那种呆头鹅式的苦读和事业心，在相当长的历史时代中曾被奉为一种青春偶像。但我总觉得此人缺乏一种生命本体的合理性，他活得太累、太沉重。因为从传说中（至少从戏文中）看，他对凌波仙子也相当倾心，只是因为功名的诱惑，才不得不斩却情丝，怏怏北去。他走得其实并不潇洒。中国的戏文总喜欢在赶考途中弄出点风流韵事来，这是文人士大夫的一种艳情趣味。但同样是赶考途中的艳遇，这里的白生远不如《西厢记》里的张生可爱。张生是轰轰烈烈地爱过一场的，为了爱，他甚至装病西厢，想赖着不走了，什么金榜题名、荣宗耀祖，在两性情感的深刻遇合面前都不值得一提。这是张生的人格健全之处，也是《西厢记》的伟大之处。

相比于白生的委顿，凌波仙子则活泼泼地敢爱、敢恨，虽然带着一股贵族少女的任性和乖张，却通体放射着生命的光华。她是神，却不甘于神的寂寞和徒有其表的尊荣，她要做她那个世界的卓文君和茶花女，于是她爱上了白生。为了爱情，她不惜褪去自己神圣的灵光，但这一切偏偏不为白生所理解和接纳，而且这个白生还是个可以称为知识精英的文化人。凌波仙子的失望是可以想见的。这种失望不仅在于一腔真情的抛掷，还在于对白生所在的那个世界的否定。既然这个世界如此不通人性、不近人情，既然这个世界的人如此委琐卑贱，既然体现了这个世界最高智慧的文化人都是如此德性，那它还有什么存在的合理性呢？从这个意义上说，凌波仙子的水漫泗州完全可以比之于白娘娘的水漫金山。白娘娘的水漫金山是为了拯救自己的心上人，体现了对人的世界的向往；而凌波仙子的水漫泗州则是为了毁灭自己的心上人，体现了对人的世界的否定。否定有时比向往更为惊心动魄，水漫金山只是一场虾兵蟹将的舞台游戏，而水漫泗州则是实实在在的人间悲剧。

也许我扯得太远了，还是回到泗州来吧。前些时我在那里采风时，听到不少呼声，都说应该组织力量挖掘埋在地下的泗州城，说意大利的庞贝古城已挖掘了一多半，成了著名的旅游区；又说有多少名流要人关心这件事，甚至联合国都准备拿出钱来资助。对此，我也很觉得振奋。离开泗州前一天，我拜访了当地一位资历很深的老人，老人退休前曾长期担任该地的水利局长和副县长，对古泗州的历史亦很有研究。在谈到泗州城的挖掘时，他相当冷漠地说：挖出来有什么好看的呢？无非几处断墙残壁。那么大一座废城，又不是秦始皇墓前的兵马俑，造一间大房子就可以装得下的，还是留在地下让人们想象的好。

老人的冷漠不是没有道理的，冷漠中却透出热切的文化意识。设想一下，如果真的花力气把那座地下城展示于光天化日之下，然后圈上一堵围墙，把门售票，变成一处旅游景点，那又有多大意思呢？我们已经见过了太多散发着铜臭和伪文化气息的旅游景点，也见过了太多的挖掘和雕饰，如果那样的话，泗州城也就真的要消失了，消失在年复一年的风化和修补之后，消失在红男绿女们潇洒的步履之下，消失在人们越来越空洞淡然的目光之中，那将是一种怎样的悲哀！

那么，就还是让它埋在地下吧，给人们留下一点疏离感和关于悲剧美的思考。如今的淮上，不见了滔滔洪峰滚滚浊流，也不闻凄风苦雨中报警的锣声，纵目所及，只有牧歌情调的旷野和远方洪泽湖上的帆影。但走在这片旷野上，你分明感到这里的宁静中蕴藏着一股强劲的历史张力，你会把脚步迈得很轻，很轻……

九品县尉

人们往往以为旧时的文人考取进士就一步登天了，其实不是，那只是取得了做官的资格，起步官阶并不高，一般的是在中央机关当办事员，也有的被派到基层去当县尉。古代的"尉"多是武职或司法官，县尉专管衙役、捕快之类抓人放人的勾当，大致相当于现在的公安局长，官阶九品。

文人的官场梦古已有之，诗人杜甫在科场上的运气总是不好，考了几次都名落孙山，却并不曾因此改变"官"念，起初是为了治国平天下，到了后来则是为了养家糊口。天宝十二年左右，杜甫潦倒长安，诗写得好，但换不回银子，只能卖草药补贴家用，那就和乞讨差不多了。为了生计，他辗转朱门，到处投递求职信，当时称为"干谒"，现在叫跑官。跑官也不容易啊，"朝叩富儿门，暮随肥马尘"，其间的屈辱和辛酸可以想见。也许是跑得多了，天道酬勤，终于跑来了朝廷的一纸任命，派他到河西县担任县尉。这是进士的起步官阶，作为"杜陵布衣"，他能得到这样的安排算不错了。而且县尉有实权，抓人放人都在他手里，上下其"手"，可以权力寻租，搞点钱如探囊取物，不要说养家糊口，发点小财也并不困难。

那就赶紧走马上任吧。

但杜甫没有去，因为他的好朋友高适几年前曾当过封丘县尉，不久就辞职了。辞职不是嫌官小，而是因为心情不好。在题为《封丘县》的诗中，高适袒露了自己的矛盾和痛苦，其中最锥心的是这么两句：

> 拜迎长官心欲碎，鞭挞黎庶令人悲！

在上司面前卑躬屈膝，是俯首帖耳的哈巴狗；在百姓面前凶神恶煞，是张牙舞爪的疯狗恶狗。这种"两面狗"的差事，高适干不下去。

也许有人会说，这位姓高的诗人也太清高了。既入官场，这种"两面狗"的生涯便是一种常态，不要说你只是区区县尉，就是县令、知府，以至于督抚高官，不都是这样的吗？因为你的乌纱帽是"长官"给的，在他们面前，你只能低声下气做孙子。同样，作为朝廷命官，你牧民有责，催逼赋税，要粮要钱，你能不"鞭挞黎庶"吗？你既不肯做孙子，又不忍做打手，那就只有卷铺盖走人了。

但诗人毕竟是诗人，所谓良知和人文关怀从来就是他们心头最柔软的那一块。他们的目光总能穿越利益集团的藩篱，投射到幽暗的底层，犹如穿透乌云的阳光，传递着人性的温煦和亮色，这是大诗人之所以"大"的一种精神特质。相反，如果只知道为权势者捧场凑趣，再华美的辞章也只是随风而逝的马屁而已。

杜甫没有去上任，他走向民众，也走向中国诗歌的圣坛，不久，被誉为史诗的《自京赴奉先县咏怀五百字》问世。"穷年忧黎元，叹息肠内热"，"朱门酒肉臭，路有冻死骨"，这种散发着大地的苦难气息的诗句，让千秋万代的读者泪流满面。

但同样是大诗人,同样面对着这份九品县尉的差事,也有周旋得差强人意的,例如白居易。

白居易是正牌的进士出身,而且名列第四,差一点就是探花。唐代的官制,进士及第后还要参加一次吏部组织的选拔考试,及格后才授予官职。人们把这种考试叫作释褐试,"释褐"就是脱去老百姓的粗麻布衣服。白居易又很顺利地通过了释褐试。脱去了麻布衣衫,接下来就准备穿官服了。

老规矩,他的第一份差遣是到长安附近的周至当县尉。

到了周至,正值麦收。"田家少闲月,五月人倍忙"。新任县尉下乡调研,也收获了一首《观刈麦》。看到农人的辛苦,想想自己的不劳而获,诗人心生愧疚,他也是一个有良知的文人。

麦子收上来了,县令就叫他下去催逼赋税,没有钱粮就抓人,下到牢房里鞭打,直到打出一个"有"来。所谓横征暴敛,这几个字县尉全占了。白居易不忍心向那些可怜的农夫挥鞭子,但又不能公然抗命,就想出了一个消极怠工的办法:装病,不上班。

县令是个官油子,按理说这种小伎俩是瞒不过去的,但这厮却不敢拿他怎样,因为他上头有背景。

背景就是在朝廷里担任左拾遗的元稹。元白是至交,这人们都知道。元稹的才华虽不及白居易,但科场上的运气好,他与白居易同科登第,他中的是第一名。再加上人长得帅,金榜题名紧接着就是洞房花烛,娶的是京兆尹的女儿。京兆尹者,首都市长也。周至是首都辖下的郊县,元稹的老丈人就是县令的顶头上司,这种关系县令能拎不清吗?他当然不敢得罪白居易。白居易装病怠工,县令不但不揭穿,反而上门慰问,叫他安心休养,不要挂念公务,说那边的工作有人顶着。这当然也是实话,抓人放人、鞭打农夫的事,想干的人多的是,因为那中间有油水。有油水的事,悍吏们总是争先恐后,那些人其实巴不得你一直生病才好。

由于有了京城的背景，白居易的这个九品县尉当得还不算太憋屈，他大致既用不着在上司面前装孙子，也用不着对老百姓挥鞭子。而且就在这期间，他还写出了流芳千古的《长恨歌》。可诗人的心情终日不好，他在诗中相当刻薄地把自己称为"趋走吏"，也就是狗腿子，认为：

一为趋走吏，尘土不开颜。

可见对这份差事深恶痛绝。

白居易做过的几道模拟题

我曾在一篇文章中说到白居易当年在进士科考试中名列第四,接着又信口开河,说"差一点就是探花",这就说错了。所谓状元、榜眼、探花是宋代实行殿试制度以后才有的,唐代没有探花一说,因此,即使白居易的名次再进一位,也只是第三,而不是探花。

白居易进士及第以后,又参加了由吏部组织的释褐试。释褐就是脱去平民穿的粗麻衣衫。也就是说,只有通过了这轮考试,你才能脱去麻衣而穿上官服。而且考试的名次越高,所授的官职也相对较好,可见兹体事大。虽不能说一考定终身,却能决定你会不会输在起跑线上。如果说进士科考量的主要是文才,那么释褐试侧重的则是吏才,一般是拿两个案例让你分析,要你写出判决词,除去要求文理通达、有辞采,更重要的是看你处理政务的实际能力。为了应对考试,考生们往往要做大量这方面的练习,即使像白居易这样天资聪颖的人,也不敢偷懒或耍大牌。他和好友元稹躲在长安郊外的华阳观,几个月足不出户,作了许多模拟考试的策文。后来他自己回忆,在那段时间里,他几乎"不遑寝息",以致"口舌生疮,手肘成胝"。可见拼得很苦。今天我们看惯了高考指挥棒下的莘莘学子沉沦题海的疲惫身影,对当年白居易们备考的情状应该不难想见。正所谓人生能有几回搏,前贤未必让后生,据说白居易做过的模拟题竟有上百道之多。好在《白居易集》中收录有部分题目,我们不妨挑几道出来看看:

其一,甲的妻子在甲母前骂狗,甲非常生气,要把妻子休掉。甲妻来控诉,自称没有违反"七出"条例。甲说,妻子犯了不敬的罪过。

其二,甲准备把女儿嫁给乙,乙送了彩礼,而后甲又反悔。乙控诉甲不守婚约,甲说没有立结婚的契约,不算数。

其三,甲的牛把乙的马抵死了,乙要求赔偿。甲说牛马是在放牧的时候相抵的,请求赔半价,乙不同意。

有意思吧?全是家长里短,鸡毛蒜皮,但要判得合情合理,还真不容易。都说科举制度害死人,其实那是到了明清以后。在唐朝那个时候,这一套文官选拔制度还是很有道理的。仅就上面的几道模拟题而言,我倒觉得对来自底层的草根考生相对有利。也不是说这类题目就能考出多大的真才实学,但你至少对社会生活要有所了解,而且还要通达人情事理,用现在流行的说法,叫接地气。什么人不接地气呢?一种是两耳不闻窗外事的书呆子,一种是来自豪门世族的纨绔子弟。面对这种充满了人间烟火气的题目,他们大抵只能像盲人分大饼一样,瞎掰。

更可笑的是,有些人甚至连瞎掰也不会。

唐代张鷟的《朝野佥载》里记录了一个这样的故事,有个叫沈文荣的人,考前足足背下了200篇判词,可到了考试时,却连一个字也写不出,交了白卷。别人问他怎么回事,他苦着脸说,试题中的案情与我背的都不同;有一个挺相似,可人的名字又不一样。还有一个关于水磨案的,我背的案子发生在蓝田,可试题中的案子却发生在富田。你看,就这种猪脑子,日后怎么能当官理政呢?名落孙山,活该!

这位沈某人是一个死记硬背的典型,另有一个官二代——御史中丞张倚的儿子张奭——参加考试,主考官见他老子很得皇帝的宠幸,想借机巴结,就让人替张奭作了判词,并取为优等。这事后来被人揭发出来,告到范阳节度使那里——该节度使就是那个后来把唐王朝搅得天翻地覆的安禄山,安禄山立即向唐玄宗报告。玄宗很生气,下令重考。这下张奭就活出丑了,他也和那位沈某人一样,一个字也写不出,交了白卷。最后的结果可想而知,所有的涉事者大概都不会有好果子吃的。

白居易是从底层走出来的,他从小就跟随母亲远走江南,寄居在亲戚家,后来又辗转河北山西,在漫长的颠沛流离中,他对社会生活应该有更多的关注。再加上那段时间在华阳观的精心准备,他考得不错,顺利通过了释褐试,不久就被派到长安附近的周至县当县尉去了。

我一直觉得白居易做过的那几道模拟题挺有意思,曾试图用文言文写一份判词,终因国学根底太浅,只得作罢。

小城故事

一

"白发才人鸠首杖，红牙女部柳枝词"，这是《桃花扇》的作者孔尚任写冒辟疆的两句诗，色调很艳丽，不大像是写一个古稀老人的。冒辟疆是"明末四公子"之一，他和秦淮名妓董小宛的婚恋又被渲染得那样风流旖旎。从诗中看，直到晚年，他的小日子似乎仍旧很滋润。孔尚任比冒辟疆大约小三十多岁，原先也没有交往，这次他奉旨到里下河治水，邀冒辟疆来聚会，很大程度上是为了创作《桃花扇》搜集南朝遗事。在他眼中，冒辟疆大概仍是那个潇洒脱尘的贵公子，安度着倚红偎翠的遗少生涯。其实冒当时已相当落魄，一个百无一用的文人，又抱着不仕新朝的气节，在那个时代不会很得意的。

冒辟疆是江苏如皋人，他和董小宛的香巢水绘园在如皋东门。今天，当我不经意地注视那里时，突然觉得通达其间的曲径回廊竟是那样熟悉。在这一瞬间，我感到一阵悚然。30年了，为什么转来转去又回到了那里的朱门红楼？往事依稀，如烟如梦，是那片浸渍过我们泪水的雕栏粉墙吗？是那些抛掷得漫天飞落的扇面条幅吗？是那条在浮躁的脚步下颤抖的白石甬道吗？是那座湮没在如血残阳中的湖心小亭吗？久违了，水绘园，听说今天你游人如织，红男绿女络绎不绝，那是你的风采和韵致使然，可你为什么要用洗钵池边轻曳的柳枝来撩拨我这韶华不再的鬓角和已然苍老的情怀呢？

走进水绘园，是在30年前那个秋天的下午。学校里组织参观阶级教育展览，那时候，这种活动正方兴未艾，七亿中国人在意气风发的同时又泪雨滂沱，构成了当时社会的一大景观。那是一个张扬激情，把悲痛、愤怒和喜悦都推向极致的时代；那是一个缅怀贫困，讴歌破衣烂衫的时代；那是一个面对过去，在苦难的坐标上体味幸福感的时代。正是在那个时代，我走进了水绘园。比起先前参观过的类似展览，这里当然要更加恢宏精致，也更具艺术色彩。半个多世纪的深仇巨痛被镶嵌在一座极尽工巧的古典园林里。深院静，小庭空，这里本来该是佳人移步、月华弄影的安恬所在，眼下却陈列着收租院里带血的镣铐和账册，这种反差本身就很有震慑力。印象最深的是，在一间帘栊深重的闺房里，展示着地主用烙铁拷掠农民的场景，制作者别出心裁地在火炉里使用了电光装置，造成炉火腾腾欲燃的感观效果，当时在我们看来，这无疑是相当先进的高科技了。站在那阴森森的泥塑前，我和不少同学都哭了，哭得很真诚——那时候，我们大抵还不懂得什么叫矫情。

走出展览馆时，一个如皋本地的同学突然轻声说："这里原先是冒辟疆的别墅，叫水绘园。刚才第二展厅那里，就是他和董小宛住的水明楼。"

冒辟疆和董小宛是何许人呢？我是从邻县一个偏僻的乡村走来的，刚刚考取这里的省立高中，诚惶诚恐地走进了这个末等都市。一个乡下的农家子弟，无论是对宏观意义上的中国文化史，还是对古城如皋的人杰地灵都知之甚少。在这以前，我并不知道这两个如皋人的名字，不仅是我，周围的绝大多数同学也都不知道。我们当然不难想象，那个曾经盘踞在水绘园里的冒辟疆，大抵就是展览中那种大腹便便、捧着紫铜水烟袋、戴着瓜皮小帽的土财主，或者干脆就是那个举着通红的烙铁逼向农夫胸脯的恶棍。而董小宛则是个妖里妖气的地主婆无疑。

那位同学望着洗钵池里楼台的阴影，又轻轻地念了两句古诗，那语调和神采，很投入的样子。现在想起来，大概是杜甫的"四更山吐月，残夜水明楼"吧。他是全校公认的才子，平时有点小布尔乔亚式的多愁善感，因此，他知道冒辟疆和董小宛，也能在那种情境下随口念出两句关于"水明楼"出典的杜诗。我当时没有想到，正是这种气质，酿成了他后来人生的大悲剧。

暮色已经很浓了，落叶萧萧，作弄出深秋的清冽。1965年的秋天似乎特别短暂，时令才是10月，不该这样萧杀的，难道它也有某种预感吗？——不几天以后，上海的一家报纸就发表了姚文元评新编历史剧《海瑞罢官》的文章，中国大地上一个漫长的冬季就要降临了。

那一年，我15岁，当青春的第一步刚刚迈出的时候，我走进了水绘园。命运似乎注定，我今后的人生道路将要和这座园林产生某种阴差阳错的牵系。

又是一年的深秋，我背着只挎包——是那个年代很流行的草绿色仿军用挎包——独自来到了水绘园前。洗钵池边万木萧疏，池水里漂浮着大字报的碎片。在那扇紧闭的大门前，我徘徊了许久，才找到了一处偏僻的小门。那么就走进去吧，在这堵灰褐色的旧墙背后，或许隐藏着一份与外面的狂躁悖然有别的宁静。

为什么要走到这里来呢？难道仅仅是为了寻找一个宁静的角落，寻访两个在这里深居简出的同学吗？我说不清。在整整一个夏季和秋季，我都处于这种无所适从的"说不清"之中。我是个天生孤独而懦弱的乡下人，这可能应归结于从小没有父亲，性格中缺乏强悍的阳刚之气。我不敢在一堆古今中外的名著下燃起一把大火,不敢把棍棒扫向寺庙里衣褶飘然的神像,也不敢带头喊出一声"打倒"某老师的口号,或揪着他的头发让他请罪。每当这时候,我总会感到一种良知的召唤,为此,我经历了不知多少次自我谴责和自我激励。很好,一场急性肝炎把我送回了乡村,等到病愈回校后,校园里已一片空寂。经过那阵所向披靡的横扫,泼墨横斜的发难和金刚怒目的批判之后,同学们又打起背包,呼啸一声串联去了。我辗转打听,才知道班上只有两个同学没有走,他们是第一批"公派"的赴京代表,接受了伟大统帅的检阅回来后,在水绘园看守破"四旧"的抄家物资。

那两位老兄在这里大抵也是很无聊的,见我来了,有如孤岛上的鲁滨逊遇上了未开化的土人"星期五"一般,津津乐道地向我展示着这里的"奢华"。确实,一座文化古城的抄家物资,若稍加拾掇,装备一家星级宾馆再加一座博物馆是绝对不成问题的,足够二位受用的了。光是那床上,就叠着两张钢丝弹簧垫(现在叫"席梦思"的那种),又盖着不下七八条锦缎棉被,真有点暴殄天物。坐在那松软的钢丝床上,我突然感到一阵困惑,这么多棉被盖在身上,不会压迫得难受吗?两个世代赤贫的农家子弟整天泡在这里,伸手所及,说不定就是件价值连城的玩意儿,时间长了,这里的一切变成了寻常生态,他们还能走出这堵旧墙吗?这似乎是一个带着理性色彩的人生哲学问题,我不愿去多想,因为一位同学又抓起一幅字画,诡谲地对我说:"你看这是谁的?"

那是一幅不大的扇面,画意大约是香草美人之类,下钤"董白"小印,并不难认。

"这个董白就是董小宛。骚娘们,臭美!"他潇洒地用手指一戳,美人的裙裾豁然裂开,便扔一边去。又说:"这么乱七八糟的一大堆,除去牛鬼蛇神就是才子佳人。还有冒辟疆的字呢!那老东西倒是写得不坏。"当下又拣出几幅，可都不是那"老东西"的，他念一下落款，或董其昌，或吴梅村，甚至还有那个口碑不算很坏的史可法，照例用指头一戳，扔一边去。如斯者数次，不由得有些恼了，便摆开一个架势，极英雄气地飞起一脚，刹那间，那满天飞扬的董其昌和吴梅村，哗啦啦地煞是壮观。多么扬眉吐气啊！斯文落地，书画飘零，飘零在深秋黯淡的残阳下，飘零在我 16 岁的记忆里。

当晚，我住在水绘园。躺在那由善本书和明清字画簇拥的雕花床上，心头却涌上一阵莫名的漂泊和幻灭感。窗外风声飒飒，远近楼台的阴影有如水墨画一般。无疑，这座深宅大院曾经是一个相当贵族化的生命空间，这里也一定发生过不少古典式的世俗故事。那么，是《西厢》式的才子佳人的缠绵，还是《聊斋》式的人鬼同台，亦或是《水浒》式的月黑杀人、风高放火呢？我不敢再想下去了。辗转反侧之际，随手抽出一本旧书，就着灯光胡乱翻了几页，却看不大懂。再看看封面，书名是《影梅庵忆语》，民国年间商务印书馆的版本，作者冒襄。

这个冒襄大概就是冒辟疆了。

二

在明末清初的历史舞台上，冒辟疆算不上叱咤风云的大人物。之所以不"大"，很大程度上是由于明亡以后他弃绝仕途，与一个大时代的政治风云若即若离。一座小城的故事，无非飘荡于坊巷街闾之间的"一地鸡毛"，最后悄然湮没在岁月的风尘之中。即使是闹腾得沸沸扬扬的倾城大事，若站在一个更高的层面上审视，也不过杯水风波而已，决不会有倾国之虞。但最近看到报纸上的一则花边新闻，由此却想到那个时代的很多大事。新闻说，在贵州一个叫马家寨的地方，新近发现了陈圆圆的墓。陈圆圆是吴三桂的爱姬，吴三桂败亡后，清王朝下旨灭吴氏九族，陈圆圆携带儿女逃亡到这里，归隐于现在的马家寨。为了让后人不忘祖宗，又不至暴露真情，吴氏采取了秘传之术，每代只传一至二人，至今已传到第12代。由于严守族规，竟一隐300余年。

陈圆圆与吴三桂的故事无疑维系着一个天崩地坼的大时代，所谓"恸哭六军俱缟素，冲冠一怒为红颜"，说的就是这件事。其实，陈圆圆本来是不该出这么大风头，也不该当这么大责任的。她的真正爱情意义上的恋人是冒辟疆，如果不是几桩阴差阳错的偶然事件，她已经被冒辟疆娶回如皋，藏娇于水绘园了。那样的话，后来也就不会有吴三桂的"冲冠一怒"，晚明的历史也极有可能是另外一种格局。

冒辟疆和陈圆圆相识于崇祯十四年春天。当时冒父冒起宗任衡永兵备道，冒辟疆去衡阳省亲路过苏州，两人一见钟情。平心而论，不管用什么眼光看，这两个人的互相倾心都在情理之中。陈圆圆色艺双绝，名动江左，又兼蕙心纨质，淡秀天然，即使在秀色如云的南国佳丽中也公认是最漂亮的一个。而冒家则是江淮巨族，世代簪缨，冒本人又风流俊秀。他14岁时就有诗集《香俪园偶存》问世，时任南京礼部尚书的大学者董其昌看到后大为赏识，认为"才情笔力，已是名家上乘"。既然是才子佳人，天作之合，那么就抓紧进行吧。当年秋天，冒辟疆奉母回归，小憩苏州时，双方的恋情便进入了实质性的阶段。陈圆圆曾亲见冒母，表示了自己矢志不渝的情愫，对于一个风华绝代的少女来说，这是相当难得的了。冒母对陈亦很满意，表示一俟回到如皋，便来苏州议婚迎娶。至此，一对有情人的好事似乎万事俱备，没有什么问题了。花好月圆，只待佳期。

殊不料风波横生，佳期无望。

冒辟疆回到如皋，忽然接到父亲奉旨调赴襄阳，任左良玉大军监军的消息。从军分区司令员调任集团军政委，看起来是提升，其实这中间隐藏着政敌借刀杀人的阴谋。当时的情势是，张献忠刚刚在半年前攻占襄阳，杀了当今皇上的叔祖父朱翊铭，旋即主动撤出。李自成又从伏牛山南下，打算占领襄阳定都称王，两股农民军对襄阳形成南北夹击的态势。这时候"提升"到那种地方，无疑是去送死：不是被农民军杀死，就是被骄横跋扈的左良玉害死，更大的可能是因为守不住襄阳而被朝廷处死。在此之前，东阁大学士杨嗣昌就是因为襄阳失守而被迫自尽的。为了让父亲尽快调出襄阳，冒辟疆连忙北上京师，泣血上书。又四处奔走投诉，托人情通关节，前后经历了半年时间，花费的银子自然不用说了，冒起宗才得以挪了个位子易地当官。冒辟疆喘息未定，又赶到苏州去接心上人，可胥门外的横塘寓所已经人去楼空，陈圆圆恰恰在十天前被国丈田弘遇"以势逼去"。青溪桃叶人何在，月冷妆楼杨柳疏。冒辟疆是只能站在空寂的小楼前怅惘无比。在这以前，这位贵公子或许没有真正认识到陈圆圆的价值，他太自信，太稳操胜券。如今一旦失去，才感到失去的是多么珍贵。那么就让他追悔吧，他的这次迟到，不仅酿成了个人感情史上永远的缺憾，而且铸就了晚明史上一次惊天动地的大事。

冒辟疆应该追悔的。就在他为父亲的调动奔走期间，陈圆圆则在苏州一往情深地倚门相望，她曾数次去信催促，北雁南飞，秋去冬来，纵然是望穿清溪水，望断横塘月，冒辟疆竟无一字回音。作为一个青楼女子，她自然会想得很多，一腔炽热的情爱在寂寞的等待中渐至消磨，她极有可能是怀着对冒辟疆的怨恨和失恋后的绝望凄然北去的，在她眼里，冒辟疆无疑是一个始乱终弃，没有任何感情负担的轻薄纨绔。山盟犹在，锦书难觅，这世界上还有什么值得信任的呢？这种怨恨和绝望，在很大程度上规范了她后来的人生态度，从吴三桂对她那样如痴如迷的宠爱中，我们大约不难想象她对吴也是倾心逢迎的。

一个纯真明丽的女人毁灭了，与其说毁灭在权贵的淫威之下，不如说毁灭在一次无可奈何的失约之后，毁灭在对情人爱极而恨的误解之中。一个女人的力量有时确能倾城倾国，作为明帝国"北门锁钥"的山海关正在这个女人的嫣然一笑中瑟瑟颤抖，一场天崩地坼的大悲剧已经逼近了。

吴三桂最初是打算归降李自成的，有关史料记载了他与父亲吴襄派来劝降的仆人的一段对话，虽寥寥数语，却透析出一个军阀兼政客复杂的内心世界，特别是人的情感因素对一个历史大事件的驱动力，确实相当传神：

吴三桂问父亲的情况，仆人答道："已被逮捕。"吴并不在乎："我到北京后，就会释放的。"

又问财产情况，仆人答道："已被没收。"吴仍不在乎："我到北京后，就会发还的。"

再问爱妾陈圆圆的情况，仆人答道："已被宰相刘宗敏抢去。"

吴三桂不能再"不在乎"了，作为一个男人，还有什么比夺走自己心爱的女人更值得不共戴天的呢？吴三桂首先是一个男人，然后才是汉奸，他的"冲冠一怒"是可以理解的。

写到这里，我不由得要搁笔为之惊栗了，这种阴差阳错的偶然性事件，人们大抵都是不难遭遇的。在大多数人的经历中，它的出现有如朝露流霞，无声无息，其中的悲欢感触并不能激起多大的涟漪，更不能影响一个历史大时代。但有时，它却能相当有力地扭曲所谓的"历史必然性"，使这种必然性演绎得更加回旋曲折，波诡云谲。设想一下，如果朝廷调动冒起宗赶赴襄阳的圣旨晚下一段时间；如果冒辟疆把银子花得更慷慨，其父能早一点调出襄阳；如果到江南强买歌儿舞女的那帮人在杭州多耽搁几天，甚至，如果冒辟疆母子当年秋天从衡阳回归路过苏州时就把陈圆圆带走……总而言之，如果冒辟疆赶在田弘遇之前把陈圆圆娶回了如皋，那么事情将如何呢？这些"如果"从严格意义上讲，并不违背历史的大逻辑，它或许只是源于当事人对着袅袅茶香的一缕思绪，或对着林间随意飘过的一片落叶心有所感。偶然为之的某一生活瞬间，就这样化为了惊心动魄的久远，定格在历史的峰峦上。当然，一个女人的归宿，并不能从根本上影响明王朝灭亡的结局，但其走向结局的过程将会展现出另外一些情节，这大概可以肯定。

陈圆圆没有走进如皋冒家的水绘园，走进水绘园的是董小宛。

在明末的江南名妓中，陈圆圆以姿致胜，柳如是以才情胜，李香君以品节胜，董小宛则以温柔娴淑见长。她对冒辟疆的追求远在陈圆圆之前，但冒辟疆一直对她若即若离，用现在的话说，就是找不到感觉。董小宛不像陈圆圆那样风情万种，当然也不能像陈圆圆那样疾风暴雨式地征服男人。她的那种端庄淡雅是需要男人慢慢地品味的。那时候，冒辟疆大抵还没有"品"出味来。直到陈圆圆被掳北去，冒辟疆陷于极大痛苦中的时候，董小宛才走进了水绘园。他们的结合，董小宛执着的痴情起了决定性的作用，而冒辟疆则是不得已而求其次，这样的结合，注定了属于先结婚后恋爱的类型。婚后不久，适逢清兵南下，夫妇颠沛于骨林肉莽之中，几陷绝境。秋水寒山落日斜，江南江北总无家。在凄苦仓皇的奔波中，董小宛不仅给了冒辟疆一个女人深挚的情爱，而且以不同于一般女流之辈的气节影响了夫君。回如皋后，冒辟疆一直抱着不入仕、不应召、不做官的"三不主义"。水绘园里的生活是平静的，平静中蕴含着相濡以沫的温馨。"多少楼台人已散，偕归密坐更衔卮。"有这样的风尘知己相伴，从翩翩贵公子跌入生活底层的冒辟疆应该满足了。

但冒辟疆总是难以抹去陈圆圆的倩影，那个女人现在正生活在另一个男人的世界里。她是那样迷人，倚罗香泽，秋水波回，婵娟双鬟，淡然远岫。她一定对自己是很怨恨的，因而把百倍的风情献给现在的男人，这是自己的过失，而且正由于自己的过失，引来了黄钟毁弃的大结局。这种忏悔和失落感一直苦苦地折磨着冒辟疆的后半生，即使在为董小宛早逝而写的《影梅庵忆语》中，仍时时飘逸出陈圆圆的风采。且看那笔下流露的情致：

> 其人淡而韵，盈盈冉冉，衣椒茧，时背顾缃裙，真如孤鸾之在烟雾，令人欲仙欲死。

又如：

> 妇人以姿致为主，色次之，碌碌双鬟，难其选也。蕙心纨质，淡秀天然，平生所觏，则独有圆圆耳。

在一篇追悼亡妻的文章中出现对另一个女人这样倾慕的文字，似乎是不合适的。其实，冒大公子的怀念中包含着一种比儿女情长更为深广的内涵，这是对一段已经逝去的人生，特别是一段国破家亡的痛史的反思，因为那一段人生和历史都和那个女人联系在一起。因此，冒辟疆怀念的陈圆圆，更多的是一种美好的意象，一尊理想化的情感雕塑，一段凄婉而温丽的过去。"今宵又见桃花扇，引起扬州杜牧情"，一个家道中落的贵公子和不仕新朝的末代遗民，其心态大致如此。唯其如此，他的怀念才能那样"欲仙欲死"，他的失落也才能那样铭心刻骨。

但后人似乎并不理解冒辟疆的心曲，他在《影梅庵忆语》中这段"不合适"的文字，后来却引出了一场扑朔迷离的冤案，这实在是冒辟疆本人始料未及的。

三

那本《影梅庵忆语》后来被我带出了水绘园，天地良心，那完全是出于无意。过了好些时候，我用挎包装传单，才发现了它，大概是那天夜里翻看以后，随手揣进去的。一旦走出了水绘园的那堵旧墙，这种书是见不得光天化日的，当时我心头有点发冷，连忙塞进了箱子底层。

在我的青春年华中，有相当一段时间就这样背着只黄挎包，整天在街上闲逛，挎包里装着自己这一派组织编印的传单，其中多是新出的"战报"。我们把它贴在那些层出不穷的"声讨""砸烂"和"北京来电""首长讲话"旁边，有时也会在对方一派的传单上批上"造谣可耻""放屁"之类，笔势龙飞凤舞，相当放达。

我们这些"战报"中的文章，有不少出自A君之手。A君就是那位在水绘园外随口念出两句杜诗的才子，他的文章确实写得好，洋洋洒洒，几乎总是一挥而就，很少要回头修改的。又能把当时声嘶力竭的豪语镶嵌在秀逸流畅的文笔之中。间或引用几句古典诗词，亦很见神采。晚上，我常常喜欢走进那间拥挤的编辑部看他们忙碌。编辑部是原先的生物实验室，四壁的立橱里陈列着各种动物标本，最醒目的是一条扬子鳄，大约还有一只丹顶鹤，A君就在扬子鳄和丹顶鹤的注视下"指点江山，激扬文字"。他写东西时并不作深沉状，不时会和旁边的同学交谈几句，但笔下又并不打停，仍旧一路潇潇洒洒地铺陈开去。旁边的同学是编辑部的一位才女，无论文章还是那一手钢板字，都很有几分阳刚之气。常常是A君写好一张，她就接过去刻，A君写完了，站起来，很有风度地向后捋捋头发（他那一头黑发确实漂亮），然后去调试油印机。调试好了，那边的才女也刻好了，于是两人一起愉快地印战报。有一次，A君握着油墨磙子，突然才情奔突，脱口吟出一首"枪杆诗"来，记得那最后几句是：

啊，革命的轧路机，
你开辟，开辟，
开出条条道路，
通向最后的胜利！

从油印机联想到轧路机，这大概就是所谓通感吧。当时，我由衷地感到这就是好诗。

不久便听说，A君和那位才女似乎有点意思，这是很正常的，因为他们很般配。政治热情加上爱情朦胧的召唤，使A君的文章越发才华横溢。外面战火连天，口号入云，"编辑部的故事"却充满了浪漫情调，这是很令人钦羡的。

在我们这一代人的记忆中，大抵到了1968年的春天，"文化大革命"就没有什么意思了。到处是成立革命委员会时给伟大领袖的致敬电，一概的华章丽句，壮语豪言；一概的敲锣打鼓，披红挂彩。从表面上看似乎很热闹，其实当事人的心底都有点空落落的。怎么，一场史无前例的大革命就这样收场了吗？我们仿佛既没有潇洒够，也没有能实现什么人生价值。有如惊心动魄的大潮退去以后，弄潮儿孤零零地站在海滩上，目光中透出难耐的迷茫。但精力和热情总得有所排解，那么就搜集领袖纪念章和各种版本的语录吧。搜集的手段可以相当自由，乃至到了"不择"的程度。在南京上大学的姐姐寄给我一本《马恩列斯毛语录》，大开本的，很是气派，一时成了诸家高手争夺的目标。为了躲避那些虎视眈眈的目光，我只得脱下那塑料封皮，套在另一本不相干的书上,而把宝书的内瓤藏在箱子一角。我认为这一手玩得相当漂亮,不料后来却为此受了一场大惊吓。

这事情说起来有点离奇。村头的陈先生在如皋旧货商店寄售了一辆自行车,我回家时,他把发票交给我,托我有空到商店去看看,卖掉了,就替他把钱拿回来。陈先生是个地主分子,又是有知识的人,不轻易托人办事的,怕受人家的冷面孔,大概是看我厚道吧,竟然把这件事托付给我。我为了保险,把发票藏在那塑料封皮里。一次去旧货店打听,说已经卖出,回来取发票时,那塑料封皮却怎么也找不着了。天哪!自行车的寄售价是 90 多元,在当时是一笔相当不小的数字。简直难以想象,如果别人拿着发票把钱取走了,我,以及我那终年劳碌在田头的羸弱的母亲,还有我家那三间破败的草房,将如何承受这场天塌大祸。我只觉得昏天黑地,仿佛整个世界都坠入了冥冥深渊。A君来了,问了句什么,我没有答,他便指着自己的箱子说:"你找的那件东西,我拿来了。"一时间,昏天黑地又转化为朗朗乾坤,我禁不住一阵绝处逢生的狂喜,连忙告诉他那里面有一张拿钱的发票。他先是定定地看着我,然后脸上便红了,讷讷地说:"我不知道有发票,真的不知道。"当下取出来一看,那张宝贝发票果然在里面。也就在这时,我和他都对着那大红塑料封皮的内瓤愣住了。

那是冒辟疆的《影梅庵忆语》。

他是用细铁丝打开我的老式铜锁,拿走语录本的。情急之中,也没有发现书的内瓤有诈,便塞进了自己的箱子。

A君抓起那本书翻了翻,并不在意,随手丢进了我的箱子。又微微扬起脸,轻声念道:"'青天碧海心谁见,白发沧江梦自知。'冒辟疆真是才子。"他念的大概是书中的两句诗吧。我突然觉得有点对不起他,一定要送他那本语录。他不要,推了几个来回,终究是不要,只是叹了口气,默默地走了。我怎么也不会想到,他这一走,竟再也没有回来。

过了大约十多天，在那个七月燥热的下午，宿舍里的一个同学突然回来说，A君死了，是自杀的。

我呆住了，这怎么可能呢？那位曾在暮色中吟诵"残夜水明楼"，倚着油印机高唱"我们开辟"的青年才子，那位在扬子鳄和丹顶鹤下一边挥笔疾书一边和同伴交谈的儒雅书生，那位常常用手指潇洒地向后捋捋头发的健伟男儿怎么会死，而且是自杀呢？

但A君确实死了，他吊死在水绘园对面的湖心亭里。湖心亭四面环水，外人进不去，直到公园里的一个老人闻到那股恶臭，才发现了我们的A君。算起来，他走进那里已经十多天了，那具曾充满了青春活力的身躯，已经溃烂得不忍目睹。

同学们都去了现场，但我没有敢再看一眼A君最后的形象。傍晚，他乡下的父亲来了，老人什么也没有说，步履蹒跚地护送自己的儿子回乡下去了。

A君已经回去了，在乡下的老家，当会有他的一方青冢。同学们也已散去，将种种推测和惋惜潜入各自的心底，只有我独自徘徊在湖心亭前。进入湖心亭的通道日常是上锁的。A君在涉过这宽可数丈的水面走向生命尽头时，心里都想了些什么呢？他可能会想得很多，也可能什么都没有想。该想的那些都已经想过了，剩下的只有一片苍白的绝望。同学们大都认为，促成A君自杀的原因是失恋，"编辑部的故事"已经终结，昨日的温馨不堪回首，为那个倾心相爱的才女去死，当然是值得的。但支撑一个人生命意志的基石不光是爱情，至少还有与事业维系在一起的前程。坍塌了其中的任何一块，一般还不至于崩溃，他可以把重心移到另一块基石上寻求寄托和解脱。龚自珍诗云："风云才略已消磨，甘隶妆台伺眼波。"那么反过来说，如果失去了"妆台"旁多情的"眼波"，全身心地去磨砺自己的"风云才略"，同样也可以走向生命的坦途。因此，A君的死，绝不仅仅是由于情场失意，还要加上由情场失意而引发的人生幻灭感。在那个夏季，我们都曾或多或少地体味过这种幻灭感。"最新指示"已经传下来了，我们这些被称为"知识青年"的人都将要到农村去。冷峻严酷的生存现实，一夜之间就粉碎了理想化的政治热情。打起那曾伴随你长征串联的背包吧，到农村去，到那个终年面朝黄土背朝天的农村去；到那个烧菜放几滴红酱油也算得上奢侈的农村去；到那个生产队长一言九鼎，支书家的狗也比常人高贵的农村去。这就是为一场大革命赴汤蹈火的报答吗？对于 A 君这样有才华有抱负的农村青年来说，上大学，跳农门，大抵是他多少年来魂牵梦萦的人生构想，即使在他洋洋洒洒地为"战报"撰写那些社论时，这种构想也不曾彻底幻灭过。而且，他的构想中大抵也抹不掉那层"才子佳人"的艳丽底色的。现在，当这一切都被无情打碎的时候，他只能选择死亡。于是他来到了水绘园前，这里演绎过的那一幕才子佳人的故事，他肯定是相当熟悉的。追循着先人的身影，他悄悄地来了，他不想惊骇任何人，包括那位让他爱也无奈恨也无奈的女友。在这里，他完成了悲剧的最后一个造型。

一个才华洋溢的青年死了，不是死于武斗的棍棒，也不是死于缠绵病榻。他是我们唯一死于"文革"中的高中同学。不久以后，同学们也纷纷卷起铺盖到农村去了，走得都很匆忙。分别时，没有依依的泪水，没有珍重的叮咛，大家似乎都有点麻木了，却又故作洒脱。母校如梦如狱，化作了一道淡远而又抹不去的背景。

四

"多少南朝事，楼头幕府山。"司马睿和陈霸先都是历史上有名的复国英雄,他们的功业也都和金陵和幕府山联系在一起。冒辟疆在诗中用这样的典故,反映了那种相当典型的遗民情绪。史可法督师扬州时,他曾前去帮助参赞军事,那可能是他一生中最为得意,也最为痛苦的日子。文人大抵都有虎帐谈兵的夙愿,认为那是一种人生的大放达,更何况一个壮怀激烈的文人,在那个国难深重的年代呢?也有人认为,史可法那封著名的《复多尔衮书》就是由他代笔的,这当然只是猜测,但后人为什么总喜欢在一封信的作者问题上制造秘闻,把一桩并不复杂的事情搞得扑朔迷离呢?这固然是因为那封信写得太漂亮了,另外也可以说明在那个民族危亡的年代,确实有一批文化精英簇拥在史可法麾下的。如果确实是冒辟疆所写,那么就太传奇,也太残酷了,因为这中间的另一个情节是,多尔衮的那封《致史可法书》,真正的作者也不是多尔衮,而是桐城才子李舒章。这个李舒章与冒辟疆曾是过从甚密的文友,当年在虎丘大会上,两人又同为复社领袖。而今历史偏偏又让他们面对面地站着,背景是血色残阳下的骠骑和城堞,让他们用各自的华章文采去揭开一场血雨腥风的序幕。但冒辟疆并不知道这些,他只是想着在扬州实现自己的人生价值。后来史可法发现势不可为,留在扬州也是送死,硬是要打发他远走。这位阁部大人很讲义气,他和冒起宗是同榜进士,他不能对不起自己的老朋友。当然冒辟疆当时也不想跟着史可法殉国。那么就回去吧,如皋好歹还有一份家业,虽历经劫难,大多被毁,但小日子还是过得下去的。身边又有董小宛这样多才且贤淑的好女人相伴,红袖添香的雅趣可以想见。南明弘光政权垮台后,阮大铖的家乐班子逃来如皋,亦被冒家收留,其中有后来被曹寅称为"白头朱老"的著名乐师朱仙音。"念家山破定风波,郎按新词妾唱歌。"冒辟疆就这样一边在水绘园里优游岁月,一边做着他的复国梦。

新王朝的官他是坚决不当的。为了明志,他自号"巢民",话说得很决断：宁可在树上结巢而居，也不生活在异族统治的土地上，当然就更不用说当官了。像他这样的人，当时有一大批，但面对着新王朝的橄榄枝，冒辟疆的心情可能要更复杂些，除去"夷夏之辨"的民族气节外，他还多了一层所谓的"恋人情结"。自己心爱的女人被吴三桂夺去了，吴现在是清廷的"平西王"，和情敌无论如何是"不共戴天"的。再说，即使当了官，你还能像人家那样官居一品，炙手可热吗？人的感情有时真是奇怪得很，那个女人早已离他远去了，但当初的一颦一笑却仍然闪现在他的精神世界里，隐隐约约地支配着他的潜意识。好在清王朝倒也大度，你不愿出山，他也不过分勉强，让你在家喝酒赋诗发牢骚。不像明王朝的老祖宗朱元璋那样，带着镣铐来请你，若不赏脸，对不起，提头来见。

  注视着故国的残山剩水，他不像阮步兵那样冷眼斜睨，而是流泻出热切的关注和期待。有几次，"海外来人"传递的消息甚至让他很振奋了一阵子。顺治十四年夏秋，郑成功誓师入江时，冒辟疆看到那"击楫闽粤之隩，小视江东"的檄文，预先就等在南京丁氏河房，并召集了一批抗清志士的子弟谋为内应。但想不到郑成功的三万大军竟溃于一旦。让他空欢喜了一场。而且从此以后，连这样的"空欢喜"也不再有了。"白头庾信肠堪断，黄叶江南一片山。"海外的消息越来越少，也越来越令人无奈，冒辟疆只能做点救助抗清烈士遗属的工作。这中间有一件事最为时人称颂，如皋秀才许元博因抗清事泄，被逮送南京处死，其妻朱氏亦流放满洲配旗。冒辟疆和董小宛筹集了一笔重金送给解卒王熊，请他相机救助。王熊便私下用自己的妻子代替朱氏北去。这件事我看后深为感动，但感动之余又总觉得不是滋味，王熊身为解卒，他要救助朱氏，照理是有办法的，为什么一定要把自己的妻子推入苦难和屈辱的深渊呢？如果他确实没有别的办法，那么，用一个无辜的女人来替代另一个无辜的女人，这样的义举，老实说只能令人可叹而不可敬。

　　好在还有些朋友经常走动，使水绘园里不至于太寂寞。这一年，老朋友谭友夏的儿子谭笈北上路过如皋。谭友夏当年是抗清志士，最后贫病而死。如今，他的儿子却要去清廷做官了，这位世侄甚至劝冒辟疆也应征出山，在这样的情况下，冒辟疆心里大概是不大好受的。但他能说什么呢？"君言尽室必归吴，我意空拳定张楚。"唱几句南明小朝廷未必覆亡的高调，只是一种主观的内在挣扎而已，连他自己也未必相信。他叮嘱谭笈，如果官场不得意，就及早回头，却没有反对他北上为官。复明是没有指望的了，应该允许年轻人走自己的路。

　　命途多舛又加上家难迭起，我们这位从来不知生计为何物的"巢民"先生，终于感到了这两个字的沉重与艰辛。康熙十五年，一个庶出的弟弟为了争夺家产，告发冒辟疆"通海"（和南明小朝廷暗通声息），这在当时是一项相当吓人的政治帽子。冒辟疆只得忍辱退让，到江南的朋友家住了两年。回来以后，命运仍然死死纠缠着和他过不去，不久，一场大火烧光了他多年珍藏的鼎彝书画。跟着，一蒙面刺客闯进他的房间，多亏儿子和婢女拼死相救，才保住了一条老命。凶手供出，指使者就是冒辟疆那位庶出的弟弟。为了息事宁人，被害人反倒痛哭流涕地请求官府不要追究，自己又跑到泰州去避难。这样几经折腾，家产已荡然无存。这位才华旷代的大诗人，只得每夜在破屋残灯下写蝇头小楷，让家人第二天拿出去换几升米来度日。他是大书法家董其昌的关门弟子，字自然是写得极好的。但到了粮油市场上，人家习惯于用那油腻腥臭的手来掂斤播两摩挲质感，然后用浸透了利欲的目光论堆儿喝价钱，还有谁来体味一点一画中的奇险奔放和淡远古拙呢？你那苦心孤诣地追求了几十年的笔墨趣味，你那流泻于笔端燃烧于尺幅的强烈的生命意识，你那让圈子里的同人叹为观止的艺术感觉和精神气韵，这时候统统成了不切实际的奢侈。"闲时写长幅，不换一升粳"，艺术一旦沦为商品，艺术家一旦沦为商贾的婢女，其下场就是这般可悲。

到了晚年，冒辟疆对官场的心态比较微妙。康熙十八年，清廷第二次开设"博学鸿词科"，据说应试的人很多，考场的位置都挤满了，后去的被推到门外。有人吟诗挖苦道："失节夷齐下首阳，院门推出更凄凉。从今决计还山去，薇蕨那堪已吃光。"冒辟疆却没有去，"失节夷齐"他是不做的。但差不多就在同时，他又满怀期待地送两个儿子和长孙分赴南北乡试。角逐科场的目的当然是为了当官，这是不用说的。这么多年了，当初那种铭心刻骨的仇恨和失落感已渐渐湮没在世事代谢之中，南明政权早已销声匿迹，吴三桂大红大紫了一阵后也已败亡，陈圆圆亦不知所终。冒辟疆这时的不仕新朝，很大程度上是源于一种独善其身的惯性力，因此，在自己坚持"三不主义"的同时，他又热切地希冀子孙能在仕途上有所作为。遗憾的是，几个子孙在科场上的表现都很平庸，只有一个叫冒浑的小孙子被人介绍到靖海侯施琅幕中，跟着施琅攻打台湾立了军功，正在"议叙官衔"。我们还记得，当初郑成功高举复明大旗从海路北上时，冒辟疆是何等欢欣鼓舞。而今，当他的孙子因征讨郑成功的孙子而有可能捞个一官半职时，他又同样鼓舞欢欣。但冒浑的一官半职也不那么容易到手，当务之急是需要一笔钱"取结"，也就是上下打通，于是千里迢迢派人专程回家要钱。冒辟疆得到消息，真可谓喜忧交集，且看他给孙子的回信：

五千岭海，囊乏身孤，何日得竟怀抱……即刻求关帝签，以决尔之终身大事，仍是"苏秦三寸足平生"，则尔之必题，功名必显，万无一失矣，不胜欢喜。

我一夏脾病，秋来渐好，终年无戏做，遂无分文之入，苦不可言……金公五十，无人可寄一物，先书一绫……

老头子有什么办法呢？孙子能当官，自然是大喜事，可他实在拿不出钱来给他活动。本来，家中的戏班子供人宴乐可以收点小费，近来偏偏又接不到生意，"遂无分文之入"。金世荣是把冒浑介绍到施琅幕中的大恩人，可人家50岁生日也送不出一件像样的礼物，秀才人情纸半张，只能送几个字意思意思。万般无奈，老人到关帝庙去替孙子求签，希祈菩萨保佑。

远在"五千岭海"之中的冒浑接到这样的家书，当然能体谅祖父的苦衷。但他已经到了官场的门槛前，取结刻不容缓，这笔投资无论如何是少不得的，踌躇再三，又再次向家中求助。我们只得强抑住心头的酸楚，大略看看冒辟疆的第二封回信：

尔父奔走半月成病，毫无所得，我即亲到平日相关诸友家，每人十金，请十人一会，捱尽面皮，竟无一应。只得出门求边、崔二公，岂知边忽亡，崔又欠课，止得银十两。我吊边，又备祭路费，用去二十金。

昨十月初二，在通恐无银来，尔事不济，又求得"英雄豪杰本天下生"，知万万决不到失意田地……你见我字，应为我下泪也。

冒浑是应该为祖父的困窘而下泪的。一个年近八旬的老人，到处捱尽面皮仍求告无门，好容易借得了一个朋友的十两银子，偏又碰上另一个朋友亡故，吊丧用去二十两。走投无路之际，还是走进关帝庙去求菩萨。

在这里，我真禁不住要问一声：巢民先生，你这样凄凄惶惶是何苦呢？不就是为了小孙子的一顶乌纱帽吗？先前，你不是一直弃之如草芥，认为沾了那玩意儿便辱身降志吗？

可我又实在不忍心发出这样多少有点刻薄的议论。对传统的中国文人来说，当官毕竟是一条相当不错的人生道路。不当官，你纵然有盖世才华，满腹经纶，也不能像人家那样活得潇洒滋润。冒家已经三代未仕了，当然也就尝尽了三代穷困，三代寒伧，三代受别人白眼的卑贱。那么就当官吧，为了当官，暂且把人格和自尊放到一边，花几个钱是值得的。

两年以后，冒浑总算封了个从三品的游击将军。喜讯传来，一时冒家蓬荜生辉，水绘园内又是庆贺，又是唱和，很热闹了一阵。

又过了两年，冒辟疆在贫病交加中逝去，撒手前"令诸童度曲，问窗前黄梅开否"，文人性情终是不改。而在冥冥黄泉中，早夭的董小宛已经苦苦等了他42个年头。

五

董小宛死于顺治八年，年仅28岁。

一个做妾的女人死了，周围的朋友照例写了几首悼亡诗，虽然都写得冷艳凄婉，却也是文人写惯了的陈词滥调，过几天送到坟头上烧掉，事情也就过去了。这中间，以吴梅村的几首写得较好，其中有一首是这样写的：

　　江城细雨碧桃村，
　　寒食东风杜宇魂。

> 欲吊薛涛怜梦断，
>
> 墓门深更阻侯门。

吴梅村是当时的诗坛领袖，江左三大家之一，因此，他的诗也就格外流传些。但想不到这一流传，后来却引出了一段关于董小宛结局的争论，且被列入"清初三大史学疑案"之一，这就很有点意思了。

这说法很离奇，说董小宛并非死于如皋水绘园，而是被满清虏入宫廷，成了顺治皇帝的董鄂妃；又说曹雪芹的《红楼梦》就是为清世祖与董鄂妃写的，也就是说，贾宝玉即顺治皇帝，林黛玉即董小宛。因此，吴梅村的诗中才有"墓门深更阻侯门"的叹息。

那么，何以解释冒辟疆在《影梅庵忆语》中白纸黑字的记载呢？答曰：这叫难言之隐。老婆被皇帝抢去了，他不敢说。而且张扬出去也有损书宦之家的名声，只能打落门牙朝肚里吞。但一点不说又不服气，那就用曲笔吧。所谓曲笔，就是我在前面说到的那段"不合适"的文字，既然是悼念董小宛，为什么要无端扯到陈圆圆呢？从文理上是说不通的，可见此中有隐情在焉。这是用陈圆圆被虏北上暗示董小宛的结局。

这场争讼从清末民初一直延续到现在。其中，像蔡元培、陈寅恪这样一批学富五车的大学者也都附和"入宫说"，可见不是信口开河。抗战时期的陪都重庆，曾上演过一出叫《董小宛》的话剧，当然是以"入宫说"为蓝本的。不入宫，就没有戏了。由此，报纸上又重提关于董小宛结局的公案，当时的《新民报》副刊上曾有人写诗感叹道："梅家诗案冒家冤，今日伤心水绘园。"他也认为冒家是"冤"了，因为董小宛并不曾入宫。

其实，冒辟疆冤就冤在不该在悼念董小宛时，说那些"不合适"的话，这怪得了谁呢？至于"梅家诗案"，那是专家学者们的事。但在我看来，这句"墓门深更阻侯门"并不是任人揉捏的朦胧诗，根本用不着那么繁冗的训诂考据。简单地说，就是死别甚于生离，人死了，比身入侯门相隔得更远。之所以有"侯门"一说，是因为当初田弘遇之流在江南寻访佳丽时，也曾打过董小宛的主意，董小宛历经风险，才侥幸脱逃。也就是说，董小宛差一点入了"侯门"。如此而已。

人死了，还留下了这么多说法，让后代这么多有头有脸的人争论得唇干舌燥，冒辟疆和董小宛真是不简单。

这一切，我是在回到农村很久以后才知道的。在那个秋天的早上，当我背着铺盖卷走向故乡的老屋时，背包里只夹着两本书，一本是姚文元的《论文学上的修正主义思潮》，一本就是《影梅庵忆语》。这两本色调形成强烈反差的书放在一起，恰恰折射出当时我们这一代人的文化心态是多么芜杂。在乡下的那几年，这两本书几乎成了我精神生活中的奢侈品。一天劳累过后钻在被窝里，一边抚着伤痛的肩膀，一边翻动书页，从中寻找一个心灵的世界。姚文元的那本书是我从学校图书馆偷来的，虽然是反右期间的大批判文章，但其中涉及了相当多的作品，而且这些作品大多是我以前从未接触过的。拨开政治批判的烟瘴，我小心翼翼地走向一部部被肢解的文学名著，有时甚至还能有幸从引文中读到原汁原味的作品段落。例如，我翻阅了莎菲女士零零碎碎的日记，女主人公的精神苦闷和孤独感是那样令人战栗，这些无疑和我当时的心境取得了深层次的共鸣。一段时间以后，我几乎能把全书中带引号的段落倒背如流。这也可算是那个时代一种畸形的文化现象吧。《影梅庵忆语》我是作为文言小说来读的。正因为是文言文，我才有了半懂不懂中的倾心揣摩，这时候，诗一般精炼的文本和读者的体味互为扩张，使这本薄薄的小册子幻化出无限的丰富性。很难想象，如果没有这两本书，我将如何打发小油灯下的每个夜晚，我的精神世界将怎样的荒匮贫瘠。

终于有一天，这本薄薄的小册子被陈先生看到了。我在前面已经说过，陈先生虽然是个地主分子，但他不是一般的土财主。他上过大学，在扬州开过商行，还参加过政治活动，与国共双方的关系都不错。人们都认为他是很有学问，也是很有见识的，因此并不把他当一般的四类分子看。就在那一次，他给我讲了以上一段关于董小宛结局的公案，并且发表了那一番"不简单"的感慨。

我也由衷地认为当一个文人"不简单"，能用自己的笔写出那么多人生的况味、命运的沉浮、心灵的悸动，让人们久久地掩卷难忘，唏嘘感慨，还有什么比这种劳动更令人神往的呢？那么，就学着当一个写书的文人吧。现在想起来，这实在是一场历史的误会。试想如果那次我不走进水绘园，也许现在正干着另外一份工作，而且肯定也津津有味，相当投入。这种人生偶然性的后果，该轮到我来咀嚼了。

前些时候，我回了一次母校，当然也去看了水绘园，却觉得很失望。湖心亭四周的水面似乎逼仄了许多，几乎可以一蹴而过。那曾经把一个年轻人引渡到生命的彼岸，簇拥着他走过那段漫长的心灵历程的沧浪之水，竟是这么一塘污垢吗？只有那湖心亭还是当年的格局，却也有些破败了。进入亭子的通道仍然锁着，人们大概早就忘记了这里的风景，也忘记了锁在这里的故事。

回到招待所，我翻开母校的校庆纪念册，从前面的纪念文章中，我突然看到了一个熟悉的名字，她是 A 君当年的女友，如今是该市的一位领导。盯着那个名字，我想了很多。当了官，当然不一定就能说明水平能力之类的出类拔萃，但作为一个女人，至少可以说明她在人格上有着超乎寻常的坚强。而且我坚信，A 君的悲剧，肯定给了她的人格一次强有力的锻打。也许正是在那一刻，她从心灵的废墟上站立起来，完成了一次悲壮的涅槃。从此以后，纵然是雨鬟风鬓，千难万险，她也足以承当，不会退却了。

哦，我们这一代人，我们这一代人的故事啊！

高尔基不喜欢的房子

  高尔基故居博物馆的不远处是一座教堂,那华丽的尖顶在午后的阳光下折射出一派温煦宁静的铁锈红,让人们不由得会想到管风琴伴奏的唱诗班,还有列宾的油画和柴可夫斯基的一段大提琴协奏曲,心灵隐隐地为之感动。博物馆的主人站在门前的草坪上,开场白便是从那里开始的:"马路对面是莫斯科最著名的教堂,当年普希金和冈察洛娃的婚礼就是在那里举行的。那是一座典型的古典风格的建筑,而我们面前的这座小楼则是现代风格的,它出自一位著名的建筑师的设计。但高尔基不喜欢这座房子。"

  主人就这样结束了开场白,然后双手一摊,把我们领进了那座三层小楼。他最后的那句话似乎带着总结的意味,又仿佛是故意留给我们的一个悬念。于是,走在小楼的每个房间里,我耳边似乎总是回响着主人的声音:"但高尔基不喜欢这座房子。"

  高尔基为什么不喜欢这座房子呢?

  这是一座很有来头的房子,它原先的主人是俄国最大的富豪,经营了很多工厂、矿山,还有铁路。十月革命后,这里成了布尔什维克新贵们的子弟幼儿园,包括斯大林和伏龙芝的儿子都曾在这里接受过启蒙教育。和它毗邻的则是小托尔斯泰的故居。后来,这里又成了苏联文化部门的外联部。再后来,是斯大林亲自决定,让作家高尔基住进了这里。当时高尔基的声望很高,几乎可以说是大红大紫(他的名字曾命名了一座城市和莫斯科的一条主要街道)。高尔基是一个可以在心灵深处自我灌溉,进而获得丰收的作家。在一楼的写作间里,我们似乎开始触及了他的内心世界,那里陈列着大量东方的工艺品,主要来自中国,也有来自日本的。于是有人认为,高尔基不喜欢这座房子是因为不喜欢现代建筑风格的浮华,他喜欢古典,崇尚那种质朴自然的东方神韵。对于作家来说,那是一种清凉的注视和天机浅显的提醒:最单纯朴素的东西,往往是最前卫最富于艺术魅力的东西。这种现代人刚刚开始意识到的思想,高尔基当时就有了。

若果真如此,那我们真应该为作家的晚年庆幸,因为这种"不喜欢"仅仅限于审美层面,还不至于酿成痛苦,至少不会酿成大痛苦。

但后来罗曼·罗兰走进了这座小楼,并且在这里住了一个月。罗曼·罗兰是西方世界中对十月革命怀有好感的作家,他对斯大林的评价也颇高,不然斯大林不会同意他进入苏联,更不会同意他进入高尔基居住的这座小楼。但一个伟大的作家首先是一个诚实的人,罗曼·罗兰回国后在一篇文章中写道:高尔基是被装在一只金丝笼子里的熊,在他住所的每一扇大门背后都有窃听的耳朵。

现在我们知道了,高尔基的秘书是一名克格勃(但此人后来在肃反中又被作为人民公敌而镇压了)。当时,任何人要会见高尔基,都必须得到他的同意。走进大门一侧那间小小的秘书办公室时,我下意识地往大门背后看了看,似乎仍能感到从那里射出的一瞥阴冷的目光。要知道,高尔基的孙女是贝利亚的儿媳妇,而贝利亚又是克格勃的总头目。秘书这样干,显然是得到斯大林授意的,不然他没有这样的胆子。斯大林在十月革命后把高尔基迎回苏联,给他很高的待遇,是为了让他写《斯大林传》。高尔基似乎答应了,但又一直没有写,是虚以周旋的意思。于是,他就只能一直生活在金丝笼子里。

高尔基为什么一直没有写《斯大林传》呢?博物馆的主人认为有这样几个方面的原因:1. 精力和身体问题;2. 才气衰退;3. 怕写得不合适,斯大林不高兴;4. 从心底里反感斯大林,不愿意为他歌功颂德。至于这四个原因孰轻孰重,主人没有讲,但他接着又讲了这样一个情节,似乎有注释的意思:前些时在档案中发现了一封当年高尔基写给斯大林的信,内容不详,但大致可以肯定不是为斯大林唱赞歌的。因为高尔基的声望那么高,如果是一封拥护斯大林的信,早就该公之于众了。以此推之,那里面的内容大概是持不同政见的。

一个表面上大红大紫的作家,却原来生活在这样阴冷的囚笼里,他内心的那种大痛苦谁能理解呢?"高尔基不喜欢这座房子",他当然不会喜欢。如同一片树叶可以证明一个季节一样,有时候,一个人就是对一个时代的证明。高尔基和这座他不喜欢的房子,证明了苏联历史上那个独特的时代。

战争赋

一

写下文章的标题，定一定思绪，却怎么也找不到自信。这题目太大、太沉重，又浸渍了太多的血腥味和英雄气，这一切都压迫着我，使我难以进入——是的，进入，这是最痛苦的时刻，母亲分娩、枪炮发射，以至于火山爆发地震施威其实都是一种进入：由某种生存状态"进入"另一种生存状态，因此，他们都要呼天抢地，挣扎出全部生命的能量，恨不得把自己撕扯成灼热的碎片，又恨不得把自己挤压成力量的造型。真佩服老托尔斯泰那样的大手笔，当《战争与和平》进入莫斯科保卫战时，笔下仍这般从容：

于是战争开始了。

他一共只用了七个字，连感叹号也没有，从容得不动声色而又大气磅礴。

从容是一种底气，进入战争就得有这样的气度，这样的从容。

二

那么，就从那遥远的欢呼和旁白开始进入吧。

公元1805年12月2日早晨，拿破仑站在奥斯特里茨的前沿阵地上，在他的身后，大炮已经褪去了炮衣，露珠悬挂在炮口上，有如少女的项链一般富于质感；身着匈牙利式紧身短上衣的枪骑兵引缰待发，踢腾的马蹄迸出欲望的火花。这时候，普拉钦高地上的浓雾正在散去，俄奥联军的军旗和枪刺隐约可见，法兰西皇帝挺起他那1.67米的身躯，呻吟似的欢呼道："奥斯特里茨的太阳升起来了！"

这欢呼很轻，轻得几近自语，却透出一种峥嵘险峻的渴望，一种无法抗拒的诱惑，一种光芒逼人的人生成就感，而一场世界战争史上辉煌的杰作亦由此拉开了帷幕。

这就是战争——一位铁血统帅体验的战争。

前年是世界反法西斯战争胜利50周年，电视台播放了英国摄制的纪录片《二战警世录》，总共有好几十集吧，其中有这样一个镜头：

德军开进了村庄（那富于俄罗斯风情的北方村庄，宁静得有如柴可夫斯基交响曲中忧郁的堆积），一个士兵颇像个顽童，用手榴弹砸碎一户农舍的玻璃窗扔进去，于是房子被炸塌，玻璃窗发出痛苦的破裂声……

旁白：战争的起因之一涉及人的破坏世界的本能，比如男孩总喜欢砸玻璃窗，那破碎的声响使他的破坏世界的心理得到满足。

相对于二战期间尸山血海的大场面，这样的细节是微不足道的，但它却相当真实地揭示了人的一种深层意识；战争的原始基因就潜藏在这些看似天真而琐碎的儿戏之中，得出这样的结论，确是有点令人颤悸的。

这也是战争——一位普通士兵体验的战争。

统帅的体验加上士兵的体验，于是战争开始了。

据外国学者统计，有史以来的人类战争共使 36.4 亿人丧生，由此造成的损失折合成黄金，可以铺成一条宽 75 公里，厚 10 米，环绕地球一周的金带。把五千余年的血火与剧痛归结于地球老人的一条金腰带，这样的想象确是很有意思的。但我们不妨循着这条思路再想象一下，人类如果没有这些战争，而真的拥有这么多黄金，那又有什么用呢（恐怕只有像马克思所预言的，用黄金来修建公共厕所）？或者说，人类为此将会失去什么呢？

世界战争史的一个谜：亚历山大在消灭了波斯帝国以后，为什么还要继续东征？

公元前 330 年，亚历山大以其所向无敌的重骑兵和马其顿式的斜线阵横扫两河平原，对于这位年轻的国王来说，爱琴海的威胁根源已经铲除，富饶的苏萨和巴比伦已经臣服在自己脚下，而放眼东望则是莽莽无涯的中亚不毛之地，继续东征既不是现实的政治需要，也不会给他带来财富和荣誉，只能意味着无谓而巨大的牺牲。

但亚历山大力排众议，决计挥戈东征，他的口号是："一直打到东海。"在当时，"东海"是一个出自上古哲人和神话的地理极限。

马其顿大军经过四年艰苦卓绝的远征，穿过漫无人烟的中亚荒漠，一直进抵印度河口，亚历山大终于看到了大海——那比地中海更浩瀚的印度洋。

最后的结局是：这位被称为"太阳神之子"的国王在 32 岁时客死他乡。

遥望马其顿军团苍茫的背影和悲壮的结局，后人久久地发问：亚历山大东征的动因究竟何在？难道仅仅是由于好大喜功？抑或是一时的心血来潮？

　　亚历山大的远征军中有一大批学者，其中包括以亚里士多德的侄子为首的一批当时第一流的历史学家和哲学家，这个情节也许有助于我们寻找问题的答案。驱使这位国王不断东征的原因不在于当时的政治现实，而在于他对霍梅罗斯歌颂的万物开端——包围着陆地的大海——的憧憬和寻找，即他对未知世界和真理的热情。亚历山大的影响就其本质来说无疑是巨大的，在他那里，战争已超越了狭隘的政治、军事和经济目的，而体现为一种穷究世界的探索精神。如果我们顺着亚历山大的目光再向东望去，大体就在同一时期，华夏古国的嬴政大帝也组织了一次面向大海的东征，但他的目的只是为了寻找长生不死之药。嬴政当然也是一位世界性的历史巨人，他的生命也是多姿多彩的，但同样是对神话的追寻，秦始皇东征的帆影却显得那样愚昧而猥琐。

　　亚历山大的东征流溢着人类精神的底蕴，他升华了战争。

三

　　还在上中学的时候，就听历史老师讲过这样一段趣闻：18世纪末期，法兰西舰队和英国皇家海军在特拉法加海域激战，为了让运送中国月季的商船通过英吉利海峡，交战双方特地商定停战6小时。

　　这是一个极富于哲理意味的情节，鲜花象征着美好，象征着幸福和温馨，这些都是人类永恒的希冀。战争为鲜花让路，或者说鲜花驱散了战争的阴云，这是人类理性和良知的胜利，虽然这次胜利只有6

小时，但人们毕竟在战争的血雨中撕开了一小段明净的时空，它不是由于皇权的谕旨，也不是双方政治利益的交换，更不是战场谋略的一部分，而仅仅是为了迎送一位不同寻常的使者——若干盆高雅艳丽的月季花。人们常常并不屈服于暴力，却不得不屈服于美，这实在是一个很有意思的命题。这是一个美好的时刻，也是令人惊心动魄的时刻，交战双方的士兵都在甲板上列队遥望，有如仪仗队一般。商船从远方款款驶来，驶过巨舰大炮对峙的死亡峡谷，它不惊不乍、堂堂正正，劈开战云和杀气，俨然仪态万方的贵妇从容踱过自家的庭院。汽笛拉响了，在死亡峡谷上撞击重重的回声，于是所有的军舰都拉响了汽笛，这是致敬的笛声，只有在皇帝或统帅检阅舰队时才偶尔用上一次的。这时候，相信所有的人心底都会生出一种可以称为美好或圣洁的情愫，都会真诚地为之祈祷：让这一刻长久些，再长久些，直至永恒……

我一直怀疑这种情节的真实性，但它确是广为流传的，那么就让它流传吧，即使是杜撰，这也是至善至美的杜撰，因为在以鲜花和仪仗构架的场面背后，潜藏着对和平的呼唤——这是人类与生俱来的一种深层意识。

1982年6月，英国特混舰队在马尔维纳斯群岛打败了阿根廷军队。阿根廷全国沉浸在悲痛和耻辱之中，加里铁里总统宣布辞职。

4年以后，在第13届世界杯足球赛上，阿根廷队打败了英格兰队，墨西哥城到处游荡着酗酒闹事的英国球迷。

12年以后，马拉多纳在那次比赛中打入的第二粒进球被评为有史以来的最精彩进球。而组织评选的恰恰是英国的《足球》杂志。

把这几条新闻剪辑在一起很有点寓言的味道：人类不需要战争，但愿能把战争的心理能量释放到竞技场上去。英国和阿根廷关于马尔维纳斯群岛的争端远未了结，那么，就让阿根廷人在足球场上打败英国人，让战场上的复仇心理转化为球门前的狂轰滥炸吧。

寓言当然是理想化的，自古以来，人们发出过多少次铸剑为犁、化干戈为玉帛的呼吁，但战争并没有消失，反倒不断升级换代，变得更为精致，也更为残酷。某一天晚上，我曾为电视里的这样一条新闻而战栗：叶利钦总统在病床前签署了"关于俄联邦代总统的命令"，在他进行心脏外科手术期间，由联邦总理切尔诺·梅尔金代理总统职务，代总统拥有总统的一切权力，包括对战略核力量和战术核武器的控制权，为此，叶利钦向他移交了"核按钮"。

我相信，全世界为之战栗的人远不止我一个，也许正是在这个时刻，人们才又一次意识到了战争的巨大威胁—人类的命运，就掌握在某个人物随手携带的那只小小的密码箱里，只要他心血来潮，一个指令，人类创造的所有文明就将毁于一旦。

战争不会消失，尽管我们这个星球上有无数的足球场和拳击台。也正因为如此，才有了对和平生生不息的祈求。

是的，人类世世代代地祈求和平，从达官显贵们堂皇的施政演说到乡野村妇悠长苦涩的梦境，和平往往是一道最具煽情效应的承诺和天长地久的生命主题，连那位因发明雷管和无烟火药而使战争杀伤力大增的瑞典富豪，在遗嘱中也忘不了设立一项"诺贝尔和平奖"。但和平其实是相对于战争状态而言的，它们互为背景、互为前提，又互为因果。战争状态的残酷，才使得和平备受珍惜；和平状态的庸常，又使得战争成为渴望。因此，没有战争就无所谓和平，就像没有争吵就无所谓爱情一样。人们常常把相敬如宾、齐眉举案作为爱的最高典范，这实在是一种误会，因为这种和睦中失却了期待的焦躁，失却了袒露和倾诉的欲求，也失却了因忌妒而造成的误解以及因误解而燃烧的妒火，一切都平静得不在乎。"不在乎"绝不是爱情。爱情是一种波澜，这时候真该来一场"推波助澜"的战争（如果连这一点渴望也没有，那么就拉倒吧），把关闭的心扉重新打开，让所有的怨愤、呼唤、关注、甚至还有熊熊燃烧的妒火都喧嚣而入,在心灵的纠葛中腾挪出一片融洽谐美的天地,于是,"战争"拯救(或催生、激发)了爱情。

人类社会也是在战争与和平的反复纠葛中蹒跚前行的,一种东西被人们世世代代地诅咒,又被人们世世代代地沿用,肯定有它自身的魅力。相对于和平状态的庸常,战争固然有着野蛮、残忍和窒息人性的一面,但同时又有着伟岸、质朴、粗犷、更接近生命原力的一面。面对着这柄古老而神秘的双刃剑,我们很难说清它从何处而来,又将向何处而去;我们只知道它常常和峻岭惊涛、旷野荒原、长风豪雨联系在一起,和生、死、爱、恨这些千古不朽的人生大命题联系在一起,和人们铭心刻骨的痛苦、欢乐、期待、创造联系在一起,这也就够了。就像中世纪的鼠疫常常是对纵情狂欢的罗马人的一种警告,艾滋病的蔓延是对现代人闲极无聊的一种惩罚一样,战争则是冥冥上苍对人类行为的一种训诫和调整。和平的天空无疑是明净而美好的,但这时候,一场偶然发生的打斗或火灾就会在周围吸引一大批亢奋的人们,从他们那眉飞色舞、兴高采烈的神态中,你会感到他们平日的生活是多么乏味。那么就来点刺激的吧,还记得海湾战争期间,每天晚上人们聚集在电视机前收看最新战况的情景,他们迫不及待地期盼着那些关于改革、物价、反腐倡廉之类的消息快一点过去(平日里,他们曾对这些表现出多么热切的关注),注视着战斧式导弹优美的飞行轨迹和巴格达夜空礼花似的弹雨,他们油然有一种仗剑把酒的豪迈感。在那些日子里,连街谈巷议也显得更有档次:萨达姆、施瓦茨科夫、安理会决议、旋风式轰炸机和飞毛腿导弹。议论战场当然比议论官场、商场、情场或舞场之类的话题更刺激,也更有质量。路透社记者曾在北京街头进行随机采访,拎着菜篮子或挤在公共汽车上的普通市民对战争进程的精确了解使他们感到惊讶。毋庸讳言,当布什总统宣布停火时,人们心底或多或少总有点遗憾,这种遗憾有点类似于奥运会或世界杯足球赛曲终人散时的感觉：怎么，一场轰轰烈烈的大战这么快就结束了？因为他们似乎还没有欣赏够哩——恕我冒昧，我只能用这个词：欣赏。

欣赏源于魅力，战争的魅力就在于人们对和平的无法忍受，在于战争的宣泄和释放功能，更在于战争本身所呈示的美境。

美境何在？还是翻用老托尔斯泰的一句名言：和平状态总是相似的，战争状态各有各的不同。

四

战争是一种美丽的错误，不是和平时期那种苍白的瘦骨嶙峋的错误。

战争的美境来自其过程的不确定性，越是在远古时代，这种不确定性越是有力地扭曲着战争方程，也越是富于惊心动魄的生命体验。原始战争是个体生命之间的搏击，即使是最高统帅，也无一例外地要在这种搏击中展示自己生命的质量。一切都是面对面的，你几乎可以感受到对方衣甲下肌肉的强度和血液的流速，看到对方的睾丸或畏怯或豪迈的晃动频率。那么就动手吧，这是真正意义上的肉搏，金属在碰撞中呻吟，热血在刀剑下喷射，每一声喘息和呐喊都凸现出意志的质感。这时候，一切崇高而庄严的命题都黯然失色，没有为人类盗火的普罗米修斯或为了造福民众而矢志填海的少女精卫，那些太理性、也太遥远；有的只是夸父追日式的生命本能——他要超越对方，他在疲惫中极度枯竭，最后他悲壮地倒下了，弃杖化为邓林。这里呼唤英雄、崇尚伟力，所谓的"两军相逢勇者胜""置于死地而后生"之类的战场定律，都赤裸裸地还原为一种生命定律。于是血流漂杵、尸横遍野，强者的马蹄撕碎了弱者的哀鸣，这是多么残酷而浩大的景观。人们常常哀叹无法体验两种重要的感觉：诞生和死亡，战争缔造的正是生与死融合的深刻的生命，淌过绝望和死亡，便是生命的又一次诞生，而且比原先的生命更强悍百倍。就生命体验的方式而言，战争有点近似于赌博、探险或婚外恋，都属于奇险刺激一类，什么东西一旦稳操胜券，同时也就失去了诱惑力，唾手可得只能使人舒服而不能使人激动。即使同样是赌博，一个囊中羞涩的穷汉比之于腰缠万贯的富翁，前者肯定会更投入、更刺激，因而也会从中得到更大的快感。正是在这一点上，战争契合了人类的天性，因此战争应被视为一种天赐或天谴。

　　蒙哥马利是著名的二战英雄，他一手导演的哈勒法山战役和阿拉曼战役被称为典型的"蒙哥马利战役"，即战前对战争的每个细节都构想得十分周到，战争完全按照预定的程序进行。在阿拉曼战役发起前，蒙氏曾断言："整个战役大约需要12天。"果然，到了第12天，隆美尔的坦克兵团溃退了。而当哈勒法山战役打响，参谋长把隆美尔开始进攻的消息告诉他时，他只是很淡漠地说了句，"太好了，不能再好了"，说完便蒙头大睡。是的，还有什么值得他操心的呢？一切都在沙盘上反复演习过了，每一步相应的作战方案都装在参谋的皮包里，让他们按部就班地实施就是了，战争的胜负，实际上在第一枪打响之前就已经解决了，剩下的只是一个以鲜血和生命铺垫的仪式。这样的统帅真够潇洒的，但潇洒中是不是少了几分惊险和刺激呢？

　　高质量的战争都是反常规的，汉尼拔之翻越阿尔卑斯山进攻罗马；项羽之破釜沉舟、背水死战；山本五十六之长途奔袭珍珠港，无一不是反常规的杰作。请仔细体味这些词语的感情色彩：神出鬼没、不可思议、石破天惊、绝处逢生、冒天下之大不韪，这些都是属于反常规的。反常规体现着战争精神的底蕴：冒险、创新、拼搏、逆转、追求出众、混沌中开拓，等等。从本质上说，人类的生命个体也是这样在绝望中诞生的，因此，几乎所有的天才都是反常规的斗士，这是一种生命质量。

那么失误呢？战争史上那一页页黑色的书记难道还不够触目惊心吗？其实失误也是战争的一部分，最伟大的天才也难免失误，他们的英雄本色恰恰体现在敢于面对失误。军事辞典里所谓的战机是和失误相比邻的，追求万无一失往往会导致战机的丧失，当然，那种一边倒的战争不在此列，因为那里并不需要卓越。诺曼底战役是第二次世界大战的重要转折点，但有谁知道，就在战役发起前几分钟，盟军最高统帅艾森豪威尔因为英吉利海峡恶劣的天气还举棋不定，这时候，他的助手史密斯将军说了一句决定性的话："这是一场赌博，但这是一场最好的赌博。"艾森豪威尔神情为之一振，"我们干吧"。他下达了出击的命令。在这一瞬间，战争中一切至关重要的因素——兵力和武器的对比，将士的斗志，敌情的变化，各兵种的协调和战术结合，等等——都不再重要。重要的是敢不敢面对可能发生的失误，而正是史密斯将军那句决定性的话，唤醒了艾森豪威尔向失误挑战的英雄本色。从欣赏角度看，失误不是科学，却常常是艺术，无论如何，各种成功之间的差别总是小于各种失误之间的差别。可以这样说，从失误比从成功更能认识战争，也更能窥视一个军事家的意志和人格力量，因为在他们那里，失误往往是追求杰出的散落物。从不失误的统帅只有一种：庸常之辈。

平心而论，蒙哥马利不是一个天才级的军事家，说得确切一点，只能算是一个会打仗的将领，他多的是匠心而少有出神入化的大手笔（美国的巴顿就不大看得起他），他的基本原则是"均衡"，这种指导思想可能延缓进程，却比较稳妥可靠。他很少冒险，也不敢反常规，总是以优势的兵力和火器为保证，在周密组织的前提下实施挤压式的攻击。这种英国式的绅士战术需要足够的本钱，虽然赢面较大，却缺少即兴张扬的激情和灵气，就当事人的生命体验而言，恐怕还抵不上一场赛马或橄榄球。失去了对过程的品味，所谓结局只是一颗风干的青果。这就像下棋一样，后面的每一步都已经了然于胸，再下还有什么趣味呢？因此，在战役打响时，蒙哥马利却要睡觉了。

蒙哥马利睡觉了，但真正的军事家们却在大喜大悲中体验战争的每一步进程。

五

蒙哥马利是幸运的，因为至少在他蒙头酣睡的北非战场上，他没有遭到"上帝之手"的惊扰。而谈论战争却常常躲不开那只神奇的"上帝之手"，那上面用令人战栗的深黑色书写着：偶然性。

注视偶然性是一件很有兴味的事，它会让人妄自多情地想到许多"如果"，遥望战争的烟云而唏嘘不已。唐代诗人杜牧在古战场遗址上拾到一支锈烂的戟矛，由此曾生发了一番关于历史的感慨，他说："东风不与周郎便，铜雀春深锁二乔。"如果赤壁之战那天不刮东风，周瑜的胜利就很成问题了，他认为是偶然性改变了战争的结局。偶然性是什么呢？它是一种转瞬即逝的意外，一种超越理性的逆变，一种充满魔幻色彩的情节组合，一种使历史进程骤然缩短或拉长，使人生的欢乐、悔悟、悲哀和惆怅一次性定格的瞬间机缘，或者干脆说是一种只能接受却无法理喻的恶作剧。有如一道猝然闯入的黑色闪电，它只可欣赏，却无从讨论，面对着这样的恶作剧，任何天才也只能仰望苍天，徒唤奈何。但任何一次偶然性事件都是独特的，独特本身就是一种美，偶然性的撞击，使战争之美臻于奇诡。

在历届的世界杯足球赛中，球王贝利的预测总是被炒得沸沸扬扬。

但绿茵场上的结局似乎有意要和这位球王过不去，他的预测几乎没有一次得到验证过，但贝利并不因此而沮丧。因为——"这就是足球！"

"这就是足球"体现了人们在偶然性面前的惆怅和无奈，然而这也是足球的魅力所在，在所有的竞技体育中，足球无疑是最能令人沉醉令人癫狂的。

同样，面对着战争史上的一次次偶然性事件，我们也只能说："这就是战争。"

第一次世界大战中的凡尔登战役被称为近代战争史上的"绞肉机"，在历时10个月的战役中，双方互有攻守，死伤逾百万之众，最后都已筋疲力尽。但这时发生了一件事，一颗法国流弹无意中击中了隐蔽在斯潘库尔森林中的德军弹药库，而存放在那里的45万发大口径炮弹偏偏不小心装上了引信，因而引发了这次大战中最大的一次爆炸。战后，法国军事分析家和历史学家帕拉将军断言，正是这桩意外事件，在凡尔登起了决定性的作用，并最后导致了同盟国的失败。

这就是偶然性，在某个特定的瞬间，历史颤抖了一下，犹如巨人不经意的一个趔趄或喷嚏，然后庄严地定格。而在更多的时候，历史的细节就是伟人的细节，他们的胆略、意志、情感、人格亦在这一瞬间凸现无遗。

滑铁卢战役可以称得上是世界战争史上的经典战例，这场大战不仅使叱咤风云二十余年的拿破仑一蹶不振，而且在很大程度上决定了19世纪初叶欧洲乃至世界的历史进程。西方的军事史家在回顾这场大战时，发现有一连串偶然因素促成了拿破仑的失败，其中影响最大的是一场意外的大雨，这场大雨迫使法军发动进攻的时间推迟了半天，而这半天恰好足够驰援威灵顿公爵的普鲁士军队赶到滑铁卢，战争的天平由此发生了倾斜。于是人们设想：如果这一连串偶然中的某一件没有发生，那么19世纪欧洲的历史将如何书写？

人们有理由这样"如果",它表达了一种超越时空的征服欲——对历史偶然性的征服,他们要穿透那瞬间的神秘和奇诡,去探究战争寓言的多种可能性。这就不仅使一部板板正正的战争史增添了几多趣味,更重要的是从中可以窥视人类精神的本质。

因此,我们不妨也"如果"一下:如果拿破仑最后不是在圣赫勒拿岛死于病榻,而是战死于滑铁卢……

那么,他不仅会得到自己将士泪雨滂沱的哀悼,而且会得到对手的尊重,当载着法兰西皇帝灵柩的炮车缓缓北归时,威灵顿公爵或许会命令所有的大炮对空轰鸣,向这位平生最伟大的对手致敬,因为,这时他感到的不是胜利者的喜悦,而是一种深沉的孤寂——如果他是一位真正的军人的话。

其实仪式并不重要,重要的是,以这种标准的军人姿势倒下,比后来在圣赫勒拿岛的结局更能显示出生命的质量。

拿破仑曾与同时代的那些杰出人物在一起(包括他那些杰出的对手),度过了许多辉煌壮丽的时光,但在放逐孤岛的最后几年里,他却被一群卑微宵小之辈所包围。英国士兵对他自由和威严的蔑视倒不去说了,最不能忍受的是他身边的随从,这些人跟随他而来,原本是怀着各种蝇营狗苟的目的,他们日常的行为和话题处处显露着鄙琐,他们不会谈论史诗、谈论英雄、谈论高山大海、谈论壮丽和崇高。他们只能挤眉弄眼地谈论种种蝇头小利,例如餐桌上的一杯鸡尾酒或女人——不,连女人他们也不配谈,因为他们谈不出境界和趣味,他们的审美水平只勉强够得上谈论青楼娼妓或女人身上的某个器官。生活在这样一群驱之不散的声音和媚眼之中,拿破仑精神上的孤独无告是可以想见的,这位有如长风烈火一般的科西嘉人可以承受整个欧洲的憎恨,可以承受法兰西浅薄的遗忘,可以承受战争的惨败和皇冠的失落,却绝对不能承受被群小包围的精神困顿。对一个真正的男人来说,其生命力最蓬勃的释放无疑是面对一个同样强劲的对手或女人的柔情；而对其生命力的最大摧残则莫过于小人散发的腐浊之气。历史应该记住，拿破仑最后不是死于胃癌，也不是死于前些年传说得沸沸扬扬的砒霜中毒，而是死于由一群卑微小人合谋的精神窒息。一位曾经使整个欧洲为之颤抖的战争之神，竟罹难于这些下三滥的小角色之手，令后人在扼腕痛惜之余，不由得会想到：如果让他战死在滑铁卢该有多好！

这种"如果"探究的不是政治历史层面的另一种解读，而是对人格精神空间的深入体味。对于英雄盖世的拿破仑来说，他宁愿在滑铁卢留下自己卓越的遗骸，他那"法兰西……军队……冲锋"的遗言也正好切合那壮烈的场面。

哦，如果……

欣赏偶然是欣赏战争的一部分，战争因了偶然而更具不确定性和神秘色彩，也因此有了朦胧诗的意蕴。我们当然可以反思，可以喟叹，可以沉醉于某种悲剧感悟，但更应该看到站在偶然背后的一种巨大的渴望，请想象一下古希腊雕塑中那雄踞山顶危危欲坠的巨石——那是必然的力量。

六

现代战争的"兰切斯特方程"。

18世纪以来，随着数学和力学的迅速发展，出现了被称为"计算派"的军事学派，英国军事学家劳埃德认为，只要熟悉地形，就可以像演算几何题那样计算出一切军事行动。第一次世界大战中，英国工程师兰切斯特主张系统地应用数学方式来研究战争，并描述了作战双方兵力变化的数学方程,这就是现代军事运筹学中有名的"兰切斯特方程"。在这位英格兰人的笔下,战场上的一切都可以量化:步枪的射程、炮弹的杀伤半径、人体肌肉的张力和爆发力、一门迫击炮的战场效率等同于一个步兵排,等等,都可以用方程上的一个符号来表示。西方人真有把什么都换算成数字的天才,例如他们曾用"马的力量"(马力)来量度人或蒸汽机之类的功效;在更早的时候,则在羊皮纸上计算过如何用杠杆来撬起自己脚下的地球。

现代战争已经比兰切斯特走得更远,作战双方几乎可以戴着白手套在计算机上进行较量。这种战争更接近于游戏,因为双方都是在屏幕上展示心智,这时候,你即使像项羽那样"力拔山兮气盖世",像李元霸那样"恨天无柄、恨地无环"也压根儿不顶用,因为你面对的不再是具有意志和情感的生命个体。在"爱国者"和"飞毛腿"导弹的后面,你很难见到男性发达的肌肉和胸毛。因此,你无法因对方一丝畏怯的眼神而勇猛,或因对方拔山贯日的勇猛而疯狂。我们很难想象,一场听不见呐喊和呻吟、亦看不到鲜血和死亡的战争,一场没有极度的仇恨、愤怒、痛苦和疯狂的战争,一场无法体验惊心动魄的"对手感"的战争,怎能使生命之美进入巅峰?李广射石,箭没石棱,是因为夜里把草间的巨石误认为猛虎,与虎相搏的对手感使生命的力量发挥到了极致。这样的奇迹只能出现在特定情境的瞬间,他后来一再射石,却再也达不到这一水平。"林暗草惊风,将军夜引弓",唐代诗人卢纶就把这种特定的情境渲染得很充分。真正的军人追求的是一种古典的阳刚之美——崇高、庄严、激情和永不枯竭的灵性。但令人沮丧的是,现代战争似乎正在悄悄地投入科学的怀抱,而离艺术越来越远,就像古典式的浪漫爱情正在被红灯区里掐着钟点计费的交易所取代一样。

科学是什么呢?科学是人类理智的结晶,它冷静、精辟、有着刀锋一般锐利的质感；而艺术则是生命灵性的笑容，有如晨雾中朦胧的远山，只能感觉却不能触摸。

战争当然也是一种艺术，但战争并不需要本原意义上的艺术天才，艺术天才大多狂放天真，蔑视理性，甚至表现为一种神经质。我们可以随口说出一串令人肃然起敬的名字：歌德、普希金、贝多芬、屈原、李白、苏东坡等等，他们无疑都是天才型的艺术大师，但如果把这些天才放到战场上，他们的光芒肯定会黯淡不少（大诗人拜伦最后的结局就属于这种尴尬）。问题在于，他们有的是才华，却缺少才能，战争需要那种把才华和才能结合得恰到好处的人（不光是战争，除艺术以外的行业大多如此），一般来说，军事家只需要艺术上的中才，他们有一点艺术感觉，但作为一个职业艺术家又远远不够，却刚好够得上当一名军事家。

这样的选择造就了希特勒。

第一次世界大战，西线索姆河战役。这次战役本身没有多少可说的，倒是其中的两段小插曲有点意思，很值得一提。一段是某天早晨英军使用了一种诨名叫"坦克"的秘密武器，这种"怪物"虽然给德军心理上造成很大压力，对英军在战术范围内的进攻起了重要作用，但战场上的双方当时都并未意识到，这种像运水车似的玩意将会引起军事领域一场深刻的变革，索姆河也因此成为军事史家们感兴趣的话题。另一段小插曲是，在索姆河对垒的堑壕里后来走出了一些有世界影响的大人物，协约国方面，他们是二战中鼎鼎大名的蒙哥马利元帅和韦维尔元帅、文学家布伦登（《战争基调》）、格雷夫斯（《向一切告别》）、梅斯菲尔德（《永恒的宽恕》）和萨松（《通向和平之路》）。从同盟国堑壕里走出来的大人物没有这么多，但有一个也就够了，他就是27岁的下士阿道夫·希特勒。

与其他人不同的是，希特勒身边带着一沓写生用的画布和一本叔本华的《作为意志与表象的世界》。这时候,作为下士的希特勒并不向往当元帅,而是全身心地憧憬着神圣的艺术殿堂,特别是憧憬当一名画家,这是他从11岁开始就魂牵梦萦的情结。但他没有能考取维也纳艺术学院,落榜的评语上写着:"试画成绩不够满意。"这样的评价是恰当的,该生天赋的才华不够,虽然他相当刻苦,光是在维也纳的写生就有七百多幅,其中有一幅题为《维也纳的秋天》的水粉画,当时标价仅一克朗,但还是不能出手。维也纳人是一群艺术至上主义者,他们的审美目光是世界上最挑剔的,不能让他们的眼波顾盼生辉的作品,即使一个克朗他们也决不轻抛——顺便交代一下,八十多年以后,希特勒的这幅画被一个美国富婆买去,她付出的价钱是2400万美元,那当然是另一回事,与艺术无关。

既然这个档次的才华够不上当一名艺术家,那么就把它掷给战场,掷给军用地图上那些带箭头的红蓝线条吧,或许,当一名军事家倒恰到好处。

若撇开是非评价,单就战争艺术而言,希特勒无疑是一名天才,他那驰骋的奇想、惊人的判断力和出神入化的大手笔绝对称得上20世纪的美学骑士。这里仅举一例,第二次世界大战前夕,德军统帅部最初制定的西线战略基本上是一战期间"史里芬计划"的翻版。史里芬也是位卓越的军事天才,以他命名的这项计划属于那种典型的古典式坎尼会战(自汉尼拔以来,多少战略家曾为之梦寐以求),但是一个天才绝不会重复另一个天才,希特勒挥手拂去前辈巨人的身影,以他泼辣而新颖的闪击战(俗称"斯坦泰因计划")否定了史里芬的古典会战。你看他笔下的攻击图标是何等优美:让德军中精锐的坦克师团通过卢森堡和比利时南部的阿登森林,绕到法军马其诺防线延长线背后,直捣法国色当,把法兰西版图如同破棉絮一般撕开……

"斯坦泰因计划"的闪光点在阿登,那是一块军事盲区;山高林密,装甲部队很难通过；又缺乏铁路网和公路网，后勤保障非常困难，没有人（包括德军统帅部的高级将领）会想到德国的坦克群将在那里出现。

这时候，一种可以称为艺术感觉的东西悄悄地渗透进来，地图上并不起眼的阿登被渲染、放大，变幻出令人战栗亦令人神往的多种可能，有如梵·高那里最初闯入的色块或罗丹那里隐约跃动的线条，阿登点燃了灵感，渲染为浓墨重彩的辉煌。

这是战争，也是艺术。

问题是：艺术如何渗入战争，战争又如何容纳和拒绝艺术。

在战争中，模糊的综合判断往往比追求精确更为重要。战争的动态决定了数字力的局限——你永远不可能真正走近精确，一切都是概率，都是"大致如此"，于是便有了直觉的介入。军事家的直觉有艺术想象的成分，但并不是异想天开的浪漫，它是一个军事家才华的瞬间爆发；它似乎并不在乎对象细节的详尽准确，而注重对整体的理解和把握；它以轻盈灵动的跳跃压缩了思维的操作步骤；透过那难以言喻的神秘和朦胧，它闪耀着历练老到的智慧之光。

把直觉和智慧、艺术和才能结合得恰到好处的这种人，是大军事家。

历史造就了一大批这样的人物，他们既是雄才大略的军事巨匠，又并不缺乏艺术气质和才情。请体味下面这些名字中的金属质感和诗性：亚历山大、恺撒、腓特烈大帝、俾斯麦、汉武帝刘彻、魏武帝曹操，当然，还有毛泽东。

为什么没有拿破仑？对，这是一个不应该被遗忘的名字，他戎马一生，虽然没有那么多精力附庸风雅，但他天性中的狂放、热情和忧郁、羞怯，本身就是一种艺术气质。

七

我们就来说说拿破仑。

对伟人的评论往往是空乏苍白的，因为你自己的质量太轻，不是失之偏激就是流于套话。关于拿破仑，恐怕没有谁比雨果的评论更精彩，他是这样说的："拿破仑当然有污点、有疏失，甚至有罪恶，就是说，他是一个人。但是他在疏失中仍是庄严的，在污点中仍是卓越的，在罪恶中也还是雄才大略的。"法国人对自己的民族英雄难免偏爱，雨果又是大文豪，臧否人物时亦难免带点感情色彩，但应该承认，这段评价大体上还是恰当的。

拿破仑一生中大约指挥过近六十次战役，我不经意地梳理了一下，却隐约发现了几条有意思的规律：其一，拿破仑最擅长于指挥五至十万人的中型战役，更大规模的战役似乎就不那么得心应手；其二，拿破仑最擅长进攻，不长于防守（特别是撤退）；其三，拿破仑最擅长于运动战，不长于阵地战。

这样的发现令我怦然心动，也为之陷入了思索，统帅的性格就是战争的性格，拿破仑的个性魅力是如此突兀峥嵘，在前沿指挥所里，他可以同时向几个秘书口述内容全然不同的文件，使秘书们手忙脚乱，而他自己则泰然自若，游刃有余。在攻打奥地利战役的隆隆炮声中，他仍然能写火热的情书，抒发渴望同情人幽会的相思之情。他不是故作深沉的高山峻岭，更像热烈奔放的长川激流。他导演的战争恣肆张扬、快如疾风，呈现出天马行空般的动感。他当然老谋深算，负载着巨大的历史使命感，但就生命本色而言，他又是一个争强好胜、辐射着勇气和热情的大孩子。我想，这中间肯定潜藏着一种更大的性格，它的名字叫——法兰西。

哦，法兰西，你就是阿尔卑斯山下那醉倒多少英雄和美人的红葡萄酒么？就是大仲马笔下充满浪漫情节的复仇故事么？就是巴黎大剧院里的音乐喜剧和凯旋门上线条嘹亮的浮雕么？就是香榭丽舍大街上标新立异的时装女郎和足球场上潇洒脱尘的普拉蒂尼么？

是的，这就是法兰西的民族性格。

战争，说到底是民族精神的聚合和较量，英国人稳重而保守的绅士战法，美国人的大手大脚和西部牛仔式的粗鲁勇敢，俄国人那种拖不垮打不烂的韧性，德国人的严整协调和钢铁般的意志，无不透析出本民族原始的血性和天性，甚至他们在战场上的最后一声呐喊也带着本民族歌谣的韵律。而拿破仑的伟大，就在于他把法兰西的民族性格恣肆张扬地发挥到了极致。

"新兵不需要在训练营里待八天以上。"拿破仑说，虽然武断得近乎粗暴，却绝对符合他的性格。

"一个轻骑兵30岁时还未死去，那必定是个装病的开小差者。"骑兵将领拉萨尔说，这位拿破仑手下著名的骁将后来死于瓦格拉姆会战，时年34岁。

在这里，拿破仑和他手下的将领强调的都是一种战斗热情。

这种热情当然并不代表法兰西性格，因为任何一个民族的士兵都可能具有这种不怕死的热情。

但同样是不怕死，在拿破仑的军队里，战争是一座舞台，是让士兵们尽情地创造、尽情地挥洒生命能量的舞台；而在他的对手那里，战争则是一座祭坛，士兵们只能机械地、毫无主动精神地倒下，连他们的尸骸也如同检阅场上的队列一般规整。

我们先来欣赏一下旧式的欧洲陆军。那实在算得上是训练有素的

"机械化"部队，冲锋时，战斗队形各部分的组成、行列和间隔距离，战斗中队形的变换、步法、步幅和行速，以及使用武器的动作都有严格的规定。这是一支在仪式和形式上尽善尽美的军队，他们在检阅场上确是威武雄壮、赏心悦目的，但到了战场上就是另一回事了，因为再威武雄壮的队列成了一堆肉时，都不再赏心悦目。

从表面上看，拿破仑似乎只是变化了一下作战队形，他摒弃了陈旧的线式战术，创建了一种更具有弹性和灵活性的散开式队形。但正是这一变化牵动了法兰西胴体上最亢奋的神经，为他们的士兵提供了即兴表演的阔大空间。是的，即兴表演，这是法兰西人热情的天性，他们不需要检阅场上那一套浮华而僵硬的仪式，他们注重的是战场上的自由发挥，潇洒、奔放、富于即兴创造和浪漫色彩。特别是法国军团中狂热的散兵群，一听到枪声便热血沸腾，他们快如疾风、灵如脱兔，一招一式都喷泻出炽热的才华，那简直就是生命的欢舞，简直就是一种审美旋律。拿破仑说："不想当元帅的士兵不是好兵。"不对！至少此刻不是这样。此刻他们只想当一名优秀的士兵（或者伍长），因为他们从中享受着淋漓酣畅的快感，或者说进入了华彩缎一般的生命境界。在这样的士兵面前，你英吉利的稳重也好，俄罗斯的坚韧也好，日耳曼战车的意志力也好，或者你们抱成堆结成这个同盟那个阵营也好，全都不在话下。并不是说民族性格有什么高下优劣之分，而是因为你们的统帅太操蛋，把你们的性格活力禁锢在一套僵硬死板的程式之中，那么，战场上高扬的便只有法兰西民族性格的旗帜。正是这面旗帜造就了拿破仑的作战风格，也造就了世界战争史上一系列辉煌的杰作。当然，我们亦不难解释，在伊比利亚半岛旷日持久的消耗战和俄罗斯漫无边际的原野上，所向披靡的法国军旗为什么会黯淡无光。

拿破仑死后以光荣的老兵身份长眠于塞纳河畔，统帅——士兵——民族魂最终定格于一座法兰西风格的圆顶大堂里，这样的归宿是很恰当的。在这里,他静静地注视着法兰西和他的儿女,因为战争远没有结束,炮声还会在某一个早晨响起的。

果然,差不多一百年以后,欧洲战场上又重现了当年反法同盟演出的那一幕愚蠢的惨剧,不过这次的主角变成了法国人。一位英国军官战后回忆道:

"法国军队以19世纪最好的队形出现在战场上,戴了白手套、修饰得漂漂亮亮的军官走在他们部队前面60英尺,部队则穿了暗蓝色短上衣和猩红色裤子,伴随他们的是团旗和军乐队……士兵们都很勇敢,但毫无用处,没有一个能在向他们集中射击的炮火中活下来。军官们都是杰出的,他们走在部队前面大约20码,就像阅兵那样安详,但到目前为止,我没有看见一个人能前进50码以上而不被打翻的。"

请注意,战争明明发生在20世纪初期的1914年,这位英国人却用了"19世纪最好的队形"的说法,其中的讽刺意味是不难体会的。因此,当人们面对着这里"勇敢""杰出""安详"之类的褒扬用语时,心底真不知是一种什么滋味。

当时的法军统帅是约瑟夫·霞飞将军。令人发笑的是,早在拿破仑时代就已经成为战争主角的炮兵,却被这位将军视为多余的"拖油瓶的孩子",他是一名堡垒主义者,也是一名常败将军。当然,由于他亵渎了法兰西的民族精神,法兰西也义无反顾地抛弃了他,凡尔登战役后,他被解职。

八

战争中一个不可或缺的因素:对手。

这似乎是一句废话，因为没有对手当然无所谓战争。但这里所指的对手是就本原意义而言的，即质量上大致处于同一档次的双方，也就是俗话所说的棋逢"对手"，正是在这种碰撞中，战争精神才闪射出不世之光和极致之美。

我们来看看这些对手：恺撒和庞培、汉尼拔和西庇阿、拿破仑和库图佐夫、巴顿和隆美尔、朱可夫和曼施泰因，当然还有东方古国的黄帝和蚩尤、项羽和韩信、诸葛亮和司马懿、岳飞和金兀术、袁崇焕和皇太极等等，读着这些名字，你就会感到一种冷峻峥嵘的质感和倚天仗剑的豪迈情怀，这些都是高质量的对手，他们之间的碰撞不光是意志和智慧的角逐，也是个性和人格的对话。从某种意义上说，他们之间谁是胜利者谁是失败者并不太重要，重要的是他们有幸遭遇了，他们都在遭遇中付出了全部的心智和能量，并且体现了那个时代所能达到的极限。他们互相隔离又互相贴近，互相傲视又互相尊重，互相仇恨又互相渴求，互相摧残又互相呼唤，互相对峙又互相濡沫，因为对方的分量就是自己的标高，而自己的存在又恰恰体现了对方的价值。有如一经一纬两根力线，他们共同编织了人类的战争史，这中间任何一根力线的质量，都将决定战争的档次。

这两个名字上面没有提到：鲁登道夫和勒芒，就先从他们说起。

第一次世界大战前，作为中立国的比利时是不设防的，直到战争爆发前夕才匆匆组织了一支军队，默默无闻的勒芒将军奉命防守列日的12座炮台，而站在他对面的则是赫赫有名的鲁登道夫。这是一场不对等的较量，德军的炮队里拥有当时世界上威力最大的420毫米攻城榴弹炮，这种绰号"大贝尔塔"的家伙十分了得，可以把一吨重的炮弹发射到九英里以外。他们原以为列日会像温驯的羊羔一样迎接德军的铁骑，但勒芒和他的士兵硬是坚守了一个星期，请注意，这一个星期对当时的欧洲战场至关重要，英国的军事史家在战后分析道："列日是丢失了，但由于拖延了德国的进军，它对比利时的协约国事业做出了卓越的贡献。"炮台失守时，勒芒将军被俘，德军破例没有取下他的军刀，这是对一个军人的赞赏——尽管他失败了。勒芒和鲁登道夫似乎不是一个级别上的对手，但由于其精神的强悍，他受到了对手的尊重，在这一点上，德国人做得比较大气。鲁登道夫曾参与修改通过比利时包抄法国的"史里芬计划"，战后又和希特勒一起组织纳粹党，政治上的名声很臭，但在作为军人这一点上，他起码是合格的。

但同样是败军之将，同样是在军刀这一体现了军人荣誉的细节上，奥地利的维尔姆泽元帅就比勒芒将军沮丧多了。维尔姆泽是19世纪初期欧洲享有盛名的元帅，当他率军在意大利北部的曼图亚要塞和法军对垒时，他72岁，而他的对手则是27岁的年轻将领拿破仑。结果，维尔姆泽战败投降。受降仪式是隆重而盛大的，当这位年迈的元帅走到胜利者面前，恭恭敬敬地缴出军刀时，却发现站在他面前的并不是拿破仑，而是一名级别较低的军官，这最后的一击使得老元帅目瞪口呆。其实，拿破仑并没有想得这么多，他只是以那惯有的风格马不停蹄地出击，当曼图亚要塞尘埃落定时，他已经闪电般地出现在博洛尼亚战场上。至于受降仪式，那没有多大意思，尽管让手下的人去张罗好了。但不管怎么说，年轻气盛的拿破仑在潜意识里可能并不怎么看重维尔姆泽，因为这位老朽实在不是他的对手。这是奥地利元帅的悲哀，他戎马一生，最大的遗憾并不在于最后吃了败仗，而在于没有得到对手的承认——特别是拿破仑这样有质量的对手。

真正有质量的对手是这么一种关系，他们并不因为对方的伟大而渺小，相反，他们会当之无愧地分享对方头顶的光环，连他们身后在青史上的书记也不会轻慢地遗忘对方。这实在是一种幸运的纠缠，既险象环生又缠绵悱恻。他们就这样在纠缠中共同创造和升华，并由此走出孤独，获得自由与快感。这一切都体现了生命存在的某种本质，甚至可以说是一种爱的方式,这样的对手难道不应该誉之为伟大、誉之为经典吗?

拿破仑一生中遭遇过无数的对手,但真正够格的只有一个,他就是俄罗斯的独眼将军库图佐夫。

他们的第一次遭遇在奥斯特里茨,库图佐夫惨败,并且差点当了法军的俘虏。但平心而论,库图佐夫不应该为失败负责,因为他这个名义上的总司令,一举一动都受到沙皇和奥皇的牵掣,而拿破仑则拥有绝对的指挥权。但就是在这场不对等的较量中,他们认识了,如同大山和长河在某个切点上猝然相逢一样,他们匆匆对视又匆匆分离,却各自都在心底里欣赏对方:库图佐夫领教了拿破仑雷霆万钧般的迅猛和果决,而拿破仑则感到了库图佐夫的老谋深算和不可捉摸。于是他们都选择了对方,把对方摆到了值得一搏的对手的位置上,因为真正的较量迟早要到来的。

1812年秋天,拿破仑远征俄罗斯,沙皇亚历山大一世只得起用他并不喜欢的库图佐夫为总司令。

"这可是一只狡猾的北方老狐狸。"拿破仑在得知库图佐夫的任命时,意味深长地说。

"我将努力向这位伟大的统帅证明,他没有说错。"库图佐夫在得知拿破仑的反应后,同样意味深长地说。

你看,枪炮还没有对上话,两位巨人之间的格斗已经开始了。一个天才的质量,只有能与他匹敌的对手最有资格评价,当彼此对视的目光猝然相击时,那金属碰撞般的脆响和火花是何等嘹亮辉煌。

库图佐夫一路退却,他要用漫长的交通线来拖垮拿破仑。

拿破仑步步进逼,他渴望着在一次决定性的战役中摧垮对方。

终于到了莫斯科附近的博罗季诺,那么就摆开架势较量一下吧,当时的力量对比是:法军13.5万人,俄军12万人,双方势均力敌。拿破仑擅长进攻而不长于防守,库图佐夫则恰恰相反,很好,战场态势正好是法军进攻、俄军防守。让他们各自展其所长,这样既体现了公平竞争的原则,场面上也会更好看。

战斗是惨烈而悲壮的,但双方的战术组合似乎不那么精彩,整个过程如同一场简单的正面冲突。这就像两位超一流的棋手对弈,盘面看上去反倒平淡无奇,但这是一种更高境界的平淡,一招一式都力重千钧、别无选择。双方都是天才的统帅,实力亦大致相当,任何一方都不可能把对方一口吞下,也不可能从正面抽出多大的兵力实施迂回机动或突击,因此,他们只能这样死死地撕咬在一起,在反复攻击和坚守中等待转机。高手之间的较量大致如此:有时表现为互相竞赛着发挥,双方奇招迭出、痛快淋漓、令人拍案叫绝;有时则表现为互相制约,不让对方有丝毫闪展腾挪的机会,场面亦朴素得近乎原始的角斗。在博罗季诺战场上呈现的就是后一种情况。

那么,此时此刻双方的统帅呢?且看——

拿破仑坐在舍瓦尔季诺山下的指挥所里,无动于衷地听着战场上传来的轰响,他几乎从不过问战斗情况,似乎那一切离他十分遥远。

在战场的另一端,库图佐夫坐在他的指挥所里,如果不是他手里微微抖动的马鞭,周围的将军和副官还以为他睡着了。

这是两个巨人之间的抵牾,他们都在努力把自己强悍的精神发挥到最大值,努力承受对方山一般的重压而不断裂,于是他们被迫还原成生命的本原状态——沉寂。你不知道他们内心是从容还是颤悚,这状态似乎与叱咤风云、雄姿英发之类不沾边,但你必须承认,它更加惊心动魄。

多么残酷的巨人之战!到了这时候,决定胜负的恐怕只有冥冥上苍了,那么就听天由命吧。

战争的结局是:法军伤亡4.7万人,俄军损失4.4万人,双方打了

文章西汉两司马

个平手,但从战略上讲,库图佐夫胜利了。博罗季诺之战是拿破仑入侵俄国的第一次也是最后一次重大战役,此后便是拿破仑进入被焚毁一空的莫斯科而后又被迫退出,直到狼狈地逃回巴黎。

值得一提的是,当拿破仑和库图佐夫在俄罗斯原野上交手时,他们麾下各有一名高参:约米尼和克劳塞维茨,这两位后来都成为世界级的军事理论巨匠,他们的代表作分别是《战争艺术概论》和《战争论》,相信所有对战争稍有兴趣的人都会知道这两本书。统帅的质量是这般匹敌,手下的辅佐幕僚又恰巧是同一档次的精英,这样的对手真可谓天作之合。

拿破仑失败后,当俄军中的某个军官用轻薄的口气嘲笑拿破仑时,库图佐夫打断了他的话,严厉地说:"年轻人,是谁允许你这样评论伟大的统帅的?"——请注意,库图佐夫从来都是这样称呼拿破仑的:伟大的统帅。

同样,拿破仑也忘记不了这位俄罗斯伟大的统帅,在流放圣赫勒拿岛的日子里,和库图佐夫之间的较量一直死死地纠缠着他,"真是天晓得,法军本来稳操胜券,但俄军却成了胜利者"。这位永不言败的科西嘉人是多么想和对手再来一次决斗!

这就是对手。

只有库图佐夫才够得上是拿破仑的对手。

那么威灵顿呢?难道……

很遗憾,这位都柏林的公爵够不上,尽管他最终战胜了拿破仑。滑铁卢是拿破仑戎马生涯的最后一战,任何天才都无法逃避最后那宿命似的终结:胜利或失败。如果我们的目光不那么势利,就应该承认这种终结并不体现一个人的全部分量,而且就生命体验而言,后一种结局似乎更为珍贵而结实,这就是英雄末路的悲剧美。威灵顿的目光倒不见得势利,但是他胆怯。滑铁卢战役之后,拿破仑退位,本拟流亡美国，但途中被英国军舰拦截，威灵顿一定要将他放逐到离陆地数千里之遥的孤岛，并且由英军看管。他害怕拿破仑东山再起，在这位失势的巨人面前，他也不敢挺起身躯与之堂堂正正地对视，他的灵魂在战栗。

威灵顿只是一个工于心计的政客，我们当然不能说他不懂战争，却可以说他更懂得在收拾战场时如何收拾对手。

九

战争结束了，但战争拒绝死去，于是把最精彩的段落定格为遗址。遗址不是遗骸，它仍然澎湃着生命的激情。因此在所有的遗址中，我最欣赏战争遗址。

战争遗址不是花前月下精巧的小摆设，也不是曲径回廊中的呢喃情话，这些都太逼仄、太小家子气。它恣肆慷慨地坦陈一派真山真水和荒原，连同那原始的野性和雄奇阔大的阳刚之美。且不说那俯仰万里的长城和崔嵬峥嵘的栈道，也不说那塞外的边关和风尘掩映的古堡，就在我周围这片柔婉清丽的江南山水中，也随处可见古战场雄硕的残骸。你看那江畔岩石上巨大的脚印和马蹄印，那是生命伟力的杰作，使人不由得联想到当初那凌波一跃的凛凛身姿。还有青石板上千年不朽的剑痕（几乎无一例外地叫"试剑石"），面对着它，所有关于剑的诗句都显得太苍白，什么"一剑曾当百万师"，什么"踏天磨刀割紫云"，都不足以形容。它就是一道剑痕，充满了质朴无华的力感。这些当然都是理想化的夸张，属于假托的鬼斧神工，但没有谁去推敲它是否真实，那并不重要。重要的是呼啸其中的威猛和强悍，这是一种人类精神的底蕴,它流淌在一切健康人的血脉里,令人产生一种挟泰山而超北海或倚天仗剑那样的豪迈情怀,这时候,即使是彬彬弱质的蒲柳之躯也会"好战"起来,"男儿何不带吴钩,收取关山五十州",其实岂止是男儿?又岂止是为了收取边关的功名?

我早已步入中年,半辈人生中也曾经历过铭心刻骨的贫困、痛苦、屈辱和抗争,甚至经历过死亡阴影下的恐慌和等待,当然还有并非每个人都能经历的欲生欲死的爱情(那是一种怎样的轰轰烈烈的伟大啊!)每一次这样的经历都使我感到生命的张力到了极限,都犹如一次战争的洗礼。但我从未经历过一次真正意义上的战争,我至今不知道战场上的硝烟和节日弥散的火药味有什么不同。展望天下大势,我这辈子很可能将无缘战争,每每念及,总觉得是一种缺憾。滚滚红尘中,我并不眼热别人的玉堂金马和锦衣美食,一点都不眼热;但面对着别人身体上一块战争留下的痕迹,我常常会抑止不住灵魂的颤动,我知道,这是一种羡慕。都说没有经历过战争的人生是幸运的,有谁知道这也是一种不幸呢?

既然无缘战争,那么就吟一阕《战争赋》吧,不光是为了祭奠和警喻,更是为了解读和欣赏,为了抖擞精神走出一路昂奋和阳刚。

书笺小祭

好久不写信了。

给友人写信是一种享受,铺开信纸,听笔尖沙沙沙地低吟浅唱,真有如红泥火炉、清茗对坐;或漫步林间,半日悠游。写到得意处,忍不住回过去读一遍,一边想象着对方看信时会意的神态。此中快慰,用"如沐春风""醍醐灌顶"都不足以形容。而且这快慰会一直追随着你,写信封时,一点一画都极其张扬,所谓神来之笔也往往就在这种时候。

但我已经好久没写信了,因为有了电话。

写最后一封信是在什么时候呢?大约是那个暮春的下午吧。我坐在阳台上——那里有一张写字台,伴着我度过整个冬天——给远方的朋友写信。春阳日暖,空气中浮动着游丝般的飞絮,市声变得浮躁,封闭阳台内升腾着暄气和燠热。所有这些,都化成了一种可以称为情调的东西,在信笺上浸润渲染。写这样的信会有一种全身心的投入,烟灰积得老长,也顾不得去弹,任它悄悄地落在信笺上。可电话铃响了,遥远而亲切的声音恰恰来自收信的那一位，欣喜之后是简明扼要的回答。然后互道"再见"。

信自然是不用寄了，因为说到底并没有什么大不了的事情。但那浸润于信笺，并且只能属于文字的情调；那春阳日暖，暄气升腾的心灵躁动，电话里能讲得清吗？对着电话，我一阵黯然。

电话现在是越来越普及了，而且还在轰轰烈烈地普及下去。它的触角几乎无所不在。追悼会上向死者默哀时，冷不丁会冒出几声蛐蛐叫，于是一个个把悲哀放在一边，撩起衣摆审视自己的将军肚或杨柳腰。大街上凡是能露脸的地方，总有人举着"大哥大"挺胸突肚地做指令状。公用电话星罗棋布，人们对着话筒吼叫着"行""快""要现货"。那么就躲进自己的房间，打开电视或收音机寻一份清静吧，可偏偏闯进来嗲兮兮的"老地方""不见不散"，据说那是不小心碰上了人家的频道，那玩意儿的气派小一点，叫"二哥大"。

于是常常会想起那几张信笺的温馨。

十年前我在鲁迅文学院进修时，接到一封朋友的来信，信中的内容早已淡如烟云，但最后的那两句话至今难忘："你走以后，这里越发冷寂，只有园子里的杏花开了几朵，其他一切依然。"记得我当时是对着这两句体味再三的，北京城正瑟缩在漫天风沙和料峭寒气之中，但南国那几朵杏花传递的温煦却充盈了我的情怀。读着这样的信，你还会感到孤单吗？马上提笔复信，回报一份京华游子的心迹。

那时候，人们大抵还不习惯用长途电话传递声音，真是太幸运了。

到了秋天，在窗外萧萧的落叶声中给家中写信，随手便流出这样的句子："秋风渭水，落叶长安。天气越来越冷了，总念着你和孩子。"妻后来告诉我，她读到这些时，在灯下流泪了。

现在自然是阔多了。出差在外，晚上"水包皮"之后，倚在沙发床上随手挂一个长途，"家中都好吗？""都好。""没有什么事吧？""没有事。""有事打电话,这边的电话是……"电话搁下了,塑料对塑料的磕击呆滞而板涩,没有一点弹性和张力。

方便,快速,伸手可及,万水千山只等闲,人们都在为方兴未艾的电话热而欢呼,谁也没有想过这种欢呼背后的代价。

我有时会呆想,如果电话的普及早上半个多世纪,我们今天将不会看到鲁迅和许广平在《两地书》中鲜为人知的倾诉,也不会听到巴金和萧珊在《家书》中深情蕴藉的低语,那将是一种怎样的缺憾!如果电话的普及早上几十个世纪,中国文学的绚丽画廊简直将要为之黯然失色,这里会缺却了苏东坡的"明月几时有,把酒问青天",这首传唱千古的杰作是他在中秋之夜寄给弟弟子由的;缺却了李白的"思君若汶水,浩荡寄南征",因为这首诗的标题是《沙丘城下寄杜甫》;也缺却了白居易那首长达一百韵、一千字的《代书诗》,那是他在苏州刺史任上,代替书信寄给任越州刺史的好友元稹的。那时候,他们经常用这种五言和七言律诗代替书信互相唱和,以至开创了中唐诗风中的元和体。在苏州和越州之间的官道上,驿马扬蹄疾驰,负载着挚友之间生死以之的情谊和魂牵梦萦的思念,也负载着华夏历史上一幅流韵久远的文化景观——当时没有电话,幸甚,幸甚!

以前我曾对着电视里的某条新闻迷惑不解,在传递手段高度发达的现代社会,为什么还有国家元首之间或给联合国秘书长写信的,他们打电话难道还不方便吗?或者说难道还在乎电话费吗?现在我懂了,从根本上讲,电话是一种快速回撞式的语言系统,有点类似于体育运动中的壁球,它更适合于利益竞争中的讨价还价。例如50年代以后,美苏两国总统之间就有一条热线,主要用于发现对方核导弹升空后的快速反应。而书信却能传递一种更为舒展也更为宽厚的人类情感,它是风情万种的艺术体操。

电话来了,很好!"行""快""要现货""没有事吧""有事打电话,号码是……"好摩登,好潇洒,好方便。可失却了情调,失却了韵味,失却了等待、期盼、憧憬、焦灼,以及由此而引起的误解——好没意思!

电话铺天盖地而来,以殷勤的服务向你搔首弄姿,只要你愿意触摸一下某个敏感部位,受用时甚至可以轻松得"免提"。它到处投怀送抱,只讲按时收费,锱铢必较;它满街横陈,满街游荡,却没有冲动和情味;它招之即来,来者不拒,方便得连半推半就的矫情也一概省略。电话,你这不要脸的娼妓。

又要说到陈年的旧事了。

我在鲁院学习结束前,给家中写了一封信,告诉回去的日期和车次,让妻到无锡接站。可直到离京的前一刻,我还没买到一张最末等的车票。再写信回去是来不及了,想象着妻风尘仆仆地从乡下辗转乘车来到无锡,顶着寒风在站台上空等的情景,真恨不得铁道部长是孩子他舅。上苍有眼,我终于找到了一个沾亲带故的关系,他有一个熟人在列车上当乘务员,把我送上了车。一路上,20多个小时,没有座位,没有水喝。连站立的空间也要靠不断地闪展腾挪来开拓。极度的困顿中,支撑我意志的就是妻在前方的车站深情远眺的身影。车到无锡时,已是晚间10点,从车窗里看到妻孤单的身影,一路上的疲惫早已风流云散,还呆看什么呢?"老夫聊发少年狂",赶紧冲出车门,挽起妻温热的手,在白雪皑皑的大地上走出一路久别重逢的浪漫。

后来妻责怪我,买不到车票,为什么不打电报回来更正呢?我说我不甘心,而且偏是这样好,有意思。

这"意思"是那封家信带来的——那时候,妻的乡村学校里没有电话。

1993年初春

大暑天为什么呼喊"小寒"

那时候我住在老文化馆东南角的一间平房里,房子是很有些年头了,在作为我的宿舍以前,那里是图书馆的书库。巧合的是,在此之前,我住在靠近门楼的那个院子里,房子的前身也是图书馆的书库。也就是说,我搬来搬去,其实一直在给图书馆充当"填房"的角色。这样说或许带点自嘲的味道,但一想到那里曾经充栋的书籍和沉静的书香都是我乐于亲近的,反倒有了一种缘分天定的幸运感。

新的图书馆在马路对面、文化小剧场的底楼。记不清从什么时候开始,我取得了进入书库看书的特权。起初大抵是因为我要借的那些书不大好找,弄得他们很烦,就撂下一句话:"你自己进去翻吧。"于是,我就像奉旨巡按的钦差一样,堂而皇之地走进了书库。

用什么才能形容我第一次走进书库的那种感觉呢?在大学读书时,有一位学兄曾打过一个比方,他用的是:一个好色之徒走进了一群美女中。卑俗固然卑俗,但倒有那么一点意思。反正这么说吧,你喜欢读书,现在你可以自由自在地在书库里巡视、检阅、取舍、提调,眼前身后,全是顶天立地的书架,散发出很好闻的纸张和木头的陈旧气息,书脊上各种字体的书名搔首弄姿地撩拨着你,让你目不暇接,心醉神迷,那种万卷皆备于我的帝王感,恐怕只能用一个"奢侈"来才能形容。与之相比,古人所谓的红袖添香夜读书,或雪夜闭门读禁书之类,就全部不值一谈了。那么就取下一本心仪已久的好书,且抑制住心头的狂喜,屏息凝神地慢慢受用吧。

据说1987年的夏天是近半个世纪以来最热的夏天,当时正值儿子来海安过暑假,我就每天带着他去书库里看书。小学四年级的男孩,已经有了自己的阅读取向,他在那一排排书架间所享受的满足和愉悦,一点也不比我少。书库里的书多是陈年不曾被人借阅过的,选书和翻书的过程中,难免要惹动尘埃;天气又热,揩把汗撸把汗,几把下来就弄得有如舞台上的大花脸一般。想不到的是,孩子在书库里灰头土脸的厮混,后来竟让他出了一次小小的风头。有次我带他去南京,顺便去看望省作协的杨旭老师。杨当时正在创作长篇小说《经纬堂遗事》,其间说到民国年间湖湘才子易君左因一本《闲话扬州》引起的风波。当时有人撰成联语,在报纸上公开征求下联。其上联云:"易君左闲话扬州引起扬州闲语,易君左矣。"此联极机巧,名人、大事、互文技法、当事者的名字经分拆别解而又意趣浑然,一时难住了文坛的衮衮诸公。直到若干年以后,国民政府换届,国民党元老林森(字子超)因其散淡超脱而得以蝉联主席,才有人据此对出了下联。杨老师停顿少顷,似乎要调整一个语感,我儿子却在一旁接上了:"是不是——林子超主政国府连任国府主政,林子超然。"老作家开怀朗笑,笑声中很有点"孺子可教"的激赏。事后孩子告诉我,说就是那期间在图书馆的书库里看到的,可见开卷有益。

回到1987年的暑假,有一次我和儿子在书库里竟然忘记了时间,出去时图书馆已经下班了,关门落锁,把我们囚禁在里面。一阵短暂的惊慌过后，父子俩随即便坦然了，囚禁就囚禁，大不了再进去看书呗，被自己喜欢的书籍所囚，这也许是世界上最幸福的囚徒了。当下午两点半管理员打开大门时，却看到我们父子从里面气定神闲地走出来，他们始则大惊，继则后怕：好在是中午，如果是晚上关在里面，那就惨了！

于是自那以后，每到下班的时候，就有人在书库门口喊几声。他们不喊我，喊孩子的乳名："小寒，下班了。""小寒，关门了……"

有时候是老肖，有时候是小孙，更多的时候是储德义，他原是文工团的演员，自然底气很足的。有一段时间，我们经常和他开玩笑，说他在舞台上从没演过正经角色，都是"匪兵甲"或"匪兵乙"之类，有一次还为此闹得他很不愉快。其实，就凭他那嗓门，老储在舞台上便不能算黯淡无光，例如他至少曾是《沙家浜》里十八棵青松中的一棵。

这是将近30年前的情景了，现在旧事重提，老储那粗重的男中音似乎仍带着热扑扑的暑气排闼而来：

"小寒，下班了……"

三种草

穰草

"穰"这个字比较冷,词典上的解释是稻、麦等植物的秸秆。可是在我的家乡一带,它只用于稻草,而且也不是所有的稻草都可以称为穰草的,只有那些被碌碡反复碾过的、又绵软又蓬松的稻草才可以称为穰草,其他的那些则仍然是稻草、稻秸或稻秆。"穰"也时常出现在土话中,例如什么事情办坏了就说"穰掉了"。小孩在台阶上打碎了一只碗,也说"打穰了",是破碎、不可收拾的意思。其实穰草并不很"穰",它只是被碌碡踩躏得没有火气了。傍晚收场时,一沓沓堆在那里,有一种驯服的纷乱之美。

穰草是过去那个时代生产方式的产物。高远的秋阳下,牛拉的碌碡在晒场上走了一圈又一圈,缰管套在碌碡两端的榆木轴上,"咕咕嘎嘎"地一路吟唱,像二胡在高音区的一个揉弦。再加上赶牛人的吆喝声和鸟雀的喧闹,这欢悦的秋歌,波动了农历八月的乡村。碌碡碾下稻谷,也不经意地把稻草碾成了穰草。穰草是耕牛一冬的料草,千百年来,牛的咀嚼功能已适应了穰草那种带着韧性的柔软。因此,20世纪 70 年代推广机器脱粒以后，每年秋天，那些从脱粒机上下来的稻秸秆仍然要被摊在晒场上，让牛拉着碌碡一遍又一遍地碾，碾成牛喜欢吃的穰草。牛——碌碡——穰草，这道旧式的链环曾维持了数千年。农业文明的一个重要特征是几乎没有废弃物，上一道工序的副产品自然而然地为下一道所消化受用，这是一种天机浅显的大智慧。现在，由于穰草已不再是脱粒的副产品，这就注定了牛从乡村舞台上的退隐只是时间问题了。

　　牛的胃口真是了得！在从秋后到初春的那个漫长季节里，穰草垛一直是乡村里最伟岸的标志。它一般是长方形的，高可数丈，巨兽一般雄踞在晒场一角。由于穰草堆叠得很紧，养牛的老头只能用一把曲尺形的切刀一方一方地把穰草切下来——如果单就操作方式而言，那几乎是可以和切豆腐相类比的——再抱回去铡碎，撒在牛槽里。在我高中毕业回乡务农的那几年里，最向往的是冬天晚上到队里去看场。名义是看场，其实冬天并没有什么可看，只是在队场上睡一觉。睡的地方是穰草垛背后扒出来的一个洞。洞不大，却足够几条汉子抵足而眠。那实在可以称得上是一处洞天福地，即使外面冰封雪锁，里面也永远是暖洋洋的。每次看场，我总是早早就吃过晚饭，然后肩上搭一条被子，优哉游哉地往队场去。但实际上，我却又并不马上进洞，而是先到牲口棚里和养牛的老头闲聊。老头一边铡草，一边说着那些永远也说不完的世道人事，语调中有一种温和的沧桑感。身后是老牛好听的反刍声，穰草在铡刀下爆炸似的散开，落成规整的圆锥形，不知不觉中时间就过去了。有时候，老头会从哪里弄来一捧萝卜，煮一盆热乎乎的萝卜汤做夜宵。等到吃饱喝足了，便钻进"洞房"蒙头大睡，在干爽醉人的穰草气息中做一个甜蜜的梦。男人们都喜欢睡在那草洞里看场。只是每半个月才轮到一次，两个人一组，记二分工。

　　等到养牛的老头用切刀将穰草垛一方一方地蚕食得差不多了，河岸上的杨柳已绽出了鹅黄色的嫩芽。春苗拔节，新秧落谷，牛也开始放青了。最后清理完草垛脚时，才发现四周的浅草已泛出了茵茵的绿意，只留下草垛那巨大的轮廓印在地上，有如什么远古的遗址一般，令人想到曾耸立在这里的雄硕和伟岸；又好似叱咤风云的伟人消失以后，他那巨大的阴影还要笼罩好长一段时间。

有时开春以后，穰草也有青黄不接的情况。这时候，就只好把床上铺的草抱下来喂牛。铺过床的穰草口味要差一些，似乎那上面沾染了太多世俗的烟火气，有如风尘女子一般失去了青涩的性感，只是聊胜于无的意思。

但对于乡民们来说，用穰草铺床却是每年冬季日常性的消受。乡下的老式床大体都是这种格局，最下面是竹排，上面铺一层草帘，草帘上面是草席。到了初冬，便在草帘和草席之间铺一层厚厚的穰草。穰草既软和又保暖，即使十条棉絮也比不上的，似乎秋阳充盈了每一寸草节。于是在整个冬天里，那温煦便和着草香蓬蓬勃勃地洋溢出来。我大学毕业后分在城里工作，每年秋后，母亲总要托人给我送一捆穰草铺床。那时的乡村里已经完全机械化了，因此，也就没有穰草而只有稻草了，那一捆穰草是母亲特地用连枷加工出来的。我想象着老屋前母亲瘦小的身影，连枷起起落落，如同一根鞭子驯服了稻秸的脾性，那单调的拍打声在秋天的清旷中传得很远。随着身体的动作，母亲的白发在脸颊旁一摆一摆的，不时甩下一串亮闪闪的汗珠。在这一刻，我才意识到自己其实是个永远也走不出故乡的孩子。城里的搁板床和乡下不同，拢不住穰草，房间里总是沾沾带带的断不了草屑。但我每年还是喜欢用穰草铺床，不光是为了那温软的消受，更是为了一种与生俱来的情愫。睡在那上面，梦中的天地也常常和乡村有关，那漠漠水田中的斗笠和歌谣，那垂挂在篱笆墙外留作种子和抹布的老丝瓜，那弥漫着庄稼成熟气息的田垄和晒场上碌碡的吟唱，还有冬天布满积雪的草垛，月影箫声，带着一股凄清的情味。母亲临终前还忘不了叮嘱我：每年别忘用穰草铺床，草是土地上长出来的，人睡在草上，就等于接上了地气。

我只是努力地点点头。可是，母亲走了，还有人给我送穰草吗？

现在的乡村里已经不养牛了，自然也就不见了那雄硕的穰草垛。去年我回老家，住在堂侄新造的小楼里。半夜醒来，总觉得心里空落落的，似乎有某种久远的期待没有能兑现。伸手到垫被下一摸，原来铺的是整整齐齐的稻秸秆，隐隐约约地散发出一股沤水田的气息。于是，两眼望着窗外的夜空，再也不曾入睡。

齐草

齐草是小麦的秸秆。小麦、大麦、元麦统称"三麦"，是南方越冬作物的大宗。大麦和元麦的秸秆是烧火用的，没有什么说头，这里只说说小麦秆——齐草。

在所有的作物秸秆中，齐草是最秀气的——我久费斟酌，才选中了"秀气"这个词。它让我们想到那种小家碧玉式的文弱和娟静，还有淡淡的青涩感。它不做作，不媚人，更不想领导什么时尚，一副素面素心很温润的样子。这大抵与它的身世有关，因为说到底，齐草是给人家盖房子的，犹如那些小家碧玉，不管有着多么亮丽的青春，但终究还是要嫁到小户人家去，做一名辛勤的主妇，在生活的风雨中渐渐老去。

齐草是属于女性气质的草。

因此，几乎从收割开始，便似乎只有女人才更适合侍弄它。

收割小麦与收割大麦和元麦不同。大麦和元麦登场后，反正要让牛拉着碌碡去碾的，自然不那么讲究。收割小麦就不同了，它从一开始就因齐草的身份而成为一种艺术化的操作。看年轻的女人割小麦，是很赏心悦目的。镰刀不消说已磨得飞快，新月一般闪着俏丽的锋芒。开镰了，女人塌着腰，一手揽麦——这一揽不多不少，正好在镰刀抡开的最大半径之内，也正好是一捆麦把的分量——镰刀贴着地皮挥出一道优美的弧形，收刀时往身边一揽，那揽定的麦秸便倒进怀里。于是顺手抽出一绺作要子，就势将麦把翻转过来，一勒、一拧、一塞，捆好的麦把从腋间滑落下来，平平正正地躺在田垄上。从伸臂揽麦到麦把落地，整套动作干净利落，一气呵成，却又显得很从容，甚至有一种随心所欲的优雅。女人的身姿很好看，俯仰逢迎，进退有致，犹如踏着舞步一般，那肢体的协调和韵律，几乎进入了忘我的境界。身后的麦把虽不曾着意编排，却根是根，梢是梢，整整齐齐，一点也没有那种收割后的狼藉。乡村女人的精细，其实更多还是体现在土地上的。

但这时候的小麦秸还不能称为齐草，严格地说，只有在脱粒后被删得修眉秀目，捆得平头整脸的小麦秸才可以被称作齐草。

删草的当然还是女人。

时令已过了夏至，新麦入仓，大秧落地，该忙的都忙得差不多了。碌碡被冷落在晒场一角，身下是雨后的苔痕和小草，乡村里这才定定心心地删草。删草的女人头上戴着蔷薇花和栀子花，蔷薇的花形很小，粉嘟嘟的散发出一股幽香，戴在发梢很素雅。栀子花的香气则要野得多，肆无忌惮地扑鼻而来，几乎可以用"侵略"来形容。有的女人表面上虽不插花戴朵，却在当天晚上把栀子花"捂"在头发里，一早梳妆时拿掉，走到哪里总带着一股浓酽的香气。这是有心计的女人，很懂得怎样不着痕迹地卖弄风情。这季节杏子也熟了，杏子的诱惑力在于酸，不像水蜜桃那样甜得发腻。稍微生涩一点的，简直能酸得你回肠荡气。刚刚经历了那个激情勃发的春季,到了删草时便总有几个女人特别馋杏子,而且专喜欢挑生涩的吃,神态又总是羞羞答答的。不消说,这是新的生命在萌动的信号。这样的小情节自然会给劳作增添不少欢乐。女人们就这样在五月的阳光和花果的香气中消消停停地删草。删草的这个"删"字实在很具象形意义,横平竖直,把零零碎碎的笔画全"删"去了。女人们把掼去了麦粒的小麦把解开,抓住麦秸的顶梢,一把一把地在木板上理、顿、揉、抹,剔去矮秆和叶片。"沙拉沙拉",晒场上一片好听的删草声,这声音不像掼麦那样粗暴,是和风细雨的,甚至深情蕴藉的,如同母亲和即将出阁的女儿说悄悄话一般。小麦秸就这样变成了齐草,就像女人开过了脸一样,一下子变得容光焕发了。男人们则在一旁当下手,把删好的齐草捆起来。这时候,他们也变得精细了。他们先绞一根要子,把齐草的根部轻轻地叠成圆锥形,结结实实地捆好后,在地上墩平。这样捆出来的齐草捆子,立在地上,只要抓住其中的一绺,就能把整捆齐草提起来。捆草的人却做出一副很散漫的样子,似乎这只是举手之劳,小菜一碟。每做好一捆,就抓住中间的一绺,潇潇洒洒地扔一边去。晒场上的齐草捆子越积越高,在阳光的抚慰下有一种值得信赖的端庄安详,还有几许温情脉脉的伤感。因为接下去,它们就要成为各家茅屋上斑斓的补丁,去经历乡村四季的雪雨风霜。"草屋三间,修补不攀",这个"不攀"在方言中是来不及的意思。有了这一层意思,齐草的宿命便无可逃遁——太美的东西总带着某种宿命的成分。

　　齐草最洁净亮丽的时候,衰朽也就开始了。

　　它衰朽在乡村的茅屋上,而且即使衰朽了,也仍然是"齐"草——整整齐齐,一丝不苟,体现出一种女性的柔静和责任感。

薪棵

薪棵是沟帮草的一种,我不知道究竟该写作"沟傍"还是"沟帮",想来想去觉得还是"沟帮"好。这个"帮"是船帮或鞋帮的"帮",很有点形象意味,仿佛沟是一样什么容器,两侧的沟坎是高高兜住的"帮",沟帮草俗称荒草,它是沟的仪仗。到了深秋,沟帮草割光了,沟就变得没有神采了。

薪棵一般长在沟帮的最上沿,也就是河坡与田埂的交界处。乡村的小河有一种逶迤之美,这不仅因为河流的走向,河水的清澈柔静,还因为河坡上的植物倒映在水里,波动出繁复的色调。但仔细看去,那繁复中也是有层次的。一般长在水边的是芦苇,因为它过于高挑纤弱了,如果长在河岸上,肯定要被风吹折的。芦苇是乡村中的美人草。乡村美人不像都市美人那么孤傲,它们总是勾肩搭背地拥挤在一起,也不知是因为纤弱,它们才拥挤在一起,还是因为拥挤在一起才让它们变得那样纤弱。每年端午前夕,便有女人和孩子站在河坡上,用钩子钩住芦苇纤细的腰肢,用心细细地剥下最嫩的两张叶片。过了这一阵,芦苇便很少有人问津了,最多也就是站在远处看看。"蒹葭苍苍,白露为霜。所谓伊人,在水一方。"这便是站在远处看的,而且看的不是芦苇,是人。芦苇上面的河坡上是茅草和灌木丛。茅草是打底的,茸茸的很松软,不管风里还是雨里,总是一副安之若素、宠辱不惊的样子。灌木丛中开着各种野花,红黄青紫,各有各的迷人处。这一拨刚谢,那一拨又开了,大多是叫不出名的。叫得出名的只有野蔷薇,枝条上满是刺,盛开时云霞一般烂漫。过些时花谢了,枝条上的刺却更老扎了。"路边的野花不要采"，道理就在于野花大多带着刺，扎手。茅草和灌木丛的上面就是薪棵了，它是沟帮草最边沿的部落，自然也是最英武的部落。如果说芦苇是水边的贵族，纤弱，娇贵，带着诗意的伤感，那么河坡上的茅草和灌木丛则是世俗化的平民生态，岁岁枯荣，生生不灭，那带刺的野花给予你生活的芬芳和疼痛感；而河岸上的薪棵就是戍守边关的将士了。

沟帮草都是很野的草，薪棵又尤其野。它植株很高，一簇一簇蓬蓬勃勃的，带着股昂然的气势。而且那宝剑状的叶片又很锋利，从河边的小路上走过时，弄得不好就会被它把哪里划破。所以孩子上学时，大人会叮嘱一句：路上小心点，别让薪棵锯了手。但孩子们却不怕薪棵，在整个夏季，他们常常躲在薪棵脚下走五码或看蚂蚁搬家。两株薪棵的叶片交织在一起，下面留出一个小小的空间，隐蔽、阴凉，还带着某种神秘感。有时候，孩子们干脆在那里美美地睡上一觉，让大人满村子地找，最后还是被黄狗找着了。黄狗也知道薪棵脚下是个好去处，因为它和同类常常在那里做些苟且的事。孩子被大人押回去了，手上提着一只空竹篮，黄昏下拖着长长的影子，一个乡村少年把他未做完的梦留在薪棵脚下。

到了初秋，薪棵开始孕穗了。这时候，把那刚刚有了点腰身的芯子拔出来，剥开，里面嫩嫩的一条可以吃，味道是甜甜的，韧韧的，有一股清香。小时候上学时，我们常常一路吃过去，吃得嘴角两边都是白沫，像长了胡子似的。薪棵是铁骨柔肠的伟丈夫，这"柔肠"就是它含苞未放的花穗。而且那花穗是孩子们怎么也吃不光的。过了些时候，它就抽条了，开放了，灰白色的一秆，像灵幡一般高扬着。在它的不远处，芦花也开放了，芦花是大呼隆的一片，当然更招摇些。等到满天里落叶飘零时，便每每看到腆着大肚子的女人站在河岸上采芦花，那是预备给新生儿填充小枕头用的。萧瑟的秋风中，那女人的目光中有一种母性的温柔和宁静。薪棵的花絮当然不会有人采,这不要紧,因为它的价值不在于花而在于秆,就像有些植物的价值不在于秸而在于花一样。薪棵的秸秆骨子很好,剥去叶片,有一种金属般的质感,它成了农家菜园子的篱笆,或者猪圈和羊舍里挡风的草帐。薪棵生长时英气勃勃,收割后也还是被人们用于抵御什么,它似乎注定了要充当武士的角色。但它是很本分的武士,从来不想侵略什么,你栽在哪里它就长在哪里,至多也不过是把棵子盘得很大,或者把叶片伸展出很远,显示出一种霸气,其实它的根还在原来的地方。它是荒草——荒凉的草,这一点它从来不会僭越。如果它的叶片严严实实地遮掩了路面,那么这条路肯定已经没有人走了;如果它长到了某个人家的屋角前,那肯定是一间老屋,灶头上放着破碗,门环上的锁已经锈蚀了。

但不知从什么时候开始的,乡村中的薪棵渐渐少了,取代它的是一种叫芦竹的草。芦竹比薪棵的性子更野,它兼有芦苇和竹子的特点。在草本植物中,它大概是最高大壮硕的。而且它不像薪棵那样本分,它的根像竹子那样,可以在地下到处乱窜,今年栽下的是几棵,过几年就窜成了好大一片,风动处,很张狂地喧哗着。于是乡村里到处都是芦竹的喧哗声:河沟畔,渠道旁,家前屋后,场头地边。有时农夫犁田时,犁头被什么东西卡住了,以为碰上了陈年的老树根,停下来一看,原来是从沟帮窜过来的芦竹。农夫便丢下犁,取一把铁锹来,一边清理一边骂骂咧咧的。牛在一旁站着,也是很无奈的样子。

薪棵就这样从乡村的小河边消失了,它只是偶尔出现在人们的谈笑中。一次乘凉时,有人讲了一则笑话,说一户人家的女主人很吝啬。这一天请木匠干活,吃过早饭后,女主人就扯旗放炮地盼咐孩子去买肉,可私下却要孩子躲在离家不远的薪棵脚下玩一会儿,回来就说肉卖完了。不料这话却被老木匠听到了,孩子出门不久,老木匠就扬起斧头说：都给我躲开，斧头前面三里无人哩。那女主人一听，连忙跑出来说："师傅等等，我家孩子还躲在前面薪棵脚下哩。"

人们听了，都哈哈一笑。只有孩子一脸迷惘：那薪棵脚是什么地方呢？

前些时我回老家，却看到河坡上到处是一方一方掘翻的芦根。一问才知道，这是在对芦竹处以极刑。说每年芦竹抽穗时，正值水稻扬花，芦竹的花粉飞到稻田里，那稻米吃了要诱发癌症。确实，这些年来，乡村里生癌症的人越来越多了。有了这样的说法，也不用谁来动员，各家都把芦竹掘了。芦竹的根系屈曲盘旋，一方一方地掘翻在那里，被雨水洗出了一只只洞穴，猛一看如同撒落了满地的骷髅。我敢保证，这是我看到的最丑陋的植物遗骸。

我想，所谓芦竹的花粉让稻子诱发癌症的说法大抵是没有根据的。芦竹的覆灭，在于它那疯狂的扩张欲，它太张狂了，不仅侵占了河帮上其他草类的地盘，破坏了彼此相安无事的生态空间，而且还把根系不断向农田延伸。弄到后来，连原先栽种它的农夫也拿它没办法了。就像君主把一个野心勃勃的臣子扶植起来，等到他慢慢坐大为所欲为时，便只能把他杀掉。

世界上的任何东西，如果太张狂了，下场总不会太好。

老家的堂侄告诉我：明年春上，还栽薪棵。

童声合唱

那时候，我上一年级，姐姐上四年级，弟弟是姐姐的"跟屁虫"。

村上有四五个孩子和姐姐一个班，放学后，一起挑猪草、捡柴火。议论老师是她们永恒的主题，而且这些议论大多是带攻击性的：某老师看人下菜碟，喜欢谁不喜欢谁啦；某老师是"三只眼"啦（那位老师额头上有个疤，对学生课堂上偷看小人书又特别警觉）；还有某老师上算术课老是用烧饼和麻团打比方，听得馋嘴的学生偷偷咽口水啦。

有一段时间，她们攻击得最多的是班主任张志英老师。

张老师是春上开学后刚分配来的，她个子很矮，一张娃娃脸，短发上扎一朵蝴蝶结，下课后和学生走在一起，很难一眼看出来。她是全校唯一讲普通话的老师，不光上课时讲，平时也讲，这使她显得有点洋气。显得洋气的还有她戴了一副眼镜，那时候，乡下学校戴眼镜的老师很少。因此，在姐姐她们那个小圈子里，对张老师不称张老师，称"瞒眼"。瞒眼是牲畜干活时遮在眼睛上的那种玩意儿，像连在一起的两只大蚌壳。"瞒眼"很凶，上课时老是板着面孔，训起学生来更是

"凶神恶煞"。当过代课教师的大哥说,刚从师范学校出来的新教师往往这样,他们自己太嫩,怕弄不住学生,过段时间老练了就会好的。

张老师老练了会是什么样子呢?反正姐姐她们没有看到,因为放暑假前不久,张老师突然调走了。后来才知道,是到新成立的县广播站去当播音员。算下来,她当教师总共只有三个多月。

我家西面不远有一处叫作"社"的地方,一座很大的四合院,里面有农业社的办公室、饲养场、仓库、粉坊、豆腐坊之类。全社唯一的一只广播也在那里,那是一只长方形的大箱子,吊在院子中间的大槐树上,每天晚上一开声,大老远的都能听见。我母亲始终认为有人藏在那箱子里说话或唱戏,每天傍晚藏进去,夜里再偷偷放出来,要不然,那声音是从哪里来的呢?她想不通。

姐姐她们当然不会这样认为,她们知道说话的人在老远老远的县城,是她们的张老师,这使得她们一个个神采飞扬。每天一吃过晚饭,她就带着小板凳到社里去听广播,从开始一直听到结束,只要女播音员的声音一出现,她们就"张老师张老师"地欢呼。回家时又一路叽叽喳喳地议论不休,她们说张老师的普通话讲得真好,人也长得漂亮,连头发上的蝴蝶结也别具一格,连带着又攻击后来接替她的"男张"是笑面虎。她们早就忘记了"瞒眼"之类的绰号,似乎那是另一个世纪的事。

终于有一天,有人提出了一个新颖而大胆的设想,她们想通过广播向张老师问一声好。在她们看来,广播既然能把张老师的声音从那边传过来,也就能把这边的声音传过去。最佳时机是广播结束时的一刹那,张老师一说"再见",这边马上喊起来。早了,干扰了播音,张老师会不高兴;迟了,张老师关机了,声音传不过去。如果时机掌握得恰到好处,张老师听到她们的喊声,肯定不会关机,或许还会和她们交谈几句呢。

这样的设想让姐姐她们兴奋了一整天。当天晚上，大家早早就来到社里，大槐树下已预先搬来了一张长条桌，站在上面，刚好够得上广播。喊话的细节经反复讨论，最后是这样敲定的：到时候广播一结束，先由一个人领头喊一声"张老师"，大家再跟着一齐喊"张老师好"，然后就停下来，听张老师的回应。这领头喊话的自然是我姐姐了。

那是个令人激动而又惴惴不安的夜晚，由于没有计时的钟表，孩子们担心错过了时机，广播刚开始不久就站在长条桌上等着。广播的声音很响，震得耳朵嗡嗡作响，但大家谁也不敢走开，一个个期盼地仰着头，像一群翘首待哺的小喜鹊。时令已是初秋，田野上飘来刚刚收割过的玉米和高粱那苦涩微甜的气息。露珠从大槐树的叶片上滴下来，冷不丁落在手臂上，传递着清凉的秋意。仰望星空，不由得想起母亲说过的那句老话："淮河南北，家家种荞麦；淮河东西，家家置寒衣。"姐姐好几次纠正过母亲，说"淮河"应该是"银河"，但母亲说，老辈子人都是这么说的。

若干年以后，每当我想起那个晚上时，还会清晰地感到大槐树上的露水滴在手臂上的凉意，那乡场上纯真的天籁，那月光中梦幻一般的童年哟！

最后的结局成了一场不圆满的闹剧。那天晚上的广播似乎特别长，又似乎特别短，反正是在某个猝不及防的时刻，广播突然结束了。大家都缺乏足够的思想准备，先是愣了一下，然后便乱七八糟地喊起来："张老师好！""张老师好！"一个个直着嗓子乱嚷。嚷了一会儿，停下来听听，广播里什么反应也没有，只有远处的秋虫在有一声没一声地吟唱。

回家的路上是互相埋怨。姐姐责怪大家心太急，没等她先喊就开口了，这么多声音，像散了麻雀窠似的，张老师能听得清什么；大家又责怪姐姐喊得太迟，耽误了时机，这一耽误张老师说不定已关机了。

埋怨到最后，大家又似乎高兴起来，说张老师也许听到了，只是因为广播站有纪律，不好对她们讲什么。听到了就好，还要什么回应呢？一声"张老师好"就足够了。

一群少年就这样走在秋夜的村路上，月光下，她们的影子也手舞足蹈的很张扬。

那天晚上的月色真好。

从那以后，这些孩子谁也没有见到过张老师。

70年代初期，我在县广播站工作时，曾打听过张志英老师。一位老站长说，大概有过这个人，后来又回学校去了，是她自己要回去的。

80年代中期，我参加县里的一个先进教师表彰会，看到表彰名单上有一个叫"张志英"的，心中不由得一动，她是不是我们当年对着广播呼唤的那个张老师呢？我曾努力打听她，想把当年大槐树下的那一幕儿戏说给她听，但终于没有打听到。

算起来，那件事距今已经42年了，张老师该60岁出头了吧。

1998年仲秋

采桑子

友人夫妇俩有点小情调，常常喜欢玩点古典意味的文人游戏。这次是给圈子里的朋友取绰号，用的全是词牌名。某人的太太心肠不错却外显霸悍，便给她一顶"菩萨蛮"；某人在外地读博士，心里总丢不下西安家中的老婆，"忆秦娥"自然非他莫属；某人在企业任财务主管，"卜算子"也算差强人意；某人喜欢侍弄花草，又是一家大饭店的老总，麾下佳丽如云，遂以"满庭芳"见赠。当然也有不怎么中听的，例如"丑奴儿""眼儿媚"之类，还有"贺新郎"——一位乐此不疲地在婚姻的围城中进进出出的老兄。至于他们贤伉俪，自然也不肯亏待自己的，一个是"江城子"，一个是"念奴娇"，显见得是郎才女貌的意思，轻狂得很。

送给我的是"采桑子"，因为在他们眼里，我是个总不脱土气的乡下人。

我倒觉得很受用。

"采桑子，采桑子，吃家饭，屙野屎"，那活泼泼的童音从一个遥远的时空向我走来。

这是我们儿时自编的童谣，桑子就是桑葚，在乡下长大的孩子，大致都有过采桑子的经历。采桑子并不需要走很远的路，自家门前屋后都有的，因此，歌谣中的"吃家饭，屙野屎"其实并没有什么实在的意思，只是为了顺口，随便捡来一句生活中的俗语凑韵的，就像传统童谣中的"张打铁、李打铁"一样。

采桑子是为了卖给社里的作坊去酿酒。那是一个饥饿年代，村里到处徜徉着浮肿病人的身影，粮食比亲娘老子都宝贵，自然不敢暴殄天物，用于酿酒的。酿酒起先是用稗子和米糠，后来连这些东西也被人们填入饥肠了，便只好用桑葚。桑葚酿出来的那劳什子有点酸兮兮的，稍许带点酒味，即使像武松那样连喝十八大碗也肯定不会醉的。社里的干部开会开到深夜，就着一盘盐拌豆腐渣喝几口，在当时算得上是相当奢侈的了。

我家老屋边有两棵桑树，都有合抱粗。屋后竹园里的一棵是花桑，花桑只开花，不结果，但桑树花可以充饥，只是吃多了会头昏。门前场边的一棵是果桑，是那种叶片只有铜钱大，俗称"钱儿桑"的那种。叶子小，桑葚当然也小，却结得多，每年麦收过后，那一嘟噜一嘟噜的桑葚也红了，早上一开门，便看到晒场上东一颗西一颗地落了不少，都是熟透了的，渲染得满地狼藉。母亲便对我说，采桑子吧，不采光了，乌鸦麻雀天天来作耗，场地上总是干净不了。

采桑子的诱惑首先在于自己可以大快朵颐，熟透了的桑葚丢进嘴里，轻轻一抿，那酸中带甜的滋味直往心里去。在那个季节里，乡下孩子的嘴唇整天都是浓墨重彩的——如果也用一个词牌名，那么就该是"点绛唇"了。吃得多了，拉出来的粪便也带着别样的色泽，粪便施到地里，第二年便生出一株株小桑苗来。采光了桑子，桑葚的汁便印在门前的晒场上，一个个散漫的小圆点，如同印象派的作品一般，有一种斑斓的效果,好久都不会褪去。

在那两棵老桑树的浓荫下,我走过了童年的喜怒哀乐。那两棵老桑树亦曾经成为我家的标志,母亲会挑疗疮,经常有远方的病人找过来,问路时,得到的指点都是"在那两棵大桑树下"。可后来,为了度过那个饥饿年代,也为了让我和姐姐上学,母亲把那两棵老桑树卖给了农具社。记得掘树那天正值仲夏季节,满树的桑葚红得令人伤感。农具社的汉子们用龙锯把树干大卸八块,吭哧吭哧地装上板车拖走了,只留下满地的枝条,上面缀满了熟透的桑葚。可我却一颗也不忍心吃,心里酸酸的。

失去了那两棵仪仗似的老桑树,我家的小茅屋显得更低矮也更孤单了。直到1968年我高中毕业回乡务农时,才在老屋前后又栽了两排小桑苗。那时候,我和大多数所谓的"知识青年"一样,对前途没有多少幻想,认定此生不会再走出乡村的怀抱了,因此也就认定了"狗吠深巷中,鸡鸣桑树颠"的农家生活。新栽的桑苗,要在第二年开春前平根截去,让它重新蹿出一根"道条"来,那"道条"一蹿就是丈把高,青枝绿叶的,从此奠定了这棵桑树的主干。但那两排桑树才长到胳膊粗时,我就离开了老家。以后每次回去,只见那桑树每年都是一番风景,远远望去,郁郁葱葱的一片,让人心里暖暖地感动。我想,古人用"桑梓"来代表故乡,实在是很有意味的。有一次我回家,母亲特地采了两捧桑葚,红艳艳的装在青花盆子里给我吃。我说,这么大的人了,还像孩子那样吃得嘴唇乌漆墨黑的?母亲笑道:好吃哩,我这几年牙不行了,其他水果吃不动,就喜欢吃它。说着,果然就拿起一颗,有滋有味地慢慢品咂起来。一边吃,一边又说,这是你栽的桑树哩,你长年不在家,有时我闲着无事,就呆看这桑树,看着看着,就仿佛儿子从远方走来了……

我在外面的那个世界里其实很无奈,失意落寞的日子里,故乡的桑树便常常会出现在我的梦中。但这些年，故乡的桑树却越来越少了，原因是桑树长得慢，而且易遭虫蛀，加之现在建房都用钢筋水泥，做家具又流行用各种胶合板，树木便不值钱了。于是家家都淡了栽桑的兴致，把热情投向果树。果树收效快，两三年便能见到回报。三年前我家老屋翻建时，为了拓展宅基，堂兄竟把当初我栽的桑树全挖去了，他说，那是全村的最后几棵桑树，即使不建房，迟早也要挖去的。又说，现在栽桑树没趣。我当然知道他所说的"没趣"是什么意思。

没有了桑树，乡下的孩子也就没有了采桑子的乐趣，也不可能编出采桑子的童谣来了。

"采桑子，采桑子，吃家饭，屙野屎。"现在听起来，这几句童谣竟有如先验的谶语一般。我从故乡的老桑树下走出来，却要在一个陌生的水泥世界里走尽自己的人生。都说命运无常，其实天机早就隐藏在黄口稚儿的童言之中，这就是"天真"的魔力吗？

想到这里，便禁不住一阵悚然。

村景三题

草垛

常听老人们说,旧时的姑娘到男方去相亲,首先要看的是草垛,那是一户人家的生活质量——关于土地、耕作和居家过日子的大体情调——最外在的标志。草垛是乡村里最寻常的景观,即使是最贫寒的农家,房前屋后也少不了一堆的。它融合了乡民们收获的喜悦,朴素的审美取向,以及对家园的温馨感受,让人们联想到那石灰斑驳的老式灶台,被柴火映红的少女或老妇的面孔,还有飘荡在晨雾和夕阳下的炊烟。在乡村日新月异的背景上,它是最不起眼的,却又最执拗地与你有着肌肤之亲。这就是草垛。

每年的六月和十月田净场空以后,各家便开始堆草垛了,这是收获的最后一幕仪式。乡村里土地金贵,连院墙脚下也要栽上几棵菜的。因此,草垛大多被安置在那些旮旮旯旯的地方:晒场边,树荫下,竹园的一角,反正那些地方也不长庄稼,是见缝插针的意思。新鲜的麦秸有一种甜津津的气息,和栀子花、紫丁香、野蔷薇的香气一起散漫在初夏的空气中,很让人心醉神迷。稻草的气息是软绵绵、燥松松的,带着秋阳温热的质感，诱惑着你想在上面打个滚。堆草垛很有讲究，一是要不倒，二是要不漏，三是要堆得有模有样的好看。那就需要用麦叉把草梳得很熨帖，然后一层一层地叠上去。一层叠上去了，用麦叉把周围牵牵挂挂的删下来，就像理发师梳理头发那样，有一种披离的效果。堆到高处时，那汉子操着麦叉在上面东挥西指，很有点像舞台上曹孟德横槊赋诗的气派。草垛的模样是因地制宜的，它总是和周围的房屋、树、村路，还有小河形成一种自然和谐的造型，共同演绎着家园的概念。当堆草的汉子从高高的草垛上跳下来，倚着麦叉点燃一支烟时，老牛正拉着犁铧，行进在刚刚经历了收获的土地上。且暂时收敛起镰刀和谷穗的锋芒，一个新的耕作季节又开始了。

　　男人在堆好草垛后，就很少来光顾了，他们把草垛丢给女人、孩子、鸡鸭和狗。

　　但草垛并不寂寞，光风霁月，雪雨飞霜，草垛也和乡村一起呼吸和思想。春天，少年牵着牛从窄窄的田埂上走来，腋下夹着一本书。他就这样从少年走向壮年，从故乡走向天涯。冬天，雪花覆盖在草垛上，草垛变得臃肿了，雪地上印着鸟雀的爪印，有如一行行"个"字，斜斜地写出野趣。那个穿大红滑雪衫的小女孩抱草来了，雪地上飘动着一团火焰。狗总是把草垛作为自己的安乐窝，一有什么响动就蹿出去干预，因此那头上常常沾着几根草，一副日理万机、不修边幅的样子。连绵的阴雨过后，天气放晴了，村妇在翻晒麦秸，阳光下弥散着潮湿的霉味。村妇后里跟着一群鸡鸭，欢天喜地地争吃麦秸中的麦粒、小虫，还有蚯蚓。村妇不时停下麦叉，抬头望着村外的田野。田野上，古老的斗笠开成不谢的花，有如女人们铺开的艳情和梦想。谁家的姑娘来人相亲了，姑娘被从田间叫回来，偷偷倚在草堆头换一双鞋，理一理头发，然后抱一捧草钻进厨房间去烧火。柴火"哔哔剥剥"地炸响着，姑娘从灶门洞里偷偷看着那个人，灶膛里的火燃了又熄，熄了又燃。月光下的草垛常常成为诗人追寻的意象，小河里的航船悠悠地驶近又悠悠地远去，藤萝在篱笆上垂下古典的娴静。主人归来了，拉上拖拉机的刹把，把什么东西"咣当"一声丢进工具箱，然后到草垛上拔一把草揩揩手，空气中便漾开一股柴油味。随着"吱嘎"的开门和关门的声音，四周又归于寂静，只有天地间款款吹动的风，那是舒缓的天籁之声，盈盈在耳。露水从树叶上滴落下来，一滴、两滴……

草垛脚下常常还会给你带来意外的惊喜，例如一早起来抱草时，发现草垛脚下静静地躺着一颗鸡蛋，那是谁家性急的母鸡留在这里的。有一年，我家丢失了一只芦花鸡，都认定是被黄鼠狼叼去了，全家人惋惜了一阵，也就不再去想它。可过了些日子，芦花鸡却领着一窝毛茸茸的小鸡从草垛后面走出来，那派头有一种初为人母的矜持和高贵。原来这段时间里，它一直沉浸在做母亲的憧憬之中。它先是把蛋偷偷生在草垛后面，然后自己又在那里孵出了一窝小鸡。我们总是无法想象，这些日子它是靠什么维持生命的。芦花鸡拖儿带女，在草垛前自由自在地徜徉，从它们叽叽喳喳的议论中，你可以体味出不同的情绪：疼爱、撒娇、训斥，甚至争吵，这不由得使人们想到一首童谣：

　　老鸡骂小鸡，
　　你是个笨东西，
　　我叫你唱咕咕咕，
　　你偏要唱叽叽叽。

生命的赞美诗像阳光一样，铺陈在这片洋溢着幸福感的草地上。四处静极了，连蒲公英也收起了小花伞，这时候，似乎整个世界都在倾听它们的声音。

这一幕草垛前的轻喜剧，好长时间里一直成为我们全家人津津乐道的话题。

日子安然如常，季节的风景轮回往复。小河边昏昏欲睡的茅屋变成了瓦房又变成了带外墙砖和卫生间的小楼，乡村像怀着希望的少妇，在年复一年的春风秋雨中走向丰韵和成熟。

只有草垛还在原来的地方，有如一位敦厚的老人，在乡村中默默地守望。

桑园

过了谷雨，桑园便进入了生命的旺季。传统农家的收成，大致一半在稻麦，一半在蚕桑。侍桑养蚕是女人的事，自蚕种进门以后，乡村女人的劳碌也大致一半在蚕室，一半在桑园。

桑园是女人的乐土，蚕宝宝一起身，女人们便挎着那提把很高的竹篮采桑叶来了。初夏是放纵的季节，大片大片的红，大片大片的绿，简直有一种奢侈的意味。桑园里葱郁一片，绿得令人透不过气来。太阳一照，每一片胡桑叶片鲜绿光亮，翠得像玉，薄得像纸，仔细看去，那规则分明的叶脉有如地图上的江河水系。采桑不是个脏活儿，又轻巧得很，因此女人们一个个都打扮得格铮铮的，像是去赶集。阳光一缕一缕地透进来，在她们身上缓缓地游动，桑枝轻摇，叶片拂着女人的脸颊，那影子也是绿的。女人们一边采撷那硕大的叶片，弄出呼啦呼啦的响声，一边高声大嗓地说笑，那声音被浓密的绿叶滤过了，仿佛梦幻一般。所说的话题无非是各家的蚕情，以及桑叶够不够之类。蚕的一生，除去睡眠，就是不停地吃，一层桑叶布上去，只听到一片小雨淋漓的沙沙声，听着像春雨敲在瓦楞上，轻轻地，很有节奏,有如一阕生命的赞歌。转眼工夫,那一层桑叶便剩下了丝丝缕缕的叶脉。蚕短暂的一生要吃进去多少桑叶呢?谁也没有算过。养蚕的女人只知道多大面积的桑园,可以养多少蚕,大体上不会有出入的。

有雨的日子桑园里格外静,小雨潇潇洒洒地落在叶片上,那声音很近又像很远,迷茫中给人一种恍恍惚惚的感觉。蚕是有洁癖的小公主,带露水的桑叶是不能吃的,更不用说淋过雨的了。因此,不到万不得已,女人们是不会在雨中采桑叶的。但若是遭遇了连绵的阴雨,也只能穿上雨衣走进桑园。这时候,她们的动作会格外精细,先抓住桑条摇一摇,抖落叶片上的水珠,然后慢条斯理地采,全不像往日那样风风火火的。一想到蚕宝宝那翘首茫然的模样,女人们心里满是爱怜,可一个个用的却是嗔怪的口气,如同嗔怪自家贪食的孩子一般。淋了雨的桑叶采回去,须得一张一张地揩干净,然后才能布到蚕床上,那每一张叶片上,便印上了女性婉约的姿影。

随着蚕宝宝的身子一天比一天壮硕,桑园却一天比一天清瘦了。桑叶采光了,只剩下一根根枝条孤傲地伸展着,风过处悄然无声,下雨时也不再喧哗。桑园冷寂了好多,或者说在等待着什么。

过了些日子,先前采桑的女人又在桑园边的村路上出现了,她们是去卖蚕茧的。蚕茧的竹箩装得很满,上面盖着一条蓝印花布的围裙。毛竹扁担颤颤悠悠的,女人的身姿显得很轻盈。一路走过,一路说笑,那一季的欢乐都在笑声中得到了张扬。照理说她们家家都有自行车,有些人家还有摩托车,本来可以让男人骑着自行车或摩托车送到收购站去的,但她们不愿意那样做,似乎那样便冲淡了某种应有的仪式感,也少了许多乐趣。她们的目光掠过桑园,灿然的阳光下,桑园一片萧疏,仿佛落尽铅华的少妇,一副素面素心的样子。有眼睛尖的女人突然叫起来:看哪,胡桑枝条上又绽出苞芽来了!

是啊，桑叶又开始绽芽了，接下来就该张罗下一季的蚕花了。

毛竹扁担颤颤悠悠，女人们的脚步越发轻快了。

菜花

"蚕豆开花哄煞人，豌豆开花有巴成。"这是乡村里两句古老的谚语。蚕豆花是急性子，一开春就迫不及待地探出了头颅，淡淡的青紫色，中间有一块黑斑，像一只不规则的小酒杯，不怎么起眼的。其实那时候离收获还早。豌豆开花大致要到谷雨以后，一串串小白花，素面素心的样子。在它的身边，麦子已经圆身抽穗了，田野上的风一天比一天温情。

在蚕豆花和豌豆花两个季节之间，是清明前后盛开的油菜花。

菜花是乡土情结的经典意象，它让人们想起小河里涨满的春水，男孩鼓着腮帮吹响的一支芦笛，泥土在犁铧下闪着滋润的光泽，香椿树上的小喜鹊出巢了，柳丝在春风里多么轻盈，田埂上走来一队村姑，笑声摇曳着自由自在的阳光。菜花开了，乡村也走进了一个希望的季节。

在所有作物的花中，菜花是最壮观的，那是一种华丽的高贵，又是一种华丽的朴实。好大一片烂漫的金黄色，汪洋恣肆，云霞一般铺展开来，你只能用华丽来形容。虽然菜花是乡土气的，人们一般也不会把它和华丽联系在一起。但华丽有时是一种气势，本来并不华丽的个体，汇聚在一起就有了华丽的视觉冲击力。就像竖琴的揉弦或长笛的颤音，可以汇聚成气象万千的华彩乐章。大片的菜花，让人真想扑进去打几个滚。《九九艳阳天》中有一句唱词："蚕豆花儿香啊麦苗儿青",为什么不是"油菜花儿香"呢?写里下河的春景不写菜花,实在是说不过去的。

菜花开了,乡村里到处浮动着若有若无的香气,那香气不妖娆,不媚俗,是平民品格的质朴,又有着乡野风情的浪漫,足以让人陶醉的。蜜蜂和蝴蝶飞来了,追逐着香气也追逐着明媚的春光。女人们从田间走过,衣服上沾满了金色的花瓣,于是走到哪里,蜜蜂和蝴蝶就跟到哪里,真可以用"招蜂引蝶"来形容。有时候,菜花也被女人插在发髻上,就那么极随意的几枝,却使女人整个地鲜亮起来,生动起来,一颦一笑都流溢出青春的自信。这是乡村妇女特有的雅趣,甚至可以说是一种特有的"艳福"——她们因劳动而美丽,也因美丽而使劳动具有了诗的意味。她们亲和土地,亲和阳光,漫山遍野都有她们采撷不尽的艳情与梦想。

一阵风雨过后,菜花便凋落了。凋落是一种无奈,也是一种壮烈。它不像桃花那样招摇作态,楚楚可怜;也不像柳絮那样漫天飞舞,攀附着行人的衣袖。它默默地投入土地的怀抱,矜持而无悔。似乎只在一夜之间,地上金灿灿一片狼藉,有点令人伤感。但看看原先的花枝上,青嫩的油菜荚已经举起来了,那是它们对大地和阳光最有价值的奉献,而先前的华丽只不过是一种仪仗。仪仗说到底是一种场面之物,但就从它敢于铺陈那样盛大的仪仗来说,菜花也是应该划入高贵一族的。这时候,东南风开始送来布谷鸟的叫声,乡村的日子像正在孕育的果实,变得饱满了。

序《旧雨》

张生,阳湖人,有才华,在南大作家班修炼时,追外语系一美眉,双方均属羊,生遂以羊羊为笔名,寓二羊长相知长相守也。从此,文学江湖上遂有操双股剑之白袍小将张羊羊。双股剑者,诗歌散文也。

张羊羊身边的那只"羊",我见过几次,印象很贤妻良母,但不知芳名。现在知道了,因为读了这本题为《旧雨》的散文集,从其中一篇文章的字里行间,知道她叫孙婷。从另外一些篇章中,我还知道了他儿子、母亲、奶奶的名字,以及他那个酒量甚好的女同学的名字,知道了他个人生命史的大体脉络。当然,读一个人的散文,并不是为了探究他的家世和交游。如果确有探究之必要,那也是若干年以后的事,到那时,如果有一门被称为"张学"或"新公羊学"的显学,学者们自会争先恐后地拿着放大镜来数他有几根白头发。眼下还用不着。

眼下我读《旧雨》,最大的收获就是常常有灵感的萌动。这就好比一个食客,吃着吃着就有了自己下厨的欲望。这不是说自己比厨师的手艺好,而是因为就这些很普通也很熟悉的食材,自己却从来不曾做出过这么好的味道。这说的是做菜,再说文章。《旧雨》每每触发了我心底那份旧日的乡村情感,但偏偏自己又从来不曾这样表达过。这大概就是所谓"人人心中所有,人人笔下所无"吧。说"人人"可能绝对了,应该说"很多人",我就是"很多人"中的一个。以我的阅读经验,这是好文章的一个重要标志。

张羊羊也算少年得志,早在中学时就有作品发表和出版。这种才气型的作家往往喜欢炫示华彩,但他却钟情于故乡炊烟下的家常味道。据说沈从文晚年喜欢用"家常"二字来评价作品,认为那是一种很高的境界。《旧雨》虽说不上一顾倾城再顾倾国,却蕴藉、温存,流溢着清新质朴的诗意。一个作家即使著作等身,也即使写到三百岁,但写来写去,还是走不出童年的那个村庄,因为那里是你灵魂的底色和归属。旧雨者,老朋友也。全书凡六辑,曰植物,曰动物,曰人物,曰食物,曰旧物,曰风物。此六物,皆老朋友也。我亦农家子弟,读这些篇章最能心领神会,亦钦羡于作者笔力抵达的深度和写作态度之真诚。书中所呈示的现场感、民间性以及对个体价值的尊重和体恤,每每令我心折,亦每每勾起我的几缕乡愁。例如读《猎人》,一边便想到老家旧时的类似场景。在冬日的旷野上,偶尔也见过捕猎野味的那些汉子,他们一行十数人,带着土狗、鱼网和长竹竿,前呼后拥,浩浩荡荡(本来够不上这个词,但因为后面跟着的围观者,顿成浩荡之势)。但是说实话,我从来不曾看到他们有所收获,哪怕是老鼠大的一只猎物也不曾得手过。公社化以后的农村,经过大规模的平整土地,野生动物的生存空间已荡然无存,见到一只黄鼠狼不啻见到一只大熊猫,哪里还有猎人的用武之地?那些猎人其实也不在乎收获,他们在乎的只是冬闲季节的一次放纵和娱乐,就像苏东坡在密州"左牵黄右擎苍"那样。

而在读《毽子》一文时,我甚至产生了某种窥视欲。起初是惊艳于文章最后孩子留在书页上"油腻腻的小指纹"那样精妙的细节。后来一想,这是不是作者由灵感到诉诸表达的操作技法呢?作者或许是先从陆放翁的诗中得到了"寒具手"(会弄脏书画的手印)的灵感,然后设计出孩子一边吃饭一边翻书的场面,再辅以上文中已然铺垫过的"一根一根掰着吃"以及作者饱含人生况味的心理活动,整个场面就不仅气韵生动,而且极富于层次感。这样的推测有点刻舟求剑的味道,很可能不靠谱,但其中至少暗示了关于散文写作中如何张扬主体想象力的某种可能。文章是需要设计的,这就是匠心。在我看来,所谓设计感在大多数情况下并不是一个贬义词。

还有一篇题为《米酒》的文章,从那里我知道了"青州从事"不是官职,而是好酒的隐称。张羊羊善饮,这大家都是知道的。此前有人说过,写张羊羊而不写酒几乎是不可能的。但我在动笔之前就决定不写酒,因为我的酒瘾和酒量都达不到他那个级别,不够资格。那就打住吧。

但既然已经说到了酒,我还要再说一句:

《旧雨》是一坛风味醇厚的阳湖双套酒。

"双套酒"这个词带有手工意味。好的文章——特别是散文——原本就该是一种手工产物。

是为序。

顾曲周郎

前几天整理书架,发现一本陈旧的记事本,随便翻翻,是上世纪八十年代中期的采风笔记,字迹已有些漫漶难识,但内容却极有意思,其中的不少材料后来我在作品中都用过,现在偶尔温习,油然有一种如晤故人般的欣喜和亲切,而记在前面几页的那些段子——例如后来在圈子里传为经典的"而已汤""二氧化碳""上频道和下频道"以及"民兵营长告状"等等——都来自我的朋友周建平。

想起周建平,面前便浮现出他那沉静而无辜的眼神。在南黄海潮起潮落的日子里,在范公堤上行道树苍莽逶迤的背景下,他可能带着一群浓妆艳抹的男女在乡村的小舞台上演出,裙裾飘飞,丝竹悠扬,他吆三喝四,脸上也带着油彩,手里可能还抓着一把二胡,而那几个上蹿下跳的小演员中,就有他刚上小学的儿子。我曾在他主政的乡文化站住过些日子,那是晚玉米和水稻扬花的季节,那座原先叫旧场后来改名海防再后来又改回旧场的小乡镇安详在带咸味的海风中。夕阳还没有收尽余晖,抢在早秋特有的那种花脚蚊子发动第一波攻势之前,我们坐在他宿舍门前的小矮桌上吃晚饭，主食是玉米渣子粥，但一盘红烧小杂鱼总是有的，其他可能还有韭菜炒百叶或者咸菜炒毛豆。他能很精致地把一条小鱼剔食得干干净净，然后极随意地把鱼骨有头有尾地陈列在桌面上。吃好晚饭，暮色便合拢过来，于是嘴一抹：撤席！小竹椅在地上拖来拖去，发出大惊小怪的吵闹声。那是一个物质匮乏的年代，我不记得那张小矮桌上有过酒，但东乡的豆制品却堪称美食。

喝酒的日子也有，那是我调离海安以后，有一年为了搜集清代文字狱的材料，我经由扬州、高邮来到旧场。时值春节期间，正在喝酒的当口上；又是老友重逢，不喝个昏天黑地岂肯罢休！我们醉醺醺地骑着自行车去邻近的栟茶，寻访乾隆年间"一柱楼"诗案的遗迹。借助酒力，我们在范公堤上把车子踏得飞快，一时真有"风乎舞雩，咏而归"的酣畅感。经过一座桥时，我告诉他：下面这条以栟茶命名的运河，其上游就从我家门前流过，这样说起来，我们也可以算是一衣带水了。那时候我们都才四十岁上下，精力爆棚且自负满满，吃得大碗酒肉，也写得大块文章，那种风樯阵马如日中天的生命体验，后来每每忆及总是心驰神往，所谓诗酒年华，就么几年啊。

在他那个岗位上，周建平堪称全才，编、导、演加之组织协调，在一个乡镇的文坛上，真可谓呼风唤雨。我曾在某个场合戏称他为"顾曲周郎"。这么多年来，我和他虽过从寥寥却可称知己，原因就在于他的性格魅力。周建平是一个有才华的人，但他也是一个有趣的人，作为朋友，我更欣赏后者。有趣不是油嘴滑舌的卖弄，而是一种生命力自信而舒展的笑容，所以我用无辜来形容他的眼神，这无辜体现了一种对场面和情绪游刃有余的把控能力。我经常会遇到一些无趣的人，这种人能把一个很有趣的故事讲得索然无味，然后面对着毫无反应的听众，他自个儿笑得上气不接下气，让人不由得会生出几分怜悯来。周建平不是，他是蕴藏丰富的段子手，要不然我记事本里的内容也不会那么充实。但他不动声色,不仅讲的时候不动声色,而且在别人忍俊不禁时,他仍然不动声色。他一点也没有被自己的讲述所感染,反而很无辜地望着别人,仿佛在说:这有什么好笑的?

有趣是一个人的魅力所在,也是写文章的要旨所在。老实说,文章不能太正经,太正经就僵掉了。经典如《红楼梦》,如果拿掉薛蟠、焦大、贾瑞、刘姥姥、傻大姐等人试试看。《红楼梦》是贵族生活的百科全书,但总是写诗礼簪缨也无趣,总要不拘一格才好。有一次贾宝玉等人在冯紫英家喝酒,以"女儿悲""女儿愁""女儿喜""女儿乐"行酒会,参与者有贾宝玉、冯紫英、云儿、蒋玉菡、薛蟠等五人,不知道读者中有多少人记得前面四个人酒令的内容,我估计不多,但呆霸王薛蟠的那几句呆话却可谓脍炙人口。不要认为粗俗下流的东西就能不胫而走,不是这样的。你仔细分析一下薛蟠那四句打油的粗话,其实也体现了作者艺术构想上的某种匠心(这里所说的作者当然是小说作者曹雪芹)。你看,第一句:"女儿悲,嫁了个男人是乌龟",这是薛呆子的本色,粗俗不堪;第二句:"女儿愁,绣房里蹿出个大马猴",倒又有几分顽皮可爱,而且顽皮得不同凡响;再看第三句:"女儿喜,洞房花烛朝慵起",却又斯文起来,引起众人"何其太韵"的夸奖。殊不知,这一句的斯文,恰恰是为了反衬第四句那种肆无忌惮毫无底线的下流:"女儿乐,一根××往里戳",真是石破天惊,大煞风景,难怪被大家齐骂"该死该死"。区区四句酒令,亦有艺术旨趣的起承转合,推拉摇移,能不令人叹服?对于《红楼梦》中的诗词,——酒令也是诗词的一种——木心先生有几句著名的评论,他说:"《红楼梦》中的诗词像水草,放在水里好看,捞出来就不好看。"意思是说,那些诗词只能在小说里读,那是塑造人物和小说艺术的一部分,如果单独拎出来,就显得过于纤弱或矫揉做作。但我倒觉得,薛蟠这几句酒令,放在小说里固然精彩,若单独拎出来也很有意思。

贾宝玉和薛蟠等人行的那种酒令，在民间故事中称为出对子，我的采风笔记中也有不少段子是关于出对子的，其中有一则应该也是出自周建平之口，我且抄录如下，搏诸公一笑：

甲乙丙三人经常聚饮，丙机灵而吝啬，专吃白食，从不做东，甲和乙设法躲他，却又总是躲不掉。一次两人躲到河中心的船上吃酒，谅丙再无办法，可丙还是找来了，此公上了船先道一声"小弟来迟，甘愿罚酒三杯。"甲和乙有意羞辱他，说一声"且慢"，便提出以"有去有来"和"有去无来"出对子，对好了对子再喝酒。甲曰："有去有来织布梭，有去无来水上波，织布梭来水上波，腰里无钱请莫坐。"乙曰："有去有来梁上燕，有去无来弓上箭，梁上燕来弓上箭，腰里无钱莫进店。"丙自然听得出这是在骂他，便反击道："有去有来腹中气，有去无来放的屁，腹中气来放的屁，腰里无钱受鬼气。"

我已记不清周建平讲这个段子时的具体场景，是在旧场文化站的秋风庭院，还是在角斜或海安的某次茶余饭后，但我可以想象他那沉静而无辜的眼神，那种不动声色中的笃定。

壬寅年冬至前夕

母亲三章

一、云烟旧事

东家的二婶常说:"我来的时候,福儿还没这桌子高,老是苦着脸叹气。谁问他,也总是那句话:'我没得老子。'像个小大人似的。"

算起来,二婶嫁过来的时候,我才三岁,依稀记得是坐轿子来的,带着吹打,很风光。远近的人都说,林春讨了个"毛连眼",盖全村;也凶,比林春大三岁哩。新娘子到底漂亮到什么份上,我已记不清当初的模样了,但直到现在,二婶六十岁出头了,走出来还格铮铮的,可以想见40年前的"盖全村"并非虚妄。

"福儿"是我的小名,福谐腹,只有遗腹子才用这名字。

遗腹子所感受的是一个母性的世界,至于父亲,只从母亲那里一鳞半爪地听到,说父亲很敦实,不大讲话,乍一看像个"肉头",但内里却极精到,说得最多的是一次上街卖猪,账房先生把秤砣一抹,手指刚搭上算盘,父亲已脱口说出个数码来了。账房先生那惊诧的目光便从老花镜的下边定定地瞄过来:这个沙包佬,倒看不出……

母亲自说自话的时候,语调中透着落寞与悲凉,一边轻轻地拍打着我的屁股蛋，因为这时我大抵总是钻在她怀里吃奶的。吃奶往往不是由于饥渴，而是一种习惯性的游戏。这游戏一直延续到上学以后，每每放学回来，见母亲正在田间劳作，便迫不及待地扑过去，扑进那散发着温热汗气的怀抱。母亲则停下手里的活儿，极惬意地在田埂上坐下，微微闭上眼睛，任我有滋有味地把乳头吸出响声来，那神态似作小憩，又俨然在静心静意地欣赏一首赞美诗。间或田埂那边有人说："三嫂，你咋这么容着孩子？回去用胡椒往奶头上一拓，看他还吊不吊了？"

母亲便笑着："咱不拓，咱不拓，人家吃奶吃到娶媳妇哩。"

我的母亲，似乎只有这时候才会停下来小憩一会儿，也只有这时候才会展颜一笑。

母亲那怀里总是汗津津的，乳房也日见干瘪，一家5口，生活的负担太沉、太沉。祖父八十多岁，眼睛已近乎全瞎。我和姐姐都不到十岁。另外还有一个大哥，解放初期，他正读师范二年级的时候，却因病辍学回家。他得的是肺结核，在当时是不治之症。大哥极聪明，文章和字都很出色，心气又高，得了这种病，内心的烦闷是可以想见的，因此，便每每无端地在家里发脾气。母亲总是赔着小心，不声不响地收拾摔碎的碗瓷。间或说一句："你身体不好，歇着点，别发躁。"发完了脾气，大哥便一个人躲进房间里，搥自己的头，偷偷地哭。他是1960年初夏离开这个世界的，母亲把家中的杉木大门脱下来，给他做了一口棺材，葬在父亲身边。大哥是属鸡的，享年28岁。

大哥死后，母亲常常会自言自语地反躬自省："如果当初让他娶了冠珍，或许就不会……"

冠珍是邻村的姑娘，在我记忆中是高高的、瘦瘦的，极文弱的样子。有一段时间，大哥和她好上了，但母亲竭力反对，她知道，大哥这种病结了婚会越发加重。记得有一次傍晚时分，我放学回来，见家里的气氛有点异样,朝房里一看,原来是冠珍来了。那阵子大哥正发病,躺在床上,冠珍坐在床边,拉着大哥的手,似乎也不在说什么,只是相互看着。母亲冷着脸,在院子里吆鸡打狗的。不一会儿,冠珍走了,大哥从房里挣扎着冲出来,雷鸣电闪地发作了一通,当然又摔了东西。不久,冠珍嫁给了本大队的一个军官,随军到广东去了,大哥也日见暴戾颓唐,终至一病不起。

有人看见,大哥死去的那年深秋,冠珍回来探亲,一个人来看望过大哥。寒烟衰草,落叶萧萧,冠珍在大哥的坟上徘徊了许久,走的时候眼睛红红的。

眼下40岁出头的女人,还可以堂而皇之地称为少妇的,也不会拒绝各式新潮时装和"霞飞奥丽斯"之类。母亲是36岁上生我的,可是在我的记忆中,母亲从来便是个老人。她那样瘦小,脸上那么多的皱纹,眼睛一经风便流泪,那是生我的时候,月子里经历了太多的悲伤。她总是忙,晚上也总是很晚才回来。每天,我站在村头的大路边等她,暮色里走来的每一个身影都会撩起我温馨的希冀,可归来的身影又一个个从我面前过去了,他们都不是母亲。在这种百无聊赖的等待中,有时,我便会倚着什么睡去。醒来的时候,往往是母亲正抱着我,用心细细地替我洗脚。灶门口的火光一闪一闪的,映着她那张疲惫的脸。炊烟在茅檐下缭绕,弥漫着玉米粥清甜的气息。

倘若白天跟着母亲一起下田,便可以躺在田埂上,检阅羊群似的白云和浩浩荡荡的蚂蚁队伍,或赤着脚,吧嗒吧嗒地追逐田间的野趣。有时去得远了,偶一回头,见母亲正直起腰身,撩起衣襟擦汗,天空湛蓝湛蓝的,日头明晃晃地照着,那发丝飘零的身影雕塑一般,令儿子怦然心动,看得发呆。母亲一边劳作,间或便要喊一声:"福儿,别走远了。""福儿,妈挖了花生芽,快来吃。"声音甜甜的,暖了儿子的心。但有时,那喊声也会变得粗暴:"福儿,要下雨了,快回去。"我一看，果然天边正涌上一堵乌云，太阳也黯淡下来。我不走，要跟她一起回去，母亲便板起脸："一个人回去，妈干活哩。"

雷阵雨，说来就来，追着我的脚步扑到门前，闪电撕开混沌的雨帘，天地间一片惊心动魄的破碎声。在这一瞬间，我突然想到了母亲，想到她会不会被雷打死，我惊恐至极，哭喊着扑向暴风雨……

结果是，母亲抓小鸡似的把我从村头的泥水中拎了回来，铁青着脸问："别号丧，这么大的雨，谁让你往外跑的？"

我边"号丧"边申述："我怕，外面响大雷哩，我怕妈被雷打死了……"

母亲就如融化了似的向我倒过来，将我搂进怀里："乖，别怕，雷不会打妈的。"她紧紧地搂住我（那怀里冰凉冰凉的），面颊上潸然而下的，不知是雨水还是泪水。

母亲虽然个头不高，但干活很麻利，特别是点种、收割、打场之类，更是全村的"一把手"，人家都喜欢请她帮工（那时候还没实现合作化）。我也喜欢，因为她去了，我可以跟着去"吊桌子"，特别是收种季节，阔气点的人家说不定要买肉的。我去了，妈不让我上桌，只坐在下面的小杌子上，桌上"请"起来了，妈就把她的那块肉搛到我碗里，自己则埋头扒饭。一般"请"过三巡，肉碗就空了，妈便倒几口肉汤泡饭，她说肉汤泡饭实在比肉好吃。有时"请"过三巡，碗里还漂着零星几块，大家都叫母亲吃掉，她却从来不吃，说是肉汤太油，凉住了，也不肯搛给我吃。

我家也请人帮工，但从来舍不得买肉，即使是过年，也只是除夕晚上才能吃上一回。正月里，别人家的孩子都出去走亲戚拜年，欢天喜地，小皇帝似的。母亲却从不让我出去，我总是埋怨没有七大姑八大姨的，母亲的娘家也绝了，连个舅舅也没有。后来才慢慢悟出来，原来是母亲怕礼尚往来，我们去别人家拜年，人家也自然得到我家来的，正月里的头几天，桌上没有肉和鱼不好看。因此姑妈家的几个表哥每年都到正月底才来拜年。表哥来了，母亲便说：咋不早点来？天天都在瞟哩。她把藏在坛子里的炒花生和爆米花捧出来，还有过年留下的拳头大一块咸肉，母亲把它切得很薄，盖在咸菜上炖得油汪汪的，大家吃得很香。

  大约在1956年前后，因为一场纠纷，我才知道我有一个很不简单的外公。那一阵家里似乎很亢奋，大哥更是频繁地出门找人。晚上，还关起门来，叫我给磨墨，让他写什么状子。大哥写字很格局，正襟危坐，腰杆挺得很直，先握着笔屏气凝神，作沉思状，然后抬起肘子，洋洋洒洒地一挥而就，写好后略改几个字，轻轻复念一遍，很自得的样子。母亲则站在一旁，老是说着那句话："当初他可像只乌眼鸡似的，看不得咱家那七亩好水田哩。"或"你外公的消息传回来，他关着大门喝酒，尸也不肯去收。"

  后来我渐渐明白了，原来外公是个浑身带着光环的革命烈士，1927年的党员，担任过县委的军事部长，是我们这一方的风云人物。前一年，政府发下来120元抚恤金。那时候，一只鸡蛋才3分钱，一个为人师表的小学教员月工资也只有12元。可见120元是个不小的数字了。但外公有个弟弟——当然算是我的叔伯外公了——却瞒着我们家，独自把抚恤金吞吃了。大哥听到消息，很是义愤，因为母亲是独养女儿，现在外公外婆都已作古，母亲理所当然地是第一直系亲属。她去找叔伯外公交涉，叔伯外公不认账，说他是烈士的弟弟，和烈士一个娘胎里出来的。"姑娘算什么？嫁出去的女，泼出去的水，何况是个野种，假人假马假到底哩。"所谓"野种"云云，系指母亲是外公抱养的，并非亲生。大哥算是个知识分子，自然懂得一些新社会的政策法规，于是诉诸政府。结果，双方打了个平手，抚恤金利益均沾。最后，当叔伯外公从腰包里抠出60元钱给母亲时，说了一句很刻薄的话："拿去，回家给那个痨病鬼打药吃。"

母亲回家以后，没有把这话告诉大哥。但那钱确是给大哥打药吃了。

等我上学以后，每年的清明节，学校照例要组织去祭扫烈士墓的，回校写作文时，一个个情不自禁地从笔下流出"心潮澎湃""可歌可泣"之类的形容词。是啊，那一页页鲜红的历史，确实有着惊天地泣鬼神的巨大震撼力，而其中最初的几页上，就记载着我的外公。在我那与生俱来的自卑心理的阴影中，外公是一尊辉煌而圣洁的雕像，时时辐射出生命的暖色。

母亲也经常说起外公，但在她心目中，外公却是另外一种形象。她说外公长相好，高个子，大脑门，头发向上梳过去，有时戴一顶直贡呢黑礼帽，很有派头。她说外公能喝酒，会赌钱，人又极"四海"，家中虽有七亩好水田，操持好了也够他吃喝的，但他总是要往外跑，当牛行，当草行，赚大把大把的钱，赚了钱就用，从不藏藏掖掖的。家里时常有三朋四友的来，来了就称肉打酒搓麻将。他这人一辈子都吃香的喝辣的，到哪里也有人请他上馆子。四周围有难解的纠纷，只要他一到，天大的冤仇也烟消云散。母亲说起这些的时候，有一种神圣的崇拜和自豪感。

母亲还说，外公闹共产，是由于跑小路。跑小路就是搞野女人。外公跑小路，外婆从来不问，随他去。但由于村里的一个寡妇，结下了仇人。那家伙也是个狠角色，外公奈何他不得。民国十六年闹共产，外公第一个参加进去，并且第一个把那"狭路相逢"的家伙绑在村头的香椿树上，用麦叉活活戳死了。

外公被捕以后，外婆去看望过，当时只要他在自首书上签个字就能不死，外婆劝他认了，好汉不吃眼前亏。外公说了两句话，一句是："我这人，死就死在一边。"一句是："你不要舍不得我，我这一世人生，什么样的福也享过,死了没啥抱怨的。"

就在外婆去看望的第二天(民国十八年农历六月十九日),外公被押往刑场,同去的一共5个人,用铁丝穿着琵琶骨连在一起。通往刑场的路很长,在走过一座桥时,外公突然感到不对头,怀疑是要往周益庄去,一年前他亲手杀了周益庄的地主麻乡约(乡约是旧时乡村中管事的头面人物),麻乡约的儿子后来当了铲共团,这会儿就在后面押着他。他怕今天要被挖出心来祭麻乡约,便大喊一声:"横竖是个死!"往桥下一跳,其他5个人当然也一同下去了,桥上一阵乱枪,血水澎湃了半河……

母亲讲述这些的时候,语调平淡而矜持,眼睛定定地望着很远很远的地方,没有激愤,没有悲戚,有的只是那种春蚕吐丝般绵长的思念。我得承认,母亲口中的外公活灵活现,带着虎虎生气和奕奕神采,却又没有烈士墓前介绍的那样辉煌圣洁。我不知道哪一个更真实。

除去一次性的60元抚恤金,外公的光环对于一个贫寒拮据的农家是黯淡而遥远的。深夜里,我常常会被大哥那喘不过气来的咳嗽和母亲轻轻的叹息惊醒,于是便好一阵不能入睡。大哥的脾气日见暴躁,每当他雷霆震怒时,母亲便对我说:"福儿,别在家里惹你哥生气,到社里玩去。"

社在我家西面不远,有办公室、仓库、粉坊、豆腐坊什么的,很大的一个四合院。我从家里出来了,心里空空的,对一切的玩乐都失了兴趣,只呆呆地看一个小老头写标语。标语是用石灰水写在墙上的。社的院墙很长,那标语自然也长,他写的是:"发扬武松打虎的勇气,唐僧取经的恒心,大禹治水的毅力,愚公移山的精神,为实现农业机械化、水利化、电气化、化学化而奋斗。"老头很专注,一副旁若无人的样子,很少向我看一眼。只有一次,他似乎无意问了句:"你哥这些时有没有发病?"我扭头不答。我这人从小就有一种畸形的自尊,最不喜欢人家问我大哥的病、家中的困难之类，即使那是出自真诚的关怀，我也一概不喜欢。

　　这老头是本大队的一个地主，很有学问，据说上过大学（也有人说只是高中毕业）。因为有学问，大家便叫他陈先生，解放前就这样叫。那时陈先生不仅家里有百十亩好田，在扬州还开着铺子，在政界也小有影响，和国共双方都有交往，还出面营救过共产党方面的几位要人。陈先生对人很客气，对佃户也不很刻薄，因此，在人们眼里，他和其他地主是有区别的。合作化以后，社里有些写写画画的事，就叫他干。围墙上那条标语，就是他自己独出心裁的创造。不过有人说，陈先生学问虽高，字却蹩脚得很，这是实评，连陈先生本人也承认的。但在我眼里，那字是极好的了，单是那么大，就很了不得。

　　直到母亲在门前软悠悠地喊，我才蔫蔫地往回去，此时大哥已熄了火气，正似看非看地捧着那本商务印书馆的《古文观止》。我看看时机极好，便提出那标语问他。大哥好为人师，又不能常为人师，因此，一遇上这种机会便表现出少有的兴奋。他从武松打虎讲到愚公移山，还有大禹三过家门而不入，直讲得头头是道，神采飞扬，苍白的脸上也现出几许红晕。我最初的那点历史文化知识，大概就是从那时候开始的。

　　大哥也说，陈先生的学问是没说的，但字不行。

　　大哥是个浪漫色彩很浓的人，他对那墙头标语的解释简直近乎神话："机械化就是什么也不用人动手，庄稼成熟了，联合收割机从田里开过去，前面吃进去的是带秆儿的麦子，后面吐出来的是馒头，还热乎着……"讲到这里，他突然叹了口气，黯然地看着窗外，脸上又渐渐恢复了那没有血色的苍白。

　　我知道，他大概是想到了自己的命运，自己的病……

　　一次，我放学回家，陈先生又在村头写标语，我站着看了一会儿，陈先生仍旧旁若无人地专注,我走出不远,有人问我:"福儿,你刚才看什么?"

"看陈先生写字。"

那人脸上现出一种诡谲的笑容:"你不该叫陈先生,该叫他舅舅。"

"你瞎说,我妈姓李,我没有舅舅。"

"你妈是领来的,这个陈先生才是你的亲舅舅哩。不信,回去问你妈。"

我感到蒙受了莫大的侮辱,这个叫陈先生的地主,怎么可能是我舅舅呢?我狠狠地瞪了那人一眼,扭头便走。

当然,我把那人的话对母亲讲了。她呆了一会儿,说:"挑猪草去!"

于是我便去挑猪草,出村时,远远地躲开了那个写标语的小老头。

此后不久,陈先生迁居扬州。1963年社教运动中又被遣送回原籍改造。1979年再度迁居扬州,据说曾担任扬州某区的政协委员,子女也很出息。初时,村办厂有人去扬州办事,上门看望过他。回来说,陈先生见了家乡人很高兴,自己爬阁楼,硬是把床腾出来给客人睡,几个子女都是高级教师,云云。

后来便再也没听说有谁去看望过他。

二、艰难时势

母亲用家中的那副杉木门板给大哥做了棺材,把原先猪屋里的杨木门卸过来作了大门。杨木很重,开门关门,便"吱儿吱儿"地响,脆生生的很悠扬。每天,那旋律一早便闯入我的梦境,似醒非醒的慵倦中，我闭着眼睛，似看到母亲开了门，一边扣衣服，一边打开鸡窝，让鸡婆争先恐后地挤出来，在晨露湿漉的小院里印下一行行鲜活的"个"字。然后便去河边提水，母亲个子小，提水时必须将身子仄过来，仄过来，头发一直垂到腰际，桶里的水一晃一晃的，把一条裤管溅得精湿。等到她坐在灶门口生火做饭时，我已经揉着睡眼起床了，踉踉跄跄地拎起竹篮走出去。每天早饭前，我得挑满一篮猪草，然后上学。

但有时，那旋律也会失信，等到我醒来时，太阳已照在床头，到上学的时候了，我转了转那杨木门，却悄然无声。母亲一边给我盛早饭，一边说，是她把门窝子里洒了点水，不响了。"这几天考功课，用脑子哩，让你多睡会儿。"

母亲自己不识字，却很看重子女的功课，不管家中多么困窘，她也要让我们读书上进，从低矮的茅檐下走出去，开拓自己的人生之路。

1962年，我小学毕业，姐姐初中毕业。

那是个饥饿年头，老人们说，天道轮回，恰逢庚子鼠年，天下的粮食都被老鼠吃光了。村头的老槐树被人们从上到下剥光了皮，枯成了一株干柴。阳光下到处徜徉着浮肿病人的影子，一双双眼睛浑黄浑黄的，死鱼一般。一天吃晚饭时，姐姐说，要填报考志愿了，老师知道我们家困难，动员她考师范，因为上师范是供给制，用不着家庭负担。如果上高中，要到离家十几里以外的曲塘去，除去学费，还有伙食费、住宿费什么的，这些先不去说它，光是拿着录取通知书去报到，那一笔钱就捧不起。母亲沉吟了一下，问："师范出来做先生？""嗯！""做先生不错了，吃国家粮哩。"姐姐却低头吮着筷子。母亲又问："你自己呢？"姐姐迟迟疑疑地说："我想将来考大学，就是……"母亲没有作声，收拾起碗筷到灶上去了，她慢条斯理地洗得很细心，一点响动也没有。洗好了，平静地走过来："你要考曲塘就考吧，只要考得取，拆房子也让你上。"

在后来的那些年里，姐姐常说，如果当初母亲坚持要她考师范，她也就考了，家中那样难，她没有勇气，也没有理由拒绝。那样的话，可能在某一所乡村小学的讲台上就多了一名女教师，而现在这家工厂的总师室里则少了一名机械工程师。决定一个人的命运，有时只在反掌之间。

以母亲的见识，她当然不懂得当教师与当工程师的区别，反正都是"吃国家粮"的。但是她懂得多读书总是有好处的，更懂得尊重子女的意愿，而在当时，这种"尊重"却要付出多么艰辛的代价。

家中养了一头猪，一年前抓的，那是全家的希望之星。猪也善解人意，虽然没能吃上一口精料，却得之于四时嫩草的精华，长出了百十斤的架子。自留地上的新麦收打以后，母亲咬咬牙，每天从人的口粮里匀半瓢大麦粉给猪吃，一个月下来，那猪屁股的弧线居然出落得圆润且生动了。全家人便每每围着品头论足，心中充满了憧憬。来人了，母亲便请他们估斤两，都说不小了，一百二十斤是笃定，甚至有说一百三，一百四的。母亲满脸喜气，嘴上却总是不信："没那么重，我咋总不见它长呢？""你天天见哩，看惯了。""我看没那么重。"母亲虽这么说，脸上却越发神采明艳。

经过不知多少人的估看之后，母亲开始筹划卖猪了。卖猪是欢欣鼓舞的节日，但对于母亲，却毋宁说是一道苦涩难解的方程式。包括原先抓猪娃的本钱在内，一年来林林总总的开支，一笔笔都欠着，欠的时候，都说等猪卖了还。现在，即使按最乐观的估算，这头猪也是远不够还债的。母亲得根据各家的经济景况、拖欠时间，特别是亲疏为人，反反复复地排列筛选，以决定哪几家这次非还不可，哪几家再拖一拖，哪几家一次还清，哪几家先还零头。对于拖一拖和还零头的，预先就得和人家打招呼，当然，那是很难堪的事。母亲向来是很重脸面的人，但一文钱逼死英雄汉，在那些日子里，或清晨，或夜晚，我们常常看到母亲那瘦小的身影从村头蹒跚着走过来，直到进了家门，仍旧一声不响，我们知道，那肯定又是受了债主的脸色。而后，全家人便会不约而同地走向猪圈，围着猪一阵好看，心头似乎得到些许安慰。

终于到了卖猪的日子。那时人的口粮每月只有12斤，对猪的长期"优待"是断然吃不消的。猪没有卖给国家的收购站，因为怕够不上斤两，又得抬回来，折了膘分。谈好了，卖给村里的屠夫去宰杀，饿食120元一担，饱食100元一担。母亲选择了饱食。那天，我们挑了顶顶鲜嫩的青草，加进去两大瓢精料，煮了一锅好食，一家人围在猪圈前，看着猪吃。猪从来没吃过这么好的食，先是奋不顾身地吞咽，满头满脑的食水点滴淋漓。眼见得那肚子渐渐鼓起来了，便摇头摆尾地撒泡大尿，再回过头来，放慢节奏，优哉游哉地受用。母亲低头加食时，眼眶里似乎有亮晶晶的东西在闪动，我们也心里沉沉的。最后，母亲用手把食槽里的剩食刮到一起，在猪背上把手揩干净，祈祷似的说："猪过千年有一刀，总有这一天的。"便扭头去喊人来过秤。

猪哀嚎着挂上了抬秤，只见那秤杆老是往下戳，掌秤人向里抹了好几把才稳住了。母亲脸上僵得紧紧的，只是说："怎么只有这点，怎么只有这点……"掌秤人把秤打在那儿，对母亲说："三奶奶，你自己看，102斤，还疲疲的。"母亲叹了口气："我不用看，这猪是吃草长大的，架子有，其实没膘分，称不出斤两。"于是那几条汉子便发一声喊，把猪拖到隔壁林春家去了。

那个下午，我们一家三口坐在屋里，听着那边一片忙碌的响动，心头黯淡得很，母亲时不时的就冒出一句："这畜生，怎么只有这点斤两？"傍晚时分，林春家的二婶来了，说："三嫂，猪杀好了，也称点肉给孩子烧烧吧。"见母亲沉吟不语，又加了句："价钱大，就少称点。"母亲问："卖什么价？""贵是贵，两块半哩。"母亲迟疑地站起来，跟着二婶往外走。这时候，我突然义无反顾地扑上去，拦在母亲面前："妈，我不吃肉！"母亲愣住了，说："乖，咱就称几两，回来和着茄子烧，你们挑猪草挑到现在，该吃的。"我寸步不让地堵在门前："我不想吃肉，真的不想吃。"声音不高，却异常坚决，因为我感到喉头堵着一股热乎乎的东西，我怕抑制不住，要哭出来。母亲只得对二婶说："孩子不想吃，就依他吧。咱摊饼，多放点油。"

二婶走了以后，杀猪的来了，拎着一副猪肠子，挂在我家檐下，说："三奶奶，大肠不贵，只算8毛钱，可以烧两大碗哩。"当母亲用哀求的目光望着我时，我几乎是吼着喊出了一句决定性的话：

"我什么也不要吃，我要上学！"

跟着，我再也抑制不住了，心头的酸楚往上一涌，放声哭了起来。母亲也哭了，我们全家都哭了，泪雨滂沱，不仅仅是因为贫穷……

杀猪的"啧啧"感叹着，拎着猪肠子走了。

不久，我考取了初中，姐姐到曲塘去上高中。

但那次没称肉，母亲总觉得欠着我们什么。夏日的一天，她挑猪草回来，突然兴奋而神秘地把我们叫到面前，从篮子里捧出一团东西来，那是只死羊，而且不小。母亲说是人家扔在路口的，还没变味，去掉内脏和头脚有几斤好肉哩。当下她便起劲地忙乎起来，烫洗去毛，开膛破肚，每完成一道工序，她总要凑上去闻闻，然后说："生臭熟香，一下锅就好闻了。"我也凑上去闻过，觉得有一股异味，但这么大一块肉，诱惑力是显而易见的，我们都舍不得丢掉。

最后是下河去洗。母亲把羊放在篮子里，上面盖着青草，这么热的天气，把人家扔在路口的死货捡回来，张扬出去，人家要笑话的。

但河对面的庆芳还是发现了。庆芳的丈夫是部队的军官，三十五十的经常寄钱回来。她不上工，保养得白白胖胖的。此刻她在河对面洗衣服，发现了浮在水上的羊肠子，问母亲洗什么，母亲躲闪不过，说是家里的羊，夜里偷吃蚕豆，胀死了。庆芳连忙捂着鼻子说："死东西不能吃的，有细菌，不卫生。"母亲说："是哩是哩，洗洗看，能吃就吃，不能吃埋下去垩树哩。"

说话间，母亲已经三把两把洗好上岸了，庆芳又在河对面说："三奶奶，孩子少油水，煎几只蛋吃吃，营养也不错。我家就喜欢吃蛋，不大吃肉。"

庆芳确是经常吃鸡蛋的，我们家的鸡蛋都卖给她，一块钱6只，她是现钱，也不大计较个头大小。此刻，她那热情的建议使我们觉得心酸。有一则民间故事中说，富人问穷人："没有饭吃，你们为什么不吃肉呢？"庆芳并没有什么恶意，这人就是少文化，好炫耀，举止言谈有点贵妇人的派头。

羊肉烧了一盆子，母亲先尝了尝，说好吃，叫我们也吃，我和姐姐略略吃了几口，便都不吃了。下午，母亲把那剩下的半盆偷偷倒了。

从那以后，母亲一吃羊肉就反胃。

前年母亲病故，按乡间风俗入殓时，要在嘴里含上米粒和银子。所谓银子，其实只是象征性的，一星半点即可。我一时却束手无策，因为家中实在找不出一件可以称为银器的东西。有辈分高的老人提醒道："三奶奶当初不是有一副绞丝银镯子的吗？"我心头一酸，摇头叹息道："没了，早没了。"于是只得到邻家孩子的长命锁上用刀子刮下少许银屑，好歹让母亲上路时能带上点"硬通货"。

母亲确实有过一副银镯子，那是娘家给她"压箱子"的。在我的印象中，那是母亲拥有的唯一算得上首饰的东西，母亲也很珍惜，平时是不戴的，藏在箱子底层，偶尔开箱子拿东西，套在手上试试，眼睛里便有一种异样的光泽。1965年夏天，我考取高中，为了筹集开学的费用，家中能想的办法都想尽了，连老屋上的几根杉木桁条也用杂木换下来卖了。到最后，行囊里还差脸盆和热水瓶。学校在邻县，离家有五十多里，这两样东西都是住宿生必不可少的。我不忍心让母亲为难，便提出到学校和别的同学商量着合用，母亲却决然不肯："咱再穷，也不能让你在学校里低三下四，被人家看轻。"开学前一天，她果然给我买回了新脸盆和热水瓶，但那副"压箱子"的银镯子却从此不见了。

第二天早上，15岁的我踏上了去异乡求学的道路。9月的田野狼藉而空旷，大片的高粱刚刚收割，散发着苦涩微甜的气息。背着沉重的铺盖卷，想象着远方那个未等都市，心头说不清是兴奋还是迷茫。村路逶迤，雾露凝滞，西风刮起来了，传递着苍凉的秋意，蓦然回首，母亲仍旧一动不动地站在村头的老树下，在她的身后，故乡的茅檐若隐若现，早晨的炊烟乡愁一样地飘荡……

这是我人生道路上第一次孤独的远足。

走进了那所堂皇的省立重点中学，一切的感觉都新鲜得很。第一次跟着同学们去老虎灶冲开水，回来的路上，看着他们平平地提着水瓶，那般的意态倜傥，觉得很有几分惊险：那水瓶在他们手中几乎没有角度地平躺着，且又跟着手臂极随意地前后摆动，里面的开水咋就不会泼出来的呢？轮到自己时，却无论如何不敢那样冒险，必定要将水瓶保持垂直状态，当然，那是很吃力的。回到宿舍，当我终于提出水瓶的倾斜度问题时，却引起了一阵不大不小的惊诧："你在家里难道没有用过热水瓶吗？"我只得讷讷地承认："我们家没有热水瓶。"

于是有人窃笑，有人慨叹。我的这些从石板小街和瓦檐下走出来的同榜生员啊……

当然，后来经过操练，我也能把水瓶放到足够的倾斜度，且能卖弄出几分潇洒来了。

再后来，我知道那里面的开水其实根本不会流出来，因为我学了物理，懂得了气体力学及压强之类。

那只和我相濡以沫的热水瓶，后来却在宿舍的石井栏上不幸蒙难。那时候，为了节省菜金，我常常不到食堂吃中饭，从家里带点米，早上淘净、泡胀，灌进热水瓶里，中午回到宿舍冲上开水，闷上一刻钟，倒出来的，就是烫熟了的稀粥，这种方便快餐实在是很香的。但吃过以后，要把热水瓶里面清洗干净却颇费手脚。终于在一个冬天的日子，一失手成千古恨，随着那声钝响，井台上炸开一摊惊心动魄的灿烂。

　　这事我一直瞒着母亲，当然也就一直没有再买热水瓶。

　　学校的宿舍是三十多人共住的大通间，夜里每每被窗外的风声或邻近的呓语惊醒，孤独的辗转中，远方的母亲便款款向我走来，是那个穿着水洗得薄漂发白的旧衣终日操劳的身影。她从田间归来了，一边撩开被汗水沾在前额的头发，一边到灶头的汤罐里舀半瓢温水咕噜咕噜地牛饮，我的心头蓦然揪紧，为自己在井台上的失手而悔恨绵绵……

　　正是因为这种悔恨，不久，当我的脸盆同样在井台上历险时，我才能那样地义无反顾。

　　母亲给买的那只铝质脸盆，严格地讲只能算是一只饭盆，口面比两拃围起来大不了多少，毛巾朝里面一搋，即使是半盆水也要溢出来，这就是说，它的容积最多相当于两条毛巾。铝制品当时还不很普及，乡下人称作钢种，新买的时候很亮，真正光可鉴人。母亲说，钢种的好，不怕磕碰，身子骨又轻，不坠手哩。但后来的那场惊险，恰恰是由此而酿成的。那是个平淡而慵倦的星期天，在冬晨稀薄的阳光下，我把脸盆放在井台上，然后操起吊桶打水。孰料阵风乍起，那脸盆竟翩翩然飘入井里去了。事情发生得如此突然，以至起初我还在欣赏脸盆随风起舞的轻盈，等到回过神来，便俨然整个世界沉沦了一般，那种惊惶和沮丧，即使是拿破仑在滑铁卢的溃败，抑或是华尔街亿万富翁的破产，也无过于此的。

恹恹了好半日，终于忽发奇想：井再深，总有底，何不把水打干，人站在吊桶上系下去拿？于是茅塞顿开，摩拳擦掌。同学们听了，都认为是天方夜谭。有高年级的大龄生警告说：这种老井，井壁全靠水撑着，一旦打干了，说不定会塌下去的。

但我仍旧一意孤行。打水工程持续了大半天，傍晚时分，井终于见底了，我脱去衣裤，雄赳赳地站在吊桶上，让同学们七手八脚地系下井去。

整整20年以后，我成了一名所谓"作家"，曾经写过一篇颇为走红的小说，在那段纯属杜撰的女主人公下井寻找世界地图的情节中，我倾诉了当年潜伏在心底的真实感受：

"就在这瞬间，她惊呆了，老井的幽深与恐怖突然沉重地压迫下来，四壁的每一块井砖都在扭曲、错位、颤抖，发出不堪重负的呻吟。而井口的那一点光亮却越发地遥远了，似乎这老井正在向下沉沦，而那高处的光亮随时都可能轰然闭合，成为一座天造地设的墓窟……"

惊险之后是辉煌的凯旋。但这事我一直瞒着母亲——那肯定会引发她久远的后怕——而且从那以后，我不再到井台上去用水了，宁愿多走不少路，到宿舍后面的池塘去。

那座井台注定是个多事之地。两年以后，那位教给我气体力学的物理教师从"牛棚"跑出来，把身子挺拔地楔进了井底。听到消息时，我正端着脸盆从池塘边归来，结果脸盆掉在地上，跌瘪了好大一块。

三、白发坟草

造物主也真会捉弄人，那些养尊处优之辈，整日价研究养生之道，却往往从头到脚浑身是病；而一辈子吃辛受苦的乡野小民，栉风沐雨，不忌生冷，却能没病没灾。母亲的身子骨一直还算硬朗，1976年，她患了舌癌，到肿瘤医院治疗，出院前，我私下问医生医后如何，回答说："情况好，还能活一两年。"但母亲不相信自己会死，在背后大骂医生"嚼蛆"："六十三，有个关，去年得病是该我命中有一坎，既然熬过了年，有得过哩。"她果然否极泰来，越活越滋润。村里分田到户，她坚持要了两块责任田，专心致志地作稻粱之谋。两块田，一高一低，长水稻。高田放不上水，她每天大老早起来煮一锅粥，然后挟着脸盆去刮水，刮一阵子，回来吃碗冷粥，再去刮。一锅粥吃到晚，一只脸盆刮到稻穗垂青。我劝她说这样不值得，横竖我们口粮吃不完，带点粮票回来买就是了。她说自己种的米香，营养好；说粮站的老陈米里面用了药粉，那是化学。"况且，不种田，整天日子也难过哩……"

我知道那"况且"是因为孤独。我一月两月的回来一次，每次回来，她都高兴得孩子似的宣扬："我儿子回来了。"然后喋喋不休地问这问那，但话题总是越来越少。在外面的那个世界里，我有那么多的红尘杂务，人生静面下掩藏着太多的无奈和烦恼：竞争中的失意，人际关系的险恶，生活的周而复始、平淡无味，这些我怎么能向她诉说呢？既透不出信心，也怕她为我担忧，于是便只能问些钱粮油米之类，渐渐地，竟相坐无言。有一次，坐着坐着，母亲默然垂泪了："我一个人在家，成天的没个人说话，嘴都闷臭了，好不容易盼到你像云片儿似的飘回来一次……"

我一时羞愧得无地自容。不错，外面的世界很无奈，栖栖惶惶、耿耿于怀的无非是那点过眼烟云的得失而已，名缰利锁中，怎么偏偏忽略了母亲那双深情期盼的目光呢？每次回城，母亲总要跟到前面的大路上，抓着我自行车的后架说："有空回来呀。"在那一瞬间，做儿子的心头便况味四起，严正告诫自己以后要经常回来，在家多住几天。

可一进入城里的那个世界,却又身不由己了,仍旧是一月两月的才"飘"回来一次。

到了1989年的夏季,40岁的我却要远离母亲而去了,是母亲动员我走的。因为我们夫妻分居已经13年,孩子也已经上中学了,长久下去,总不是个办法。每次回来,母子无言枯坐时,母亲便做出很轻松的样子:"你去吧,不要挂念家里,再过两年,等我做不动了,也随你们去。"然后便小心翼翼地打听调动的进程,我总是说:"早哩,领导勒着不放,年内走不掉。"母亲听了,不知是高兴还是失望,仍旧是那句话:"你去吧,不要挂念家里。"一边扭头去做她的那些永远忙不完的家务。

但领导并没有怎么样勒着不放,调动的手续很快就办好了。我先没有告诉母亲,找了一辆车,把坛坛罐罐的运到妻儿那边,到新的工作单位报了到,准予下个月正式上班。然后回到原先的那座小城,像往常那样,骑着自行车"飘"回母亲身边。我想陪母亲在家里住上几天,找个机会把调动的消息告诉她,当然要尽可能轻描淡写些,仿佛不过是出门作一次很普通的旅行。几天以后,再骑着自行车去妻儿那边,大热天,凭两个轮子滚过大江南北几百里行程并不轻松,我为的是让母亲觉得儿子那地方并不遥远,仍旧和往常那样,可以骑着自行车"飘"来"飘"去的。

那几天,母亲情绪很好,总是津津乐道于村里村外的种种趣事,又领我到田头看她种的庄稼,很豁达乐观的样子:"再过几年,这田我也不种了,进城跟你们享福去。"我想告诉她调动的事,但一直不忍出口,怕坏了她的兴致。直到临走的前一天,我拿出一点钱,对她说:"明天我骑车到江南去,可能要住些日子才能回来。"她轻轻地把钱挡回来:"钱我有哩,你去吧,早点去上班,新到一个地方,要有好印象。"

我心头一紧,原来她已经知道了,只得努力地笑笑:"反正不远的,骑车来去很方便。"

母亲顿了顿，相当平静地看着我："只要你们一家过得好，我比什么都高兴。给你说实话，城里我是终究不去的，死就死在这老屋里，人是土物，离不开土地哩。只是有一桩心事，下次回来，你给我买点木头，早点把大褂子拢起来，也不必花大钱，能遮遮人眼就行了……"

"大褂子"就是棺材。我不禁戚然，唯有点头而已。

第二天我走的时候，母亲没有跟到前面的大路上，只站在门前的枣树下朝这边看着。

我是从来不善于写信的，特别是给母亲写信，她不识字，有了信必要请人看了再翻译过去，自然只剩下空脱脱的几桩事体，淡了其中的情致。因此，到江南以后，我一直没有给家中写信，只将那些要说的话苦涩而温馨地演绎在心底。在许多落寞失意的时刻，在异乡苍凉的海关钟声的余韵里，母亲那白发飘零的身影便时时浮现在面前，让我独自一遍遍地体验人生的凝重、生命的悲苦欢愉以及至善至美的人间亲情。这期间，有一个堂侄来过，带来了母亲养的小公鸡和树上的枣子，还有包扎得很好的我遗落在家中的几毛钱菜票，母亲不知道那是我在外地学习时多下来的，眼下已无异于几片废纸。来人说母亲还像往常一样，又说稻子收了，折子垒得很高，麦子的基肥下了豆饼之类，我似乎略感宽慰。但深秋的某个傍晚，当我站在萧瑟的西风中，看着几片落叶在台阶上惝惶地飘动时，突然涌上一股强烈的思乡之情，我急切地要回归母亲的怀抱，回归老家那皱纹似的村路和温暖的茅屋。这冲动是如此强烈而不可抑制，以至于一晚上几乎失了魂似的。妻子似乎看出了什么，说："你该回去看看妈了。"我说："明天就回去。"妻踌躇地说："只是来不及买东西了——多带点钱吧。"

第二天一早，我就迫不及待地上路了。

当然是骑自行车。

母亲在河边割草,随着呼哧呼哧的喘息,那白发也在芦叶间一高一低地晃动。我轻轻喊了两声,她没听见,只有柴刀砍在芦桩上轻轻的呻吟,到第三声时,她才抬起头来,当下扔了柴刀,定定地看着我,仿佛不认识似的,然而终于笑了:"白了,比在家里白些了……"

但母亲却显得苍老多了,眼神的迟滞茫然自不必说,身子也佝偻了不少,脸上的寿斑连成了一片,脖子上那条长长的疤痕是手术后留下的,蚯蚓一般沿着松坠的皮肤向下延伸。当时,本来应该进行舌部手术的,但考虑到这么大年纪了,怕在手术台上下不来,就采取了切除颈部淋巴,防止转移的方案,这很大程度是带安慰色彩的,因为原先的病灶还在,光是防止转移有什么用?如果允许作一次残酷的选择,能转移到别处未始不是好事,因为还有什么肿瘤比生在舌头上更痛苦的呢?我的心陡然沉痛起来,母亲,你能够承载山一样沉重的贫困,能够承载青年丧夫和中年丧子的巨痛,也能够承载癌病房里那近乎残酷的治疗。但是在你的晚年,却难以承载心灵的孤独。虽然我是骑着自行车走的,虽然我许诺还像以前那样"飘"来"飘"去,但是你却无可奈何地意识到,儿子已经离你而去了。山高水长,天各一方,期盼也从此变得遥远朦胧。而你又不愿离开脚下的那片土地,只能孤寂地苦守着老屋。白天,你努力使自己沉浸于超负荷的劳作中;晚上挑着欲熄还燃的灯芯,暗淡地谛听着旷野里任何一点轻微的响动,心思飞得很远……

这次回家,我整天陪着母亲,尽量找些让她高兴的话题,但说着说着,有时母亲会忽然坐着发呆,只是凝望着枣树上的最后几片树叶,似乎沉浸于某种悠远的思想。有一天夜里,她忽然大呼我的小名,声音惶急得很,待我站到她床边,且让她抓着手时,她才如释重负地松了口气:"我以为你走了呢……"

但儿子终究是要离去了。

此一去，又是几个月，直到有一天邮差送来了老家的电报："奶奶生病，速回。"是堂侄打来的。

一直不敢去想却又不得不想的事情终于发生了，母亲旧病复发，还在原来的部位上。其实我上次回来时，她就已经明显感到不适，但她没有说，怕我担心，同时也心存侥幸，希望像以前发生过的那样，只是受了寒凉，偶尔发炎，以后会好起来的。

然而这次没有好。

从肿瘤医院的门诊大厅出来，我让母亲坐在花圃的石阶上，自己返身上楼向医生摸底，尽管希望之光微薄得近乎虚无，但由于有过第一次的大难不死，便总想着能再次出现奇迹。

奇迹没有出现。医生以那种职业性的冷漠告诉我："这么大年纪，又是复发，没有任何治疗价值。趁现在还勉强能吃，想吃什么回去弄给她吃。"在我的一再恳求下，他才同意做一次化疗，算是对病人，也是对家属的一种安慰。

看到我从楼梯上下来了，母亲迎上来，问："先生说看得好吗？看不好，咱明天就回去，不要把钱往水里扔。"

我说："看得好，先生给你用好药哩。"

母亲叹了口气，"人过千年有一死，我不怕死，只是天底下的病多得很，为什么还要让我死在这种病上。"她知道这种病最后是很痛苦的。

接受化疗前，母亲提出要到琅山去烧香，我陪她去了。在山脚下，个体轿夫蝗虫似的围上来兜揽生意，要价也不很高，可母亲坚持要自己一步步爬上山。我知道，她是要以自己的虔诚感动上苍。在山顶，我替她买了香烛，捐了功德钱，让她到九垒高台之上的菩萨面前叩拜如仪。同时，台下的儿子也在心底默默地祈祷：上苍，睁开你的慧眼，看看芸芸众生中的这个普通女人吧，为了她这辈子经受的苦难，为了她执着而毫不张扬的爱，你无论如何该发一发慈悲。上苍，为了母亲，我这个无神论者的灵魂向你跪下了……

下山了,一步步从远古走向现代,山顶的钟磬声犹自隐约可闻,山脚下激光摄像的招徕已经喧嚣而来。这玩意很有号召力,能当场把人像印在手帕之类的东西上,母亲饶有兴味地看了一会儿,离开时,有些迟疑地问我:"画一张得多少钱?"

我说:"四块。"

于是便越发迟疑,但终于还是说了:"我也想画一张。"

我说:"画吧。"

"这里不用血照哩,我也不怕它把魂灵摄了去。"老辈子人称底片为"血照",认为照相会把人的魂灵摄去的。

母亲端坐着,笑得平静而慈祥。"这老太,镜头感特好。"摄像出来了,先印在纸上,不光是摄像的个体户,还有四面围观的游客都赞不绝口。个体户又问:"老太属什么的?""属虎,77岁。"于是便选一块带生肖的手帕,把人像印上去。母亲自己也很满意,举着正正反反地看了一阵,郑重地交给我:"我这一世人生从没拍过小照,就这一张,你收好,以后你们也有个想念。"语调相当坦然。

回家的路上,母亲的情绪显得很宽松,似乎应该做的事情都做了。明天,她可以一无牵挂地进入病方,去接受命运的裁决。

一个月后,母亲走出病房时,除去脱落了满头白发外,其他没有任何效果,癌细胞正在野玫瑰一般地扩散,一切的药物都已无能为力,只有镇痛片须臾不可离开(后来是针剂杜冷丁)。曾经死死地眷恋着故土的母亲,现在不得不住入我们拥挤的公寓楼,度过她最后的时光。

然而,城市的景观,终究不如乡村那样鲜活流畅,朝朝暮暮,几乎永远是一种节奏和色调,连天空也被蓬勃向上的楼顶分割得支离破碎的。母亲是离土地很近而离都市很远的农妇,无论被病痛折磨得怎样昏天黑地,每天,她都明白无误地记得农历的日子,以及还有几天该是什么节气。城里人对天气的反应是极淡漠的，至多也不过关系着上班带不带雨具及阳台上的衣服要不要收之类，只有母亲常常会忧心忡忡地抱怨："多少天不曾下雨了，田里干得冒烟了。"某日，半夜里风雨骤至，我们都睡死了，忽听得母亲喊我们关窗子，口中且念念有词："救命雨啊，明天家家筑墒栽山芋……"

有一天，我正闷头写一篇什么小东西，竟没有听到母亲的呼唤，她终于挣扎着跑进我的房间："我喊老半天了，你咋不睬？"我不禁悚然，连忙解释："妈，我有一只耳朵听不见，小时候下河灌了水的，几十年一直不见好，现在基本上废了。"母亲见我有点悲哀的样子，便转而安慰道："废了好，人生在世，总该有一缺，十全十美反倒不好，难得长寿。"

初时，我并不曾介意，后来细细一想，天，母亲这话竟有如禅宗大师的偈语一般，其中意蕴深沉的哲理，令我好一阵战栗不已。是啊，阴晴圆缺，物极必反；盈虚溢损，相克相生，所谓造化大抵不过如此而已。母亲难道是在阐述这宇宙人生的终极真理吗？按说，母亲是算不上什么知识者流的。曾记得1979年春，正值中越边境战事初起，乡村里也传说纷纭。有一次我回家，母亲忽然神秘兮兮地告诉我："听说林彪在人家那边帮助指挥哩。"看着她那相当严肃的神色，我不禁哑然失笑，只得叫她大可不必担忧，林彪早就摔死了，怎么会跑到人家那边去呢？母亲生活的天地极其蹙窄，终年基本上足不出村，她又不识字，不能读书看报什么的，对所谓的国家大事难免孤陋寡闻。但不识字却常常闪现出思辨色彩和智慧之光，那是因为积淀了她多年的人生体味。这些，亦常常使我这个"有文化"的儿子感悟良多。

又到了一年的深秋，黄昏的光线短促而凄凉，夜色缓缓地流逝，有如蹒跚踽行的老人，小雨洒在石板街上，透出一片冷色。母亲的小床靠着窗口，精神好些时，她常常伏在窗台上往外看，随着季节的变迁，母亲的脸上一天天地凝重萧索，叹息也变得悠长："树叶子快落光了"，"太阳照不过来了，日子越来越短了"。终于有一天，她坚决地提出要我送她回苏北老家。

母亲回来了，回到了故乡的老屋，明知大限迫近，反倒超脱了许多，似乎能在自己的老屋里终了一生，也就无憾了。在镇痛药发挥效应的那点时间内，她平静地吩咐后事中的每个环节，唯恐我在哪一点上不周到。此外的话题就是讲她孩提时代的往事，很温馨陶醉的样子。一次梦中醒来，她兴奋地告诉我，说梦见小时候到外婆家去了："路两边好多好多的菜花，一眼也望不到尽头，我赤着脚走啊，走啊，浑身上下全沾满了花瓣，连太阳也成了金黄金黄的。外婆家远哩，一到她家，我就说：'我累死了，想睡。'外婆揉着我的脚，说：'你睡吧——咋赤着脚来的？好远好远哩。'我爬到外婆床上就睡着了……"母亲讲这些的时候，脸上神采飞扬，灿烂得有如少女一般。我问她后来怎么样了，她摇摇头："后来就什么也没有了，上了外婆的床就睡着了，我累哩……"

是的，母亲太累了。

几天以后，母亲平静地逝去。本来，医生说至少还有一两个月最艰难的日子，但上苍有眼，开脱了这最后一次酷刑。是啊，我亲爱的母亲，你这辈子的劫难难道还不够多吗？为什么最后还要让你承受那么残酷的折磨呢？

丧事的一切都照母亲生前的嘱咐办，简朴而又得体——根据风俗应有的礼仪和作为一个普通村妇所能够享受的规格。开丧之前，一个帮助料理丧事的堂侄提醒我："你要多准备几桌碗哩，到时候百儿八十的也不够人家偷。"我一时大惑不解，竟不知这是乡间的风俗：凡高龄且有福的老人死了，来吊丧的人吃罢饭，往往要把碗偷回去给孩子用，说是可以免灾。根据堂侄的说法，像我母亲这样的身份，子女都是大学生，而且在外面都混得不坏，孙辈也很出息，在乡村里算是有福的了，到时候人家偷碗是免不了的。所谓偷只是个说法，其实就是拿，大大方方地拿，张张扬扬地拿，商量起来大呼隆地拿。而对于主家来说，则是碗被拿得越多越风光。"去年东村万书记的老子死了，那场面啊，一批客人吃过了，桌面上的碗一个也不剩。家里的碗不够了，派拖拉机到供销社去拖，最后连供销社的碗也拖光了。啧，那福气……"

这些我自然不懂。但令我费解的是，以母亲的精细，对后事的方方面面又考虑得那样周到，为什么却遗忘了这桩大事呢？

母亲是凌晨卯时入土的，这是风水先生看定的时刻，农历的月底，这个时刻正好是先升月亮后出太阳，寓意自然很不错。母亲的灵柩出门时，正值一弯残月挂在东南角上。我撒着纸钱在前面领路，把母亲领向那片刚刚拾掇干净的萝卜地。清冽的寒风吹送着女眷们嘤嘤的抽泣，送葬的喇叭声在夜色里走得很远。而我的心头却一片空白，飘飞的纸钱中，似看见一大片乱晃人眼的菜花，母亲赤着脚，在菜花掩映的小路上吧嗒吧嗒地走，浑身上下沾满了金色的花瓣……

一辈子苦恋着土地的母亲，终于又回归土地，永远永远地和土地结合在一起了。斯时，乳白的曙色悄悄地挂上了东方的天际，是一块浩荡澎湃的挽幛吗？

母亲人缘好，村里村外来吊丧的很多，流水席，坐了一批又一批，但原先预计的"偷碗风潮"并没有发生。一批客人撤下去了，酒碗饭碗菜碗汤碗虽一片狼藉，却并不见少。我心隐隐约约的期待终于被丧席上这种残酷无情的文明所粉碎，化成酸涩和悲哀，为我可怜的母亲，和她那77岁的人生……

事后一清点，总共只少了一只碗。

那位曾经担心"百儿八十不够偷"的堂侄，后来又噙着泪水告诉我："少的那只碗，是孩子喝茶打碎的。——奶奶这一世，苦啊……"

呜呼,我真想大哭一场。

暮云春树,逝者如斯,日子又朝朝暮暮地过去。生者仍在恓恓惶惶地忙碌,只是每当静夜或霜晨,尘世的喧闹暂时隐退以后,我便坐在窗前,燃起一支烟,开始和母亲探讨关于爱的涵义,关于永远难择而又难弃的人生问题。

母亲到了晚年,喜欢喝本县生产的一种糯米酒,说年纪大了,夜里觉头不好,上床前喝两口,比什么都舒服。一次,我给带回去两瓶,是精装的,母亲心疼地说:"要这么好的做什么?贵哩。"我显得很气派:"不贵,你尽管喝,喝光了我再带回来。"以后问过她几次,都说:"还有哩。"母亲过世以后,我收拾房间,却发现床前的柜子里,那两瓶糯米酒还在。

前些时,为了与自己生计有关的事情,我和妻去找一个朋友帮忙,妻拿出那两瓶糯米酒在手里掂掂。我说:"这是留给妈喝的……"

妻默默地放下酒,去小店里买了一条中档烟。

哦,母亲,如果你觉得孤寂,就常回来看看吧,你爱喝的糯米酒给你留着……

江堤下的那座小屋

一

很少有人现在还记得 1995 年 5 月 27 日那个傍晚的情景,但是陆明才记得。那天他拴好小船,从江堤上往回走时,突然觉得风是从对面刮过来的,带着湿漉漉的水气。他抹了一把脸,心想:东北风,雨祖宗,今天夜里一场雨怕是逃不掉了。

也在这个傍晚,同村梅存根家的母猪开始"作窠",那是要下崽的信号。母猪下崽是农家的大事,梅存根早早地吃过晚饭,就来到江堤脚下的猪舍里守候。过了半夜,母猪还没有大动静,人却有点迷糊了,但迷糊中他分明听到外面传来断断续续的呼救声。他打了个激灵,开门一看,外面风雨大作,呼救声好像是从江面上传来的。"不好,怕是翻船了!"他跑上江堤,只见江面上隐隐约约有几个人影,爬在黑黝黝的一块什么东西上面。"果然是翻船了"!想到这里,他连忙朝陆明才家跑。

陆明才在全村水性最好,心肠也最热。而且,他家那三间小屋就紧贴在江堤脚下。

听说江里翻船了，陆明才二话没说，披了件衣服就往江边跑，一边跑一边扣纽扣。老伴徐兰英也跟着起来了，她知道，遇上这种事情，这一夜是不会安分了。她开始给落水者准备姜汤和换的衣服，心里一遍又一遍地祈祷着：破财事小，可千万别损了人！

往江边跑的两个人跑到陆明才打鱼的小船边时，才发现船是锁在岸上的，刚才走得急，陆明才忘了带钥匙。如果再回去拿，又要耽误不少时间，这时候，可真是一分一秒都耽误不起！陆明才朝江面上望了一眼，那边的呼救声被风雨撕得很碎，显得有气无力。他当即操起船舱里的一把榔头，三下两下把锁砸碎了，然后跳上小船，发动了挂桨机。见水性不好的梅存根犹犹豫豫的不敢上船，他吼道："你跪在船上不要动，用应急灯给我照着。"

江上风很大，超过了七级，再加上雷雨交织，小木船在风浪里像个可怜的无人认领的弃儿，被粗暴地推来搡去。陆明才凭着几十年练就的好身手，驾着小船渐渐靠近了呼救者，那是一艘体量不小的铁壳运输船，像只大水瓢似的倒扣在江心里，船底上爬着三个人，已经喊不出声音了。陆明才怕对方的铁质船体碰坏了挂桨机的叶片，只得冒险停掉发动机，用木桨划着往上靠，风浪中几经进退，终于抢在铁船整体沉没前的最后一刻，把三个人救了下来。

回到家里，徐兰英马上让三个人换上干净衣服，又给他们端上热乎乎的姜汤，一边庆幸地说："破点财不算什么，人没事就好。"

可是她不知道，人家不光破了财，人也出事了，而且是大事——还有三个人没有上来。

那个三十多岁、清瘦而精干的船主叫袁孝清，湖北枝江人，这次满载着价值 70 多万元的农用卡车和柴油机从江苏无锡运往湖南常德，大清早才从无锡出发，当天夜里就遇上了大风，船翻了，货沉了。那三个没有上来的人中，有一个是他的妻子，另外两个是船工。

祸从天降，家破人亡，这样的惨剧陆明才看得多了，行船自古三分险，他能说什么呢？看着人家这个样子他心里也苦，但心里苦还不能表现出来，不然人家就更站不直了。他只能帮这个两眼一抹黑的外地人多做点事，让他重新振作起来。因此，当束手无策的袁孝清突然跪在他面前叫他"爸爸"时，他郑重表示：

"孩子，别怕，我帮你！"

二

这里是长江下游的一个小岛，从地图上看，就像浮在水中的一片柳叶，陆明才就生活在这片柳叶上，种田、打鱼、养猪，一年到头很忙碌也很快乐。两个儿子一个女儿都成家了，住到镇上的楼房里去了，他和老伴仍旧住在江堤脚下的三间小屋里。老伴说：不枕着江涛的声音，老头子睡不安稳。

村子呢，老名字叫小隆村。58年大跃进时，县委书记在这里搞深耕，对这个名字很感冒："小隆就是小农，小农经济，不好。现在要鼓足干劲，叫干劲村。"于是就叫干劲村。文化大革命的时候，那个县委书记被打倒了，"干劲"又不好了，再改，叫红光村，一直用到现在。但也许是习惯的原因，本地人一般还沿用"干劲村"的说法，只有在正规场合——会议、广播，或盖了邮戳的信函上——才会出现"红光村"。

自从江里沉了一条运输船且死了几个人以后，这几天，村里人每每会遇到几个问路找"红光村"的，那都是风尘仆仆、满面戚容的外地人。这里的人不等对方说完，就会告诉他们："噢，知道，是到陆明才家去的……"

这些人都是从湖北枝江赶来处理后事的死者家属。

陆陆续续来了几批,细心的邻居算了一下,向人们通报说:"不请不约,正好两桌。"

乡下用方桌,一桌8人,两桌16人。16个人都挤在陆明才的三间小屋里,吃、喝、拉、睡,还要烧纸、号丧。陆明才和老伴在厨房里睡地铺,把房间让给他们住。房间住不下了,又住在堂屋。最后人多了,只得安排到附近的小工厂里去。徐兰英一天到晚忙着给他们烧煮洗涮,早上稀饭馒头,中午大米饭加四菜一汤,晚上面条、稀饭、干饭轮换。所有的开支都从陆明才的口袋里往外掏,因为袁孝清几乎是赤条条地被救上来的,他口袋里没有钱。

这些还只是小钱。

事故发生的第二天一早,天就放晴了。陆明才先雇了一条挂桨船在江面上搜寻。那三个人生还是没有指望了,但活要见人,死要见尸,天气已经热起来了,遗体也不能耽搁。然后他又带着袁孝清赶到海事局去报案。海事局有打捞队,报案是为了联系打捞。但一联系,傻眼了,打捞费要5万元,而且要先缴钱,签下协议,再打捞。

5万元钱从哪里来?只有贷款。

农经会贷款很方便,但袁孝清是外地人,贷款要有本地人作担保。而且光有人担保还不行,还要有足够的财产作抵押。陆明才的三间小屋不值钱,如果要担保,必须要他儿子签字——用儿子的楼房做抵押。

农经会主任是陆明才的侄儿,他用圆珠笔敲打着贷款申请表提醒老叔:"5万元钱,你要承担全部风险的啊,如果他不还……"

陆明才在回去的路上老是在想:袁孝清不会是那种人……

于是,他在半路上拐进了大儿子的家。两个儿子,老大叫学文,老二叫学武。有意思的是，叫学文的后来学武，当了兵；叫学武的后来却学文，搞技术。老大老二都住着楼房，而且都是党员。但老大在老山前线打过仗，陆明才固执地认为，但凡在战场上有过出生入死经历的人，对钱总是要看得淡一些的。果然，老大没有拒绝他，只是在拿起笔时，抿着嘴唇狠狠地想了片刻——但到底还是签了。

家里还有5千元现款，刚卖了一窝苗猪的钱，放在席子下面还没焐热，陆明才拿出来，连同农经会拿到的5万元一起给了袁孝清。5万元是给打捞队的，5千元用于应付杂七杂八的开支。

乡下人把这种事情称为忙丧，打捞死者、火化，再加上传统的祭奠仪式，总之是一个忙。别的事情忙得高兴，这种事情越忙越伤心。陆明才也整天陪着他们忙、陪着他们伤心。正是乡村的麦收季节，人们走在村路上，脚步显得很仓促，连狗也做出日理万机的样子，脑袋上常常沾着几根新鲜的麦草。陆明才家的两亩麦子也熟透了，但为了几个落难的外地人，他早就把农时节令忘记了。

老伴徐兰英没有忘记，但这段时间她是"大内总管"，也腾不出手。拖到后来，只得请了几个帮工，一个晚上把麦子草草收割了。老人总觉得有点委屈了这两亩麦了，今年的麦子长得多好啊，桌面儿似的，田这头推一把，田那头跟着动，可到了最后功德圆满的时候，却没有得到应有的尊重。

袁孝清离开扬中时已是七月中旬，在这40多天里，生命的痛苦和美丽给了他太多的体验，他遭受了人生中最铭心刻骨的痛，但也因此结识了一个让他一想起来心头就感到温暖的好人。离别前，他和陆明才约定：到春节时，他一定带着两个女儿来扬中过年。

三

禁渔期过了，陆明才的小木船又出港了。落潮下网，涨潮归航，一杯浊酒，几度夕阳，一个渔佬儿的快乐是连皇上也要忌妒的。夏天的江风中混杂着鱼货和淤泥的腥味，有时候，陆明才会对着浩荡西来的江水浮想联翩：袁孝清也住在长江边，他那边是上游，我这边是下游，相距好几千里，那么，这叫不叫"一衣带水"呢？

日子朝朝暮暮地过去，偶尔大儿子学文会来告诉他，袁孝清来电话了，问爸爸妈妈好。说他回去后，把船修好了，又开始跑水运，争取早日还清银行贷款和爸爸这边的欠款，且一再叮嘱爸爸保重身体，年纪大了，腿脚不便，就不要上船了。每每听到这些，陆明才心头总是暖融融的。

转眼到了年底，一直与陆明才音信不断的袁孝清突然像从人间蒸发了，不但没有一封信，连电话也没有。这边打电话过去又没人接。风声传出去，有人说陆明才遇了个顺手牵羊的骗子。陆明才心里也很纳闷，但他不相信袁孝清是骗子，他想，袁孝清肯定是跑长途出了远门，没时间写信打电话。又想，原先说好来过年的，说不定他不声不响，哪一天突然出现在你面前给你一个惊喜。他叫老伴照袁孝清和孩子来过年的规格准备年货，自己一早一晚往学文家也跑得多了，去了也不说什么，坐一会就往回走，神情有点闷闷的。学文知道，他是探听有没有枝江的电话。

春节一天天地临近，又一天天地过去。在整个春节期间，全家人谁也不提袁孝清，仿佛那是一道不吉的巫咒。初一过去了，初五过去了,元宵过去了,各家场头上那有如落花似的鞭炮碎屑已经在雨雪中渐渐地褪色了,枝江方面还是一点音信也没有。陆明才终于忍不住了,他偷偷给袁孝清的姐夫李友松写了一封信,其实信中什么也没有说,只是一番很家常的问候:孝清身体如何?两个孩子成绩好不好?答应到扬中来过年的,怎么没有来……

半个月以后,终于接到李友松的回信了。陆明才曾经设想过无数种可能,唯有这一种不曾想过:

袁孝清死了!

还是翻船事故,这次是在洞庭湖。

陆明才不明白灾难为什么老是死死地纠缠着这个不幸的家庭,他寝食难安、神思恍惚,常常站在江堤上向着上游呆呆地眺望:袁孝清死了,他的老母亲和两个女儿今后怎么过呢?

老伴见他整天魂不守舍,就说:"要不你就到那边去看看。死者倒也罢了,孩子可怜啊!"

那么就去一趟吧。陆明才买了一张全国分省地图,在湖北找到了那个叫"枝江"的地方。长途汽车在沿江公路上颠簸了30多个小时,途经江苏、安徽、江西、湖北四省。第二天傍晚,车到枝江。他又雇了一辆当地人叫作"麻木"的简易机动车,给车夫说了要找的地址:七星路40号。

在家里和路上时,陆明才恨不得一步就跨到枝江,跨进袁孝清家里。可现在到了枝江,即将跨进袁孝清家里时,他反倒有点胆怯了,他希望车夫慢一点,因为他实在不忍心面对老人和小孩那凄苦的目光,也不知道自己该对她们说什么才好。

七星路40号的三层楼房贴着银行的封条,铁锈斑斑的门锁锁住了这个家庭往日的富足和温馨。在楼房边一间简陋的小屋里,陆明才见到了袁孝清76岁的母亲。老奶奶对远方来的客人刚说了一句话:"孝清还没来得及报答你的恩情啊！"就已泣不成声了。哭了一会，才想起该把女婿李友松叫来陪客人，又急匆匆地出门去了。

两个孩子放学回来了，见了陆明才，有点认生，站在那里不说话，流泪。陆明才走上前，把两个孩子揽在怀里，给她们擦去眼泪，然后带着她们上了大街。

苹果喜欢不喜欢？香蕉呢？噢，菠萝……

孩子喜欢什么就买什么，苹果、香蕉、菠萝，一路买过去，为的是从她们脸上看到几缕笑容。

爷孙三个满载而归。李友松也来了，他说，好几个月没有看到两个孩子的脸上这么舒展了。

李友松告诉陆明才，袁孝清人死了，却留下了44万元债务，作为抵押品，房子已被银行查封。他骂道："这个讨债鬼，家破人亡不够，还要倾家荡产；倾家荡产不够，还要赔上两个女儿的前途——今后，恐怕孩子上学也成问题了"。

陆明才只觉得心里堵得难受，晚饭吃了一点就休息了。这一夜，他辗转难眠。

苍天有泪，第二天，大雨倾盆。陆明才要踏上归程了。

"爷爷，咋来？"孩子上学前问他。

咋来是当地土话，就是什么时候再来。

他说不清什么时候再来，但是他知道，自己的心已经留在这里了。

陆明才这次出门一共带了2千元钱，到了枝江还剩下1千7百元，他留下4百元作回去的路费，把其余的1千3百元全都给了奶奶，并且郑重承诺："孝清也是我的儿子，袁军袁玲也是我的孙女，今后，我供养她们上学，一直上到大学毕业——你们别担心，我有钱。"

上车以后，他突然想到袁军马上要过10岁（虚岁）生日，就又从不多的路费中抽出100元，从车窗里递出来，让奶奶到那一天给孩子买只蛋糕，祝她生日快乐。

车子缓缓开动，挥手之间，车上车下泪眼迷离。

四

陆明才的收入主要有三块：一、捕鱼；二、养猪；三、种地，这座次是按照收入多少来排序的。种地最不来钱，但正如早年的那条墙头标语所说的：手中有粮，心中不慌。二亩责任田，每年产粮不下三千斤，除去全家人的口粮，还足够母猪和苗猪的吃喝。过去有两句老话："养猪不赚钱，回头看看田"，那是把饲料粮算进成本里的；如果粮食不算钱，那肯定是赚。特别是养母猪繁殖苗猪，一年两窝，坐赢不输。而且近年来母猪经济在家庭收入中的座次大有问鼎之势，原因是，捕鱼的收入日见低迷。

陆明才弄不明白，江里的鱼为什么越来越少了。两条挂桨船拖着沉底的大网一路包抄，有时起网一条像样的鱼也没有，只有一摊乱七八糟的饮料罐包装袋之类的垃圾。陆明才从小就喜欢捕鱼，这不光是靠水吃水的生计，也是一种人生的乐趣。那时候哪怕只用一张小扳罾，优哉游哉地坐在那里等，也保管网网不空。每年初夏开田插秧，渠道里、水田里那个鱼啊，争先恐后地直往田岸上跳，往人的脚面上跳，女人和小孩用竹篮就能捞到。长江三鲜——鲥鱼、刀鱼、河豚——历来是这座江心小岛最值得夸耀的美味，到了70年代中期，普通农家的餐桌上还可以见到鲥鱼，当时鲥鱼只有几毛钱一斤，价格和鸡蛋大致相当。可现在呢？一次某大老板因为接待贵宾，许诺一万元一斤，发动渔船下水捕捞鲥鱼，三天时间，连一片鱼鳞也没有见到——野生的长江鲥鱼早就绝迹了。

江里的鱼越来越少，但陆明才的小船出港的次数却越来越多。即使天气不好，他也不肯歇着。捕到的鱼，不管大小，也不管贵贱，他自己一条也舍不得吃，全部拿到市场上去卖掉，把钱一点一点地攒起来，寄到枝江去。对两个孩子的承诺让他的思维变得单纯而明净，甚至带着几分童话色彩。例如，起网了，看到几条小鱼在网眼里跳跃，他想到的却是袁军的一条裙子或袁玲的一只书包，那种感觉让他如坐春风般地很陶醉。有时候，他会突然想到两个孩子来信中的某句话，忍不住笑出声来。特别是袁军在好几次来信中纠正他的错别字，一副好为人师的语气让他觉得很受用，他甚至想故意写几个错别字，让她继续纠正下去。还有，以前孩子来信时，开头的称呼只有"爷爷"，因为到枝江去的是"爷爷"。现在，她们知道把"奶奶"和"爷爷"排在一起，这说明孩子开始知事明理了。老伴为此很有点"受宠若惊"，兴奋了整整一个晚上。

汇款要到八桥镇上的邮局去，去得多了，邮局里的人都认识他了。不仅认识，还掌握了他汇款的档期：开学前夕，春节前夕，还有两个孩子的生日前夕。有时，他们发现老人的汇款不在档期，便问："老陆，今天汇款是什么主题？"

陆明才便喜滋滋地告诉他们："孩子考得好——一根棒两只桃子哩，奖励奖励。"

有一次，汇款的档期到了，可钱还没有筹齐，陆明才只得忍痛把半大的苗猪卖了。苗猪才一个多月，正是见风长的时候，老伴说，就像把女儿卖给人家做童养媳，心疼哩。陆明才说：苗猪卖了可以再养，耽误了孩子的学习就补不回来了。

岁月如江风一般拂过小岛上的四季风景，也拂过陆明才老人脸上的欢笑和忧伤，转眼之间，6年过去了。

2002年3月的一天，袁军无意中收看了江苏卫视的《情感之旅》，节目中那些寻常巷陌的情感故事，触动了她心头的渴望，她鼓起勇气给江苏电视台打电话，希望能帮她们姐妹俩圆一个梦：见一见江苏那个一直帮助她们抚养她们的好心的陆爷爷。《情感之旅》栏目主持人陈怡随即来到枝江采访了姐妹俩，采访结束后，又把她们带到南京。而后在电视台的安排下，陆明才和老伴也来到了南京。为了让最激动人心的时刻出现在节目现场，先没有让孩子与他们见面。

在江苏电视台演播大厅，主持人陈怡问袁军："在你的想象中，陆爷爷家是什么样子的？"

袁军想了想："陆爷爷说过，他有钱……"

大屏幕上随即播放了记者去陆明才家拍摄的场景：三间低矮的小屋前，两位老人穿着破旧的衣服在屋门口吃午饭，桌上只有一碗自己腌的咸菜。阳光洒在他们脸上，洋溢着幸福与满足……

两个孩子的脸上，四行泪水潸然而下……

主持人又问："想不想爷爷奶奶？"

"想！"

"请爷爷奶奶出场！"

陆明才和老伴从后台联袂而出，6年后再度相见，姐妹俩已由当年的小不点长成了亭亭玉立的少女，陆明才不由得百感交集。而姐妹俩更是泣不成声，一头扑进爷爷和奶奶的怀里。相对于6年前的模糊记忆，爷爷明显苍老多了。在她们看来，这个并不富裕的爷爷其实更真实，更可亲，也更值得她们敬重记怀。

袁军的班主任陪同来宁，节目做完了，陆明才向她了解两个孩子的学习情况，老师顺便说到："陆老，初中是义务教育，高中费用就大了。"

这一年，袁军读初三，马上就要中考；袁玲读初二。

陆明才说:"没关系。我说过的,要让她们读到大学毕业。"

三年以后,袁军考取大连海事大学。8月,她带着录取通知书来到扬中。

陆明才让她住在二儿子学武家里,这不光因为老二家房子宽敞,更因为学武的女儿陆敏明年也要参加高考,让她们姐妹交流交流。

袁军在扬中住了十几天,她每天都到爷爷奶奶这边来帮助干活,烧饭、洗衣、喂猪、种菜,什么都做,江堤下的这座小屋里,不时飞出祖孙两代人的笑语欢声。天色晚些的时候,她会站在江堤上远眺江面上的捕鱼船,像所有的孙女那样,盼着爷爷早点归来。终于看到爷爷的小船了,在所有的渔船中,爷爷的木船是最小的。老人端坐在船尾,那身姿有如雕塑一般。在他的身后,晚霞因迟暮而愈发艳丽,像绯红的标语一样贴在天边,也映在八月的江水里。

月底,袁军要走了,陆明才把她送到火车站,并准备了5千元钱给她开学。上车前,老人又临时改变了主意,只给了2千元现金,因为夏天孩子衣着单薄,钱放在身上不安全。剩下的3千元,他到车站附近的邮局办了汇款。

送走袁军,陆明才在回家的路上又特地去了那块江滩,十年前,他就是在这里送别袁孝清的。十年生死两茫茫,不思量,自难忘。他默默地在那里站了好一会,心里说不清是伤感还是慰藉。真快啊,似乎一滴泪尚未淌干或几声笑尚未散去,十年就从身边悄悄地滑过去了。面对着无语东流的江水,他想说:孝清,你放心,孩子已经长大了。可说出来的却是:孝清,孩子长大了,我老了……

第二年,妹妹袁玲考取了武汉大学。

五

陆明才确实老了。

他属龙,已经70岁了。这一带的人早先有两句开玩笑的话:"人生七十古来稀,挑担豆秸上城西。"意思是说,在乡村里,有些70多岁的老人身子骨还很硬朗。陆明才原本也应该算在这"有些"里面,他打鱼、种地、养猪,一天到晚连轴转。骑自行车去县城,来去100里,当天返回,那是毛毛雨。可衰老在08年秋天的某个下午突然降临了,一次小中风,虽没有大的后遗症,走路却不灵便了。更加令人扼腕叹息的是,这个属龙的、在江上与风浪打了一辈子交道的老人,以后再也不能上船捕鱼了。

不能打鱼,那么就种地、养猪吧。

但地也种不成了,市里引进了一个造船项目,选址就在红光村,总投资十几个亿,这不光在全县,即使在省里也是数得上的大项目,因此上上下下都很兴奋,像抱了个金娃娃似的。接下来就是征地、拆迁。陆明才的二亩地也被征掉了。

没有地,母猪也养不成了。以前养母猪赚钱,是因为反正肉烂在锅里,饲料粮不算账。现在没有地了,到市场上去买配方饲料回来养猪,弄得好能赚点辛苦钱,弄得不好还要赔。况且养猪还有一大收益是图个"猪屁股",也就是肥料。不种地,"猪屁股"有什么用?

打鱼,养猪,种地,传统的三大支柱全都靠不住了,他只能吃每月300元的低保。

袁军和袁玲听到爷爷中风的消息,坚决不要他再寄钱了,说她们可以勤工俭学做家教。陆明才想来想去，觉得女孩子出去做家教，一早一晚的，总让人放不下心。再说两个孩子都快毕业了，一百里路已经走了九十里，怎么说也得将革命进行到底。另外，还有一层意思，老人不好说的，那就是，他和老伴平时省吃俭用地攒下几个钱，然后跑几里路到八桥邮局去，在工作人员赞赏的目光下办理手续，汇给两个远方的孩子。长期以来，这种"仪式感"对老人很重要，因为不管钱多也好，钱少也罢，那价值并不在于钱本身，而在于心里的那份牵挂。心里长存一份牵挂，是一种很美好的感觉。在很多时候，幸福其实就是一种牵挂的权利，陆明才老人很珍惜这份权利。

晴和日子，陆明才常常会站在江堤上，远远地望着人家打鱼。太阳很高，江滩上有丰茂的芦苇，而更远处的一队拖船则成了阳光下的静物。江鸥追着渔船飞翔，那银灰色的翅膀几乎贴着水面，它们也在盼望着快点起网，好从中分一杯羹。这里的每一块水域他都非常熟悉，熟悉得如同自己手掌上的纹路一样，在表面上千篇一律的江流下面，其实隐藏着江底太多的坎坷和丘壑，就像一个人看似不动声色，内心的爱恨情仇却恨不得要颠覆整个世界。正是江底那些看不见的坎坷和丘壑，形成大江中的漩涡、暗涌和湍流，这些都是航船的隐患。这些年，他在这一带的江面上一共救出了九条人命。他家就在江堤脚下，一听到江上的呼救声，他的小船总是在第一时间赶到出事水域。有道是救人一命，胜造七级浮屠，何况他已救过九个人了。那些被他救过的人，大抵这辈子都不会忘记扬中小岛上的这个老人，因此，逢年过节的时候，不管天南海北，总要写封信或打个电话来问候几句。当然，也有穿了他给的衣服，拿了他给的钱以后就一去不回，杳无音信的。但陆明才也不会往心里去，他救人本来就不是为了图什么，唯愿此君以后一切安好。

入冬以后，江面变得窄些了，把江滩吐出来不少。镇里正在雷厉风行地动员拆迁，几台推土机在村子里耀武扬威，就像准备打淮海战役的架势。陆明才的三间小屋也在拆迁红线之内，可供选择的方案有好几种，例如异地重建，例如投靠子女，每一种方案都很人性化，只要他们点一下头，其他的事情都安排得服服帖帖。但老人却迟迟不肯点头。到了最后才答应，过了春节搬。

拖过春节是为了袁家姐妹来过春节。还没进腊月，陆明才就给两个孩子打招呼，要她们放了寒假到扬中来。表面上的说法是，爷爷身体不好，想看看你们。实际上他想得很深。袁军09年就要毕业了，她已经谈了男朋友，一个来自哈尔滨的阳光男孩。在老人看来，她很快就会有一份属于自己的生活。袁玲读的是大专，她比姐姐迟一年进校却正好同一年毕业。她说了，毕业后一分钟都不会耽搁，马上工作，好挣钱供姐姐读研——如果袁军能考取研究生的话。这是姐妹俩毕业前的最后一个春节，也是到扬中聚会的绝好机会，女孩子一旦有了工作，有了家庭，今后再来就不容易了。

2009年春节陆明才过得很开心，连同袁军和袁玲，他的五个孙辈团团围绕在他膝下，最大的23岁，最小的21岁，风华正茂啊！而且都是大学生。他有时想，如果这五个中间有一个没有考取大学，他心里肯定不能平衡。手心手背，无论哪一个都不行。

春节一过，姐妹俩就回枝江去了，那里的亲戚在等着她们。

以后她们还会来扬中吗？

也许还会来。也许不会再来了。

陆明才终究没有住到儿子的楼房里去，春节以后，他和老伴搬进了外甥遗弃的一座小屋。小屋的格局和原先自己的那座差不多，也是三间，一明两暗；也是筒墙平瓦。当然，最重要的是，小屋也紧挨在江堤脚下，夜里可以枕着涛声安睡。

陆明才现在就走在江堤上，他走得很慢，中风以后他就走不快了，但是这不要紧，他现在想通了，不管什么时候，前方都不会有什么更重要的事情在等着他了。他刚刚看了船厂工地，自己这辈子还从没见过这么大的工厂和机械。而且如果三天不去看，就又是另一番景象，那才真叫日新月异哩。就凭这一点，叫自己的老屋给它们让路，值！他想把这些在电话里告诉袁军和袁玲。前些时因为搬迁，家里的电话拆了，打电话不方便。现在电话装好了，他准备回去就打……

　　一路想一路走，四处就暗下来了，风有点硬，月色淡淡的，江堤下的那座小屋里最先透出了灯光。